二松學舍大学文学部国文学科 編

恋する人文学

知をひらく22の扉

翰林書房

扉を開ける前に

二松学舎大学文学部がおくる『恋する人文学――知をひらく22の扉』は、本学文学部国文学科の研究教育スタッフによる学問の入門書としてまとめられました。さまざまな専門領域からご案内する知的思考の戦略マップです。つまりは、新聞などで取り上げられた、人文学なんか要らないという昨今の大きな声のなかで、実は文学は面白いし、役にも立つ、そんな人文学を私たちと楽しみませんか、という本を出すことにしました。

もちろん、普通の意味では、文学や芸術などの論文を書いてもなんの役にも立たないでしょう。だからといって、たとえばわたしなどは、反骨精神があってこの本の原稿を書いたわけではありません。実は、一見無駄なものほど、後々に大きな力を持つものなのです。目先にとらわれてはだめです。また、みんなが飛びつかないものほど、後で大きな価値を生むこともあります。そのために少しは目利きであることが前提であるとしても、そんなことはわかりきっていて、あえてここで書くまでもないことなのです。だから、人文学の面白さなんて知る人ぞ知る、でいいじゃないかと思います。が、この理屈、もし知る人がいなくなれば、誰も知らないことになってしまう。それはそれで、学問を次の世代に伝えなければならない研究教育者としてはとても困るので、このような書物が出来上がってしまいました。

さて最後にもうひとつ、この書物名には「恋する」という言葉がくっついています。恋など、全く無駄なことかもしれませんね。第一、人文学が恋をテーマとしているのか、「私」が人文学に恋をしているのか、どっちなのだというつっこみさえ入るかもしれません。ただ、恋だの愛だのといっても、所詮は社会や文化の制度のなかのもの、やはりこれは学問の対象にするしかないので、わたしは入門書にふさわしい言葉だと思う次第です。前口上はここまでとして、それではこの扉のひとつをぜひ開けてみてください。あなたも学問の面白さに「恋する」かもしれません。

文学部長　江藤茂博

恋する人文学　知をひらく22の扉

目次

多田一臣

TADA Kazuomi

伝承の恋

ウナヒヲトメについて

扉 …史跡処女塚古墳（神戸市東灘区　撮影・多田一臣）

神戸市東灘区御影塚町に所在する前方後方墳。古来、ウナヒヲトメの墓と伝えられています。全長約七〇メートル。四世紀前半頃の築造とされています。昭和六〇年、遺跡公園として整備されました。石室の跡も残り、三角縁神獣鏡なども出土しています。その東西には、ヲトメの後を追って死んだ壮士たちの墓とされる東求塚古墳、西求塚古墳があります。どちらもヲトメの墓から約二キロメートルほど離れており、住宅地の中ということもあって、ヲトメの墓から見ることはできません。三つの墓が並んでいるところから、ウナヒヲトメの伝承と結びつけられることになったようです。

1　『万葉集』と『大和物語』の伝承

『万葉集』に、二男一女型、あるいは三男一女型と呼ばれる伝承の話型があります。二人の男、三人の男に求婚された女が、心を決めかねて死を選ぶという内容の話型です。女の死は入水死であることが多いようです。

その典型がウナヒヲトメの伝承です。ウナヒヲトメの場合も、二人の男から求婚され、入水死しています。さらに二人の男も、ウナヒヲトメの後を追って自殺します。伝承によると、二人の男の墓を、処女の墓の左右に作り置いたとされます。ここでは、このウナヒヲトメの伝説について考えてみることにします。

ウナヒヲトメは菟原処女《うはらのおとめ》とも記されるのですが、一方で葦屋処女《あしのやのおとめ》とも呼ばれます。摂津国《せっつのくに》葦屋（現在の兵庫県芦屋市および神戸市東部）を舞台とする二男一女型の妻争い伝説の主人公です。『万葉集』では、田辺福麻呂《さきまろ》、高橋虫麻呂、大伴家持がこの伝説を素材とした歌を作っています。ここでは高橋虫麻呂の歌を掲げておきます。

菟原処女《うはらのをとめ》の墓を見たる歌一首

葦屋《あしのや》の　うなひ処女《をとめ》の　八年児《やとせご》の　片生ひの時ゆ　小放髪《をはなり》に　髪たくまでに　並び居《を》る
家にも見えず　虚木綿《うつゆふ》の　隠《こも》りて座《ま》せば　見てしかと　悒憤《いぶせ》む時の　垣ほなす　人の問ふ時
血沼壮士《ちぬをとこ》　うなひ壮士の　伏屋《ふせや》焚《た》く　すすし競《きほ》ひ　相よばひ　しける時は　焼大刀の　手《た》か

み押しねり　白真弓《しらまゆみ》　靫《ゆき》取り負ひて　水に入り　火にも入らむと　立ち向かひ　競《きほ》ひし時に
吾妹子《わぎもこ》の　母に語らく　倭文手纏《しつたまき》　賤しき我《わ》が故　ますらをの　争ふ見れば　生けりとも
逢ふべくあれや　ししくしろ　黄泉《よみ》に待たむと　隠《こも》り沼《ぬ》の　下延《したは》へ置きて　うち嘆き　妹が
去《い》ぬれば　血沼壮士　その夜夢《いめ》に見　取り続《つつ》き　追ひ行きければ　後れたる　菟原壮士《うはらをとこ》い
天仰《あめあふ》ぎ　叫びおらび　足ずりし　牙《き》嚙みたけびて　もころ男《を》に　負けてはあらじと　懸け佩《は》き
きの　小《を》大刀取り佩き　ところづら　尋《と》め行きければ　親族《うがら》どち　い行き集ひ　永き代に
標《しるし》にせむと　遠き代に　語り継がむと　処女墓《をとめはか》　中に造り置き　壮士墓《をとこはか》　此方彼方《こなたかなた》に　造り
置ける　故縁《ゆゑよし》聞きて　知らねども　新喪《にひも》のごとも　哭《ね》泣きつるかも

反歌

葦屋《あしのや》のうなひ処女の奥つ城《き》を行き来《く》と見れば哭《ね》のみし泣かゆ
墓の上の木《こ》の枝《え》靡けり聞きしごと血沼壮士にし寄りにけらしも
（⑨一八〇九～一一）

葦屋の菟原処女（うなひ処女）に血沼壮士と菟原壮士とが求婚するのですが、処女は二人の男が争うのを見かねて自殺し、残された二人も後を追って死んだので、その親族たちは処女の塚を中に、二人の男の墓をその左右に造った。これが、この歌の内容になります。

以下、注釈的に見ていきます。「八年児」とは八歳児のことですが、「七歳までは神の子」という言葉があるように、子どもの年齢階梯は、七歳を区切り目としていました。いまでも七五三の慣習にそれが残っています。それゆえ、「八歳児」とは、成女となるための準備期間に入ったことを意味します。髪型もそれに応じて、髪を肩で切り下げた「切り髪」にしました。初潮の前後から女は髪を長く伸ばして垂髪にしたのですが、それを「うなゐ髪」または「放髪《はなり》」と呼びました。さらに、一人前の成女になると、その髪を束ねて結い上げました。ここに「小放髪」とあるのは、まさしく成女になる前の垂髪で、そうした少女の像が意識されています。「小」は親愛の接頭辞です。「小放髪に髪たくまでに」は、「小放髪」であった髪を結い束ねることを意味します。「たく」のタは手で、手を操る意です。髪を梳き上げて束ねることをいいます。処女が結婚適齢期直前の状態であることを示しています。

この菟原処女に血沼壮士と菟原壮士とが求婚します。二人の男が争う様子を見て、処女は自殺しますが、すでに述べたように入水死であったようです。大伴家持の歌では、海に身を投げたらしいことが暗示されています。同じ伝説を素材にした『大和物語』一四七段では、生田川に身を投げたことになっています。

その部分を、さらに注釈的に補っておけば、「倭文手纏」は「賤しき」に接続する枕詞です。「倭文」は、倭《やまと》の文《あや》。外来の高級な織物に対して日本古来の粗末な織物を意味します。「手纏」は、手首に巻く飾り。それゆえ「賤しき」に接続させました。「ししくしろ」も枕詞で、「黄泉」に接続します。語義未詳ですが、一説に「宍串ろ」で、串に刺した宍の味が良いところから、同音でヨミに接続するとする説もあります。

さて、『大和物語』では、処女に求婚した二人の男も、処女が身を投げるのを目撃すると、すぐに同じ川に身を沈めたとあります。「ひとりは（処女の）足をとらへ、いまひとりは手をとらへて死にけり」ともあって、死に臨んでも互いに処女を競い合っていたと記されています。二人の男に求婚された際、処女の親が、川に浮かぶ水鳥を射当てた方に娘をやろうと約束したので、二人の男がそれぞれに射たところ「ひとりは頭のかたを射つ。いまひとりは尾のかたを射つ」といったありさまで決着がつかず、それを見た処女は、世をはかなんで身を投げたと語られています。この二人の競い合うさまは、死後に至るまで相似形で語られていたことがわかります。

2『求塚』に描かれたもの

ところで、『大和物語』を直接の源泉とする『求塚』という能があります。この能では、水鳥を男に射させたことが処女の罪とされ、死後にその報いを受けることになります。そのありさまはまことに凄惨です。ここでの主人公は、うなひ処女と呼ばれています。

> また恐ろしや、飛魄《ひばく》飛び去る目の前に、来《きた》るを見れば鴛鴦《おしどり》の、鉄鳥となって鉄《くろがね》の、嘴足剣《はしあしつるぎ》のごとくなるが、頭《こおべ》をつつき髄《ずい》を食《く》ふ、こはそもわらはがなしける咎《とが》かや、あら恨めしや。

『求塚』は観阿弥の作とされます。金春流《こんぱるりゅう》を除いては現行曲ですが、宝生《ほうしょう》・喜多《きた》流以外は復曲で、中でも宝生流のものが演出等、もっとも洗練されています。この能は他の曲とはかなり違ったところがあります。日本古典文学大系『謡曲集 上』解説には、

> 異性の求愛に対する不決断が、ついに身を亡ぼし、死後も永遠に苦しみ抜くこと。不決断は少女の純情さ内気さゆえで、邪悪のかげなどまったくないのだが、それでさえ脳髄を食い裂かれ、

火の柱に焼かれなければならない。死に際して恋の執心があったのではないから、一般の仏教的邪淫観とは、多少違った見方の能だといえる。(傍線多田)

とあります。ここに示された他の曲との違いは、これを見る者にいろいろなことを考えさせます。「仏教的邪淫観」というよりも、もっと深いところで女が背負う業のようなものを問いかけているように思われるからです。美しいこと、男に引きつける女の魅力そのものが深い罪にほかならない、ということが問われているように思います。

しかも、ここで留意したいのは、その問いが、けっして解決されてはいないことです。この能は、旅の僧が登場し、土地の者から伝説を聞き、そこに現れた亡霊を供養するという、類型的な複式夢幻能の形をとっています。その場合、多くの曲では、亡霊は僧の供養によって救われます。しかし、この能では、救われることがないのです。末尾の部分を記しておくと、

いまは火宅に帰らむと、ありつる住みかはいづくぞと、暗さは暗し、あなたを尋ね、こなたを求塚、いづくやらむと、求め求め、たどり行けば、求め得たりや、求塚の、草の蔭野の露消えて、草の蔭野の露消え消えと、亡者の形は失せにけり、亡者の形は失せにけり。

とあって、夜明けとともに、うなひ処女の亡霊は塚の中に姿を消します。けれども、次の夜がやって来ると、地獄の苦しみはまた繰り返されることになるのです。それゆえ、ここには救いが見られないのです。処女の苦しみは、永遠に繰り返されることになります。女の罪は、存在の本質に

届いてそれだけ深いということなのかもしれません。先の解説にもあるように、通常の「仏教的邪淫観」とは異なるものの、このような見方は、仏教の本質につながるところがあるようにも思われますし、さらにはまた中世における、一つの女性観を示しているのかもしれません。しかし、この奥にあるものはもっと考えられてよいように思います。それはまた、平安時代中期以降のさまざまな小野小町の伝説（早いものでは『玉造小町壮衰書《たまつくりこまちそうすいしょ》』など）や、これも小町とされることの多い「九想図」、あるいはそれを詠んだ「九想詩」などと通じあうところがあるに違いありません。

この能は、演出上、見所がじつに多くあります。冒頭は、旅の僧が生田の里に若菜を摘む処女たちを見出す、きわめてのどかな場面から始まります。一人物思わしげに残った処女に、僧が求塚のことを尋ねると、処女は塚に案内し、そのいわれを物語ります。二人の求婚者が生田川の鴛鴦を競って射る場面になると、ここまで第三者的な立場で語ってきた処女は、突然声音を変え、「その時わらは思ふやう」と、主人公うなひ処女になって生田の川に身を投げた次第を語り始めます。この一言は、観客をぎくりとさせ、一瞬にして舞台全体のありようを変えてしまいます。能の演出のもっとも効果的なところでしょう。

3　共同体の禁忌

『大和物語』では、二人の男が死後も争っていたことが語られます。一方の男の塚には、その親が弓や太刀などの武具を収めておきますが、他方の親は何も入れてやりませんでした。ある旅人が塚の側に宿ったところ、どこかで争う音がするのですが、そのまま眠ってしまうと、夢に血まみれの男が現れ、太刀を所望するので「恐ろしい」とは思ったものの、求められるままに貸し与えます。すると、しばらくして先の男がまた現れ、「御徳に年ごろねたき者うち殺しはべりぬ。いまよりはながき御まもりとなりはべるべき」と述べて、これまでのいきさつを物語ります。夜が明けると、その姿はなく、ただ塚のあたりに血が流れ、また太刀にも血が着いていたというのです。

『求塚』では、この二人の男の争いが、そのままうなひ処女の罪に転じられています。そのさまはまことにすさまじいというほかありません。この男を、『求塚』では小竹田男《ささだおとこ》、血沼丈夫《ちぬのますらお》と呼んでいます。

恐ろしやおことは誰そ、小竹田男《ささだおとこ》の亡心とや、さてこなたなるは血沼丈夫《ちぬのますらお》、左右の手を取って、来たれ来たれと責むれども、三界火宅の住みかをば、なにの力の出づべきぞ…。げに苦しみの時来ると、言ひもあへねば塚の上に、火焔ひと群《むら》飛び覆ひて、光は飛魄《ひばく》の鬼となって、笞《しもと》を振り上げ追つ立つれば、行かむとすれば前は海、うしろは火焔、左も右も、水火の責めに詰められて、せん方なくて、火宅の柱に縋《すが》り付き、取り付けば、柱もすなはち火焔となって、火の柱を抱《だ》くぞとよ、あら熱や、耐えがたや、五体は熾火《おきび》の、黒煙《くろけむり》となりたりけり…。

この部分の演出もすぐれています。「火宅の柱に縋り付き」で、作り物の柱にすがりつくのですが、「柱もすなはち火焔となって」で、思わず柱から手を離し、床にぺたりと安座します。力量のすぐれた演者であれば、火焔となった柱がまざまざと目に浮かび上がるところです。

ところで、『大和物語』には、先にも述べたように、二人の男のうち、一方の男の塚には武具が入れられ、他方には入れられなかったとありました。武具を入れなかったことについて、物語では「いまひとりはおろかなる親にやありけむ、さもせずありける」と評しています。しかし、ここにはむしろ別の事情があったようです。

　二人の男の名について、『大和物語』は、

　ひとりはその国にすむ男、姓はうばらになむありける。いまひとりは和泉の国の人になむありける。姓はちぬとなむいひける。

と説明しています。この名は、菟原処女に血沼壮士と菟原壮士が求婚したとする高橋虫麻呂の歌に対応しています。血沼壮士の血沼は和泉国の古名で、その地の出身の男ゆえ、こう呼ばれたのでしょう。現在の大阪府の南西部、堺市から岸和田市あたりの海岸は、かつて血沼の海と呼ばれました。なお、田辺福麻呂の歌では、小竹田《しのだ》（信太）壮士と呼ばれていて、これは『求塚』の呼び名とも重なるのですが、歌枕「信太の森」でも知られるように、これも和泉国の地名です。もっとも『求塚』では、これを小竹田男《ささだおとこ》と呼んでいます。これは文字に引かれたための誤伝でしょう。さらに小竹田男《ささだおとこ》は信太壮士と同一人物のはずですから、これは能作者の誤認でしょう。

　もう一人の求婚者であるうなひ壮士、菟原壮士の名には、少しばかり問題があります。うなひ壮士はうなひ処女と対となるべき名ですが、ウナヒの語義によくわからないところがあります。ウナヰと同じと見て垂髪の意に解する説もありますが、仮名が違い、しかも垂髪では、男であるうなひ壮士の名をうまく説明できません。ここは未詳としておくほかありません。虫麻呂の歌の題詞に菟原処女とありますから、これは摂津国菟原郡に居住したところからの命名でしょう。ならば、うなひ壮士（菟原壮士）もうなひ処女と同郷であったとになります。なるほど、『大和物語』も「ひとりはその国にすむ男、姓はうばらになむありける」と、この男を紹介していました。

菟原処女は葦屋処女とも呼ばれていますが、その葦屋から見ると和泉国血沼は、大阪湾を隔てた対岸になります。処女にとって、うなひ壮士は同郷、血沼壮士（小竹田《しのだ》壮士）は異郷の男になります。そのことが、この二男一女型の話型を複雑なものにしています。

すでに述べたように、『大和物語』には、二人の男のうち、一方の男の塚には武具が入れられ、他方には入れられなかったとありました。武具が入れられなかったのは、異郷の男、血沼壮士の側であったと考えられます。というのも、次のような記述があるからです。

この女の塚のかたはらに、また塚どもをつくりてほりうづむ時に、津（摂津）の国の男の親いふやう「おなじ国の男をこそ、おなじ所にはせめ。こと国の人の、いかでかこの国の土をばをかすべき」といひてさまたぐる時に、和泉の方の親、和泉の国の土を舟にはこびて、ここにもて来てなむ、つひにうづみてける。されば、女の墓をばなかにて、左右になむ、男の墓ども今もあなる。

他国者の塚を築くのは、その国の土を犯すことになるので、菟原壮士の親は血沼壮士をそこに葬ることを許さなかった。そこで、血沼壮士の親はわざわざ和泉国の土を舟で運び、塚を築くことにした、というのです。ならば、血沼壮士の墓に武具を入れることができなかったというのも頷けます。『大和物語』は、「おろかな親」ゆえに武具を入れなかったのではないかと評していますが、それは到底許されることではなかったのです。武具をもたない男の亡霊が血まみれであったり、塚のあたりに血が流れていたりというのは、闘争の結果ではありましょうが、血沼という名を暗に示している、というべきでしょう。

「土を犯す」という問題は、この伝説を考える上に、きわめて重要な意味をもちます。なぜなら、それは他郷の者との恋を禁ずる共同体の論理とも深くつながっているからです。

菟原壮士と菟原処女は同郷の男女、血沼壮士は他郷から通ってくる男になります。この二人の関係を考える場合、注意したいのは、虫麻呂の歌の第二反歌です。

墓の上の木《こ》の枝《え》靡けり聞きしごと血沼壮士にし寄りにけらしも

処女の墓の上の木の枝が血沼壮士の塚の方へと靡いていたと歌われています。ここから、処女の心が血沼壮士に傾いていたことがわかります。この伝説を歌った大伴家持の歌にも、後の代の目印にしようと、処女の墓の上に黄楊《つげ》の小櫛を挿しておいたところ、それが根付いて生長し、風に靡いていることが歌われています。そのような目で虫麻呂の長歌をながめると、なるほど血沼壮士への心寄せがつよいことがうかがわれます。「血沼壮士　その夜夢《いめ》に見」とあるように、自殺した処女の姿は血沼壮士の夢にだけ現れています。これは処女の思いが血沼壮士にあったことの何よりの証左です。古代の夢は魂の出逢いの結果見るものとされていたからです。二人の間には、魂逢いがあったことになります。一方、菟原壮士は、血沼壮士の死を聞いて、負けてはならじと後を追ったとあります。ここからうかがえるのは、菟原処女と血沼壮士とは、共同体の禁忌（村外婚の禁忌）に抵触する恋愛関係にあり、そこに同郷の菟原壮士が横恋慕し、その板挟みにあって処女が死を選んだとする筋書です。二男一女型とはいっても、二人の男が対等の関係にあったわけではないのです。田辺福麻呂の歌でも、「古《いにしへ》の　ますら壮士《をとこ》の　相競《あひきほ》ひ」とあって、二人の男が対等に求婚したかのように歌われていますが、その反歌には、

古《いにしへ》の小竹田《しのだ》壮士《をとこ》の妻問ひしうなひ処女の奥つ城《き》ぞこれ　（⑨一八〇二）

とあって「小竹田壮士（血沼壮士）」の名しか歌われておらず、やはり対等の関係では捉えられていなかったことがわかります。共同体の禁忌がいかにつよかったかは、『大和物語』の塚を築く際の親同士のやりとりを見てもあきらかであるといえます。

以上、二男一女型の話型の典型であるウナヒヲトメの伝承について考えてみました。

読書案内

◉多田一臣校注・訳『万葉集全解 一～七』（筑摩書房、二〇〇九～二〇一〇年）

◉片桐洋一・福井貞助・高橋正治・清水好子 校注・訳『新編日本古典文学全集12 竹取物語・伊勢物語・大和物語・平中物語』（小学館、一九九四年）

◉横道万里雄・表章校注『日本古典文学大系40 謡曲集 上』（岩波書店、一九六〇年）

休憩室

武家の妻女のアルバイト――山崎正伸

手書きの百人一首が欲しくて、一〇年ほど前に、「箱入り江戸後期手書き百人一首不揃い」というものを買いました。読み札と取り札合わせて八〇枚ほどでした。絵札は木版彩色、文字札は絵札と同じ札の他に、同じ筆蹟の二種類の別の札。箱はいらないと断ったら、箱を売っているというので、持ち帰りました。初めての手書き札が嬉しくて、眺めていたら、絵がまるで違うのに、「鎌倉右大臣　世の中はつねにもかもな渚こぐ（あまの小舟《をぶね》の綱手《つなで》かなしも）」の同じ筆蹟の札が二枚。改めて箱が気になりました。桐の箱に桐の蓋《ふた》、内側に斜めに溝が刻んであって、蓋の裏には一本細い桟がある。外側は、かなり古ぼけていたが上等の金襴《きんらん》が貼ってあって、括《くく》り紐はないが、底に紐を通す帯がある。調べてみたら、定家袋《ていかぶくろ》（定家文庫・定家筥《ていかばこ》）というもので、武家の妻女が化粧道具や、その他の小物を入れて、お供の女性に持たせたという。古くなった定家袋に失敗したものを入れておいたのだろうか。絵札は一種類、その札と同じ文字札、そして、より高級だと思われる文字札が二種類、じーっと見ていると、手書きの内職が想像されました。絵札の中に「祐子内親王家《ゆうしないしんのうけの》紀伊《きい》　おとにきくたかしのはまのあた波は（かけじや袖のぬれもこそすれ）」がありました。書き手は、繧繝縁《うんげんべり》の畳がない絵を選ぶ正しい判断をしています。私の想像は、果たして正しいでしょうか、それとも「あだなみ」無駄な夢想なのでしょうか。

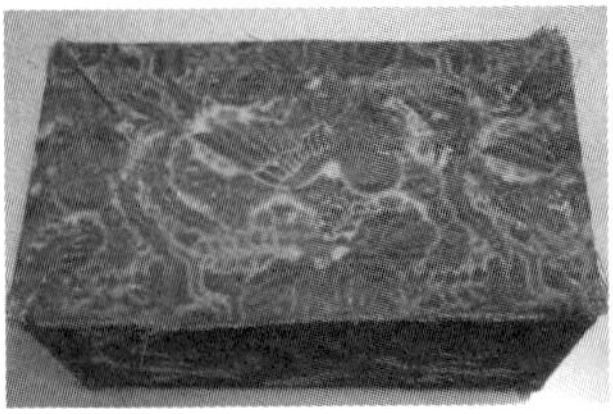

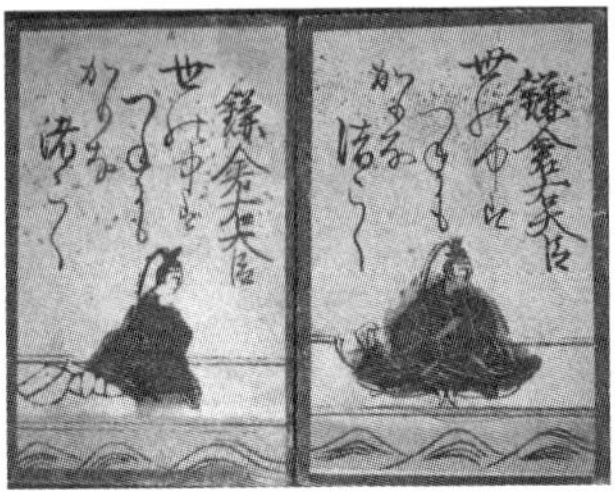

山崎正伸
YAMAZAKI Masanobu

平安貴公子、恋のホップ、ステップ、ジャンプ、そして失恋

扉…板谷《いたや》広長《ひろなが》の『伊勢物語』一段双幅の左幅「若紫の姉妹」（架蔵）

板谷広長の『伊勢物語』一段双幅の左幅です。広長は、宝暦一〇年（一七六〇）に板谷広《ひろ》当《まさ》（慶舟のち桂舟）の次男に生まれ、文化一一年（一八一四）に五五歳で没した、江戸後期の土佐派の画家です。広当は、住吉広守の推挙で、安永二年（一七七三）に幕府御用絵師となり、長男広行に住吉家を継がせ、自身は板谷姓にもどり、板谷家を立てました。その板谷家は次男広長が継ぎ、剃髪後は桂意と号し、以後、板谷家は幕府御用絵師として桂舟と桂意を隔代に号しました。扉の絵は、落款が桂意筆とありますから、剃髪後の作です。本来は、右幅と左幅と並べますから、本文挿絵の狩衣の裾を切って歌を書く場面の右幅が先で、春日野の若紫のような美しい姉妹を描く左幅は後になりますが、紙面の都合で前後を入れ替えて挿入しました。飾る時は、落款の位置に注意して飾ります。

高等学校の古文の教科書に、『伊勢物語』の何章段かが採用されています。例えば、初冠（一段）や芥川（六段）、八橋・都鳥（九段）、筒井筒（二三段）など、記憶している人もいるでしょう。高校の教科書では、ある一段だけを取り扱うのが普通ですが、大学では、一作品として、章段を連続して読んで、理解していくということをします。今回、一段から四段までを取り上げて、連続して読む面白さをお伝えしたいと思います。

1 美しい姉妹に心奪われる

初段です。「初冠《ういこうぶり》」と題されることがあります。この段は、元服したての若い男が、奈良の春日の里に領地がある縁で鷹狩に平安京から出向いた時に、男は垣間見てしまったことが発端で、恋心が芽生えたという話です。本文は、『新日本古典文学大系』所収の『伊勢物語』[*1]を用いました。ただし、句読点や濁点を変えた所があります。変更した部分については、説明を加えてあります。

むかし、おとこ、うゐかうぶりして、平城《なら》の京《きやう》、春日の里にしるよしして、狩に往にけり。その里に、いとなまめいたる女はらから住みけり。このおとこ、かいまみてけり。おもほえず、古里にいとはしたなくてありければ、心地まどひにけり。おとこの着たりける狩衣《かりぎぬ》の裾《すそ》を切りて、歌を書きてやる。そのおとこ、しのぶずりの狩衣をなむ着たりける。

　春日野の若紫のすり衣《ごろも》しのぶのみだれ限り知られず

となむ、をいつきていひやりける。ついでおもしろきこととや思けん。

＊1　秋山虔・堀内秀晃校注『新日本古典文学大系17 竹取物語・伊勢物語』（岩波書店、一九九七年）

みちのくの忍もちずり誰《たれ》ゆへにみだれそめにし我ならなくに

といふ歌の心ばへなり。昔人は、かくいちはやきみやびをなんしける。

舞台は、旧都平城京春日の里。この男の領地があって、なんとなく平城天皇の孫に当たる在原業平を彷彿とさせます。その旧都荒廃の里にとても初々しい上品な姉妹が住んでいて、男は偶然にもその姿を目にしてしまったのです。「垣間見」は、直接女性の姿を見ることがなかった平安時代にあって、恋の始発を予感させる文学装置です。『源氏物語』で光源氏が空蝉と軒端荻の碁の対局を覗く場面で、「かくうちとけたる人のありさまかいまみなどまだしたまはざりつることなれば」（空蝉）とあります。この垣間見が伊予介の人妻空蝉への恋の始発になります。また、「日もいと長きにつれづれなれば、夕暮のいたう霞みたるにまぎれて、かの小柴垣《こしばがき》のもとに立ち出でたまふ。人々は帰したまひて、惟光朝臣《これみつのあそん》とのぞきたまへば」（若紫）と、後の紫の上を見出して恋するのも垣間見です。鷹狩に行って「見てけり」と完了の助動詞「つ」が臨場感を表現しています。「おもほえず」は、「心地まどひにけり」に掛かります。美しい姉妹を見て、思わずボーッとしてしまったのです。ここでは完了の助動詞「ぬ」が、そのまま恋に陥った男を上手に表現しています。荒廃した旧都平城京で、不釣り合いな様子で暮らしていた初々しく上品な姉妹に、思わず心惹かれたのです。男は、その日、忍摺《しのぶずり》の狩衣を着ていたのです。その狩衣の裾を切って、「春日野の瑞々しい紫草で摺り染めした狩衣ではありませんが、恋い偲ぶ思いは限り知られず乱れています。」と、書き送ったのです。「をいつきて」は、「追ひつきて」と読んで、恋に落ちてすぐに行動したというのと、「老いづきて」と、大人ぶってというのと、「追ひ継ぎて」と読んで、続き書きにさらさらと書いてと解釈

図版　板谷広長の『伊勢物語』一段双幅の右幅「和歌を書く」（架蔵）

するものが提示されています。この書き様ということでは、『源氏物語』の例も「みちのくに紙におひつき書き給ひて」（総角）と「書」くことに連接しますし、『伊勢物語』でも、書く行為が特別な場合は「と書きて」（一三・一四段）と受けるので、「追ひつきて」か「老いづきて」でしょう。後文に「いちはやきみやび」、激しい風流とありますから、私は「追ひつきて」と読んでいます。[*2]「ついで」以下は、語り手の解説風な付け加えです。たまたま初々しく美しい姉妹を見てしまった。そして、その日は偶然にも忍摺の狩衣を着ていたという事の次第が、源 融《みなもとのとおる》の古歌と相《あい》俟《ま》って興趣を覚えたのであろうかというのです。この「みちのくの忍もちずり」の歌ですが、一般には「陸奥《みちのく》の忍捩《しのぶも》ぢ摺《ずり》」とされています。捩《よじ》れ模様の摺りという認識です。それでは、乱れ模様が本来のものであって、その図柄の起源を問う歌となってしまいます。ここは、本来乱れないものが、恋心が芽生えたことによって心が

＊2　森本茂「をいつきて」（『伊勢物語論』大学堂出版、一九六九年、初出は一九六七年）、山崎正伸「かすが野のしのぶのみだれ」考（『二松学舎大学人文論叢』一八、一九八〇年）

奪われ、乱れ模様となってしまったというのです。『万葉集』の、

一一六〇　住吉之《スミノエノ》　遠里小野之《トホサトヲノノ》　真榛以《マハギモテ》　須礼流衣乃《スレルコロモノ》　盛過去《サカリスギユク》[*3]

や、『古今六帖』の、

二九四七　山たかみさはにおひたる山ゐもてすれるころものめづらしな君[*4]

や、『貫之集』の、

一三七　山藍《やまゐ》もて摺《す》れる衣の長ければ長くぞ我は神に仕《つか》へむ[*5]

の「真榛」「ま」は美称の接頭語です。榛《はり》はカバノキ科の落葉高木榛《はん》の木、山藍はトウダイグサ科の多年草で、どちらも染色材料になりました。これらを用いた（以ちいた）摺りであって、捩《よじ》れた意味の捩《もじ》るではないのです。ここは、忍草を用いた摺り「忍用摺り」ということです[*6]。男は、恋い慕う心を知ったのです。ここで、一段のポイントを整理しましょう。舞台は、遷都によって寂れた旧都平城京です。そして、恋愛は、垣間見してしまった姉妹の姿に対して生じた視覚動機の恋です。

2　心の美しい女性は素敵です

二段は、

　むかし、おとこ有けり。ならの京は離れ、この京は人の家まださだまらざりける時に、西の京に女ありけり。その女、世人《よひと》にはまされりけり。その人、かたちよりは心なんまさりたりける。ひとりのみもあらざりけらし。それをかのまめ男、うち物語らひて、帰り来て、いかが思

＊3　『新編国歌大観』二私撰集編（角川書店、一九八四年）

＊4　『新編国歌大観』二私撰集編（角川書店、一九八四年）

＊5　田中喜美春校注『和歌文学大系19』（明治書院、一九九七年）

＊6　柿本奨「『しのぶずり』など」（『大阪学芸大学紀要』三、一九五五年）。注2の拙稿

ひけん、時は三月《やよひ》のついたち、雨そをふるに遣りける、

起きもせず寝もせで夜をあかしては春の物とてながめ暮らしつ

この京、平安京へと舞台は変わります。しかし、遷都間もない頃の西の京、現在の右京区になります。西の京は開けていませんでした。旧都荒廃の平城京から、新都未開の平安京西の京に、寂れた場所の連続で続いています。二段の恋愛対象の女は、「世人《よひと》にはまされりけり」と、容姿容貌が世間の並の人よりも美しく、かつ、その美しい姿よりも心がより優れていたのです。容姿に囚われた一段よりも、心の評価が加わる二段の方が、恋愛基準が上がったと理解できるでしょう。この姿も心も優れている女性に恋心を抱いたのです。しかし、残念ながらこの女性には夫があるらしい。その女性と世間話をして帰って来ます。そこで語り手の解説が入ります。容姿容貌が世間の女性より美しく、心も素敵な女性を見つけたのですが、夫がある身の女性と世間話をして、一層素晴らしい女性だと思って帰って来て、どう思ったのか、時節は三月の上旬、雨がしとしと降る折りに、こんな歌を贈ったというのです。「夜のことですが、起きていたというのでもなく、かといって共寝したと言うことでもなく夜を明かして、昼は昼とて、春の景物の長雨ではありませんが、ぼんやりと物思いに耽って過ごしています」と。旧暦三月上旬、今の四月半ば、菜の花が種を結び始める頃、しとしとと降る春の長雨、春の景物です。「ながめ」は、「長雨」と「詠め」、ぼんやりと物思いする意の掛詞です。この「起きもせず」の歌は、『古今和歌集』巻第十三・恋歌三に、

弥生《やよひ》の一日《ついたち》より、忍びに、人にものら言ひて後《のち》に、雨のそほ降りけるによみて、遣《つか》はしける　在原業平朝臣

六一六　起きもせず寝もせで夜をあかしては春の物とてながめ暮《くら》しつ*7

とあって、男の歌は、在原業平の歌と分かってしまいます。そうなると、業平を主人公とした歌物語になってしまいます。それでは「昔男」として語り始めた意図が崩壊してしまうでしょう。業平ではなくするためには、さしずめ現代のドラマのように「このドラマはフィクションで、実在の業平さんとは関係ありません。」と、テロップを流したかったに違い在りません。でも伊勢物語の作者は、そんな野暮なテロップは出しません。「ならの京は離れ、この京は人の家まださだまらざりける時」が、その役割を果たしています。舞台年時を平安京に遷都間近と設定したのです。平安遷都は延暦一三年（七九四）、業平の父阿保親王はこの時数え年三歳です。業平が生まれたのが天長二年（八二五）で、二段の舞台を男の二〇歳の頃と仮定しますと、業平の二〇歳は、承和一一年（八四四）となって、五〇年ほど前に話の舞台を設定したと分かります。そうすることで、実在の業平から切り離しているのです。紫式部はこの方法を上手に使って、桐壺帝を醍醐天皇時代に設定して、一条朝から一〇〇年ほど遡《さかのぼ》らせています。*8 さて、一段と二段ですが、寂れた舞台という連続性と、二段は一段より恋愛の成長としてステップが上がっています。

3　結婚を前提に付き合ってください

三段は、

むかし、おとこありけり。懸想《けさう》じける女のもとに、ひじきもといふ物をやるとて、

*7　小島憲之・新井栄蔵校注『新日本古典文学大系5　古今和歌集』（岩波書店、一九八九年）

*8　山崎正伸「『源氏物語』桐壺朝のこと――『源氏物語』の藤壺宮の立后と『大和物語』五段の藤原穏子の立后を巡って――」（『二松学舎大学論集』五七、二〇一四年）

思ひあらば葎《むぐら》の宿に寝もしなんひしきものには袖をしつつも

二条の后のまだ帝にも仕うまつりたまはで、ただ人にておはしましける時のこと也。

鹿尾菜藻《ひじきも》は、スーパーなどで、乾燥した物が二〇〇円もしない値段で売っています。尾崎紅葉の『金色夜叉《こんじきやしゃ》』では、富山《とみやま》はダイヤモンドで、金銭的なことが絡みます。この鹿尾菜藻は、和歌の「引敷物」というのに取り合わせたものです。「引敷物」に「鹿尾菜藻」を隠した物名《もののな》歌です。「恋する思いがあるなら荒《あば》ら屋に寝もするでしょう。敷物としてはお互いの袖をしてでも。」というのです。「袖をしつつも」とありますから、共寝を誘っているのです。六三段に九十九髪《つくもがみ》の女が「さむしろに衣かたしき今宵もや恋しき人にあはでのみ寝む」という「衣かたしき」が独り寝を象徴しています。互いの袖を交わして寝るのですから、翌朝各々が身に着けるので、後朝《きぬぎぬ》の別れとなります。この章段には、「二条の后のまだ帝にも仕うまつりたまはで、ただ人にておはしましける時のこと也。」と追記があります。この女は清和天皇の後宮に入内《じゆだい》した女御藤原高子《ふじわらのたかいこ》です。容貌や心については表現されず、即求愛となっています。それは、一段二段と恋愛の階段を上ってきたのですから、容貌も心も素晴らしい女性ということなのです。ここには場所が書かれていません。しかし、この段から六段まで、高子章段が続きますから、四段の舞台「東の京」と同じであると理解できます。平安京の中心地は、東の京今の左京区です。荒廃した旧都平城京から、未開の新都平安京の寂しい西の京へ、そして中心地の東の京へと展開しています。作品舞台が中心に向かう求心構造となっています。これに恋愛段階上位構造を合わせると、この男の本命が高子だったと分かります。ホップ、ステップ、ジャンプと、高子に行き着いたのです。

4 せめて月や梅の花が変わらなかったら、……

四段は、

むかし、東《ひんがし》の五条に大后《おほきさい》の宮おはしましける、西の対《たい》に住む人有けり。それを、本意にはあらで、心ざし深かりける人、行《ゆ》きとぶらひけるを、む月の十日ばかりのほどに、ほかにかくれにけり。ありどころは聞けど、人の行き通ふべき所にもあらざりければ、猶憂しと思ひつつなんありける。又の年の正月《むつき》に、梅《むめ》の花ざかりに、去年《こぞ》を恋ひて行《い》きて、立ちて見、ゐて見、見れど、去年に似るべくもあらず。うち泣きて、あばらなる板敷に月のかたぶくまでふせりて、去年を思いでてよめる。

月やあらぬ春や昔の春ならぬわが身ひとつはもとの身にして

とよみて、夜のほのぼのと明くるに、泣く泣く帰りにけり。

仁明天皇の女御、文徳天皇の母后順子《のぶこ》の第宅の西の対屋《たいのや》に高子が住んでいた。その女を、愛情深かった男が、なかなか逢えない不本意な状態で通っていた。この通い状況は、章段構成は前後しますが、五段で語られます。それに合わせて、高子を失った話が、六段で再度語られるのです。四段は、この恋が、「む月の十日ばかりのほどに、ほかにかくれにけり」「ありどころは聞けど、人の行き通ふべき所にもあらざり」と、高子が清和天皇の後宮に入内したことによって終わるのです。しかし、男の思いは変わらない。「猶憂しと思ひつつなんありける」と、一層辛いと思いながらも継続するのです。自分が変わらなければ、あの思い出は、変わらずにあると。あの時の美しい月と馥《ふく》郁《いく》と薫る梅、そして、変わらない自分、それらが揃えば、あの時の思いに浸れると、一年待つのです。みなさんこんな漢詩の一句を聞いたことがありませんか、「年年歳歳花相似《ねんねんさいさいはなあひにたり》　歳歳年年人不同《さいさいねんねんにひとおなじからず》」藤原公任《ふじわらのきんとう》撰の『和漢朗詠集』「無常」*9に収められている宋之問《そうしもん》の漢詩です。真偽のほどは分かりませんが、宋之問が女婿《むすめむこ》であった劉希夷《りゆうきい》を殺して剽窃《ひょうせつ》したという話が伝えられています。「毎年毎年花は同じく咲くが、毎年毎年人は同じではない（人は死んでこの世は変わっている）。」と人の世の無常を読んだ詩です。『白氏文集』巻二十の「與二諸客一携テレ酒ヲ　尋テ二去年ノ　梅花ヲ一有リレ感」も、梅花の下の酒宴が、伎女の歌舞まで同じくあって、「樽前ノ　百事ハ　皆依レリレ舊ニ　點検《てんけん》スルニ　惟《ひとり》無シ二薛《せつ》秀才一（去年與《とも》二薛《せつ》景文一ト同賞ス。今年長逝ク）」*10と、自然は不変で人事は変化すると、無常を読むものです。この男は、月も梅も自分も不変であれば、女との一時を感じることができると、待ち過ごしたのです。「又の年の正月《むつき》に、梅《むめ》の花ざかりに、去年《こぞ》を恋ひて行《い》き」と、同じ月が出て梅も咲き、男は出かけます。「立ちて見、ゐて見、見」立って眺め、おや、……、坐って眺め、うむ、……、よくよく見ます。疑問当惑の行動です。『伊勢物語』には、もう一事例二一段に、女が書き置きをして出て行った後を追って男が捜す場面で、「門《かど》に出でて、と見、かう見、見けれど」とあります。こちらは見つかりませんでしたが、四段の男は、「去年に似るべくもあらず」と発見するのです。失恋は、恋する女性を失っただけではなく、あの感動の心まで、思い出の情景まで色褪せたことを知ったのです。一年間の心の支えであった期待が崩れ去ったのです。「うち泣く」というのは、その涙です。そして、梅の花の盛りは旧暦正月一三日頃*11、立春は過ぎてもまだ寒い頃、月が西の空に傾くまで過ごして、「月やあらぬ春や昔の春ならぬわが身ひとつはもとの身にして」と詠む。二つ重なる係助詞「や」は

*9　菅野禮行『新編日本古典文学全集19 和漢朗詠集』（小学館、一九九九年）

*10　長澤規矩也『和刻本漢詩集成9唐詩』（汲古書院、一九七四年）

*11　神尾暢子「伊勢物語と暦日表現――暦日規定の表現映像――」（『王朝国語の表現映像』新典社、一九八二年、初出は一九八〇年）

疑問の詠法です。[*12]「月は違うのか梅の花は以前の梅の花ではないのか、私だけは元の身でもって、すべてが違って見える。」恋人を失ったという境遇の変化は、月や梅といった自然のものまでが変化して見える。こうなると、すべてが変化して不変なのは自分だけ、取り残された孤独感に襲われたのです。最後は、「泣く泣く」と動詞が重ねられ悲しみが強調されています。男は孤独感にさいなまれながら「泣く泣く」帰って行ったのです。大学の先輩塚原鉄雄氏は、「少年のぼくには、度重なる蹉跌にも屈伏しないで、意欲的に自己の虹を追う、浪漫的な行動が魅力であった。そして、老年のぼくは、そのようなロマンチシズムを前提とする現実的な孤愁に共感する。伊勢物語は、ぼくにとって、黄泉にも携行して原文を通読するといった、最後の古典ともなるであろう。[*13]」と書かれています。一九九三年に向かわれた黄泉の国で今も『伊勢物語』を読んでいらっしゃることでしょう。私は、俗気が抜けないので、もう少しどろどろした『大和物語』を携行しようか、『後撰和歌集』を携行しようか、それとも、最後は救済和歌を連ねる『拾遺和歌集』を携帯しようか、いまだ迷いの中にいます。

＊12　徳田政信「「月やあらぬ」考（上）――宣長の反語説は成立するか――」（『中京大学文学部紀要』八－二、一九七三年）

＊13　塚原鉄雄『伊勢物語の章段構成』（新典社、一九八八年）。塚原氏は一九九三年一二月一三日に永眠されました。

読書案内

- ◉山下道代『歌語りの時代――大和物語の人々』（筑摩書房、一九九三年）
- ◉保立道久『平安王朝』（岩波新書、一九九六年）
- ◉朧谷　寿『源氏物語の風景　王朝時代の都の暮らし』（吉川弘文館、一九九九年）
- ◉渡部泰明『和歌とは何か』（岩波新書、二〇〇九年）
- ◉秋澤亙・川村裕子編『王朝文化を学ぶ人のために』（世界思想社、二〇一〇年）
- ◉工藤重矩『源氏物語の結婚』（中公新書、二〇一二年）

原 由来恵
HARA Yukie

一条朝の恋が紡いだもの

『枕草子』『源氏物語』の背景

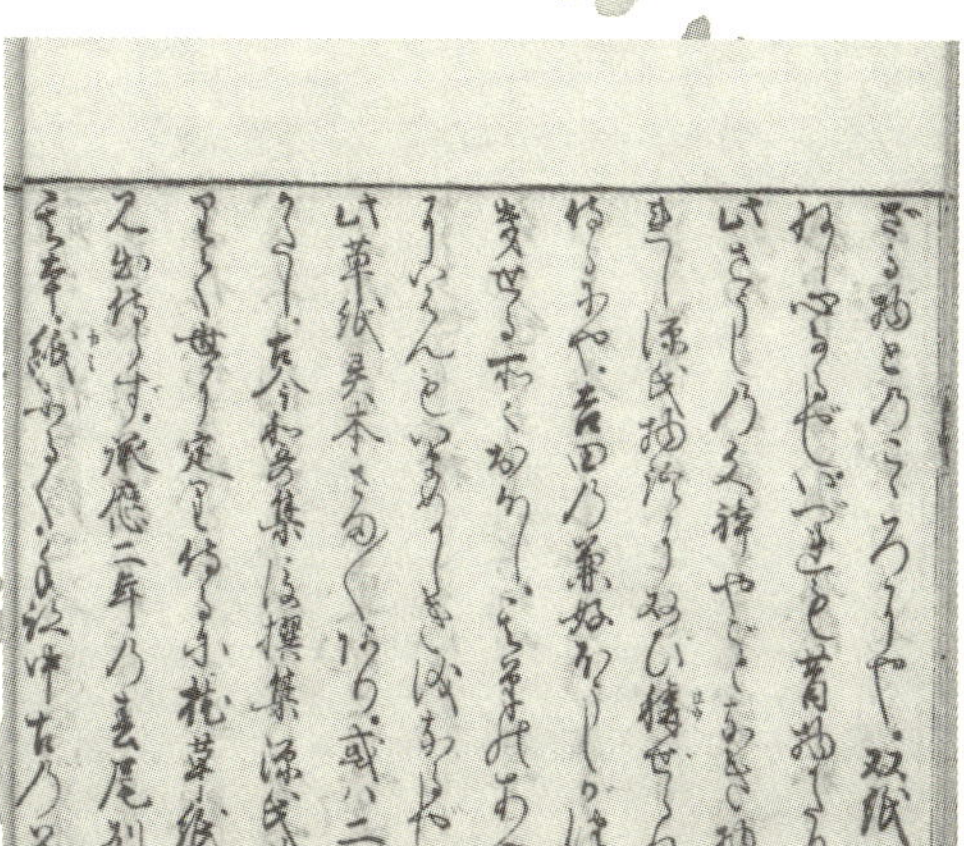

扉…『枕草子春曙抄《まくらのそうししゅんしょしょう》』

『枕草子春曙抄』は、江戸時代初期に古典学者の北村季吟《きたむらきぎん》によって書かれた『枕草子』の注釈書です。写真箇所は、序文の中の一節です。清少納言『枕草子』と紫式部『源氏物語』が、『徒然草』の兼好などにも影響を与えていたことが記されています。

基本は一二巻ですが、享保一四年（一七二九）の発梓本では、巻末に壺井義知『清少納言枕草子装束撮要抄』（「装束抄」）が合わさった一三冊となっています。ほかに六冊本もあります。この注釈の最後の箇所の「跋文」には、「清少納言枕草子者、中古之遺風、和語之俊烈也。并義於紫女源氏物語、尤当閲翫之者也」とあり、やはり二人が対照されています。

季吟が没した後も、明治時代まで重版がなされ、多くの人に読まれた注釈書でした。

1 プロローグ――清少納言と紫式部

清少納言の『枕草子』を「をかし」、紫式部の『源氏物語』を「もののあはれ」と、対比か一対のように覚えた経験はありませんか。清少納言と紫式部の二人は、いつもまるで好敵手のように名前を出されることが多いようです。

では、本当に二人はライバルだったのでしょうか。現在残る史料からは、残念ながら二人が活躍していた后のお住まいである後宮で、直接顔を合わせたと考えることは難しいといえます。その理由は、清少納言の仕えていた中宮定子が薨去したのは、長保二年（一〇〇〇）一二月一六日未明です。一条天皇の三人目の子どもを出産した後に世を去っています。おそらくは定子の女房だった清少納言もこの後に宮廷を辞したと思われます。それに対して紫式部が中宮彰子に仕えたとされるのは、寛弘五年（一〇〇八）の彰子の妊娠と出産の少し前と考えられるためです。つまり、清少納言と紫式部がそれぞれの后に仕えた年には、少なくとも五年から八年の差[*1]があるといえます。

では、それなのにも関わらず、比較対象になるのはどうしてなのでしょう。確かに、二人が著した『枕草子』と『源氏物語』は、これまでにない文学作品の登場でした。またその後、現在に至るまでこれらの作品は大勢の人々に享受され、メディアミックスもされて受け継がれてきました。接触こそなくても、二人は同時代にそれだけの素晴らしい作品を世に送り出したからともいえます。また、清少納言は時の摂関家藤原道隆の娘の中宮定子に、紫式部もまた権力者藤原道長の娘中宮彰子に仕えるといった境遇も似ています。しかし、どうもそれだけが理由ではないようです。

＊1　『紫式部日記』は出産記録の役割があったような内容となっています。その出産後の宴席で藤原公任が「あなかしこ、このわたりにわかむらさきやさぶらふ」と『源氏物語』を元にした言葉を掛けていることが記されているため、出産の二、三年前から出仕していると考えられています。

紫式部が彰子の出産を中心に記した『紫式部日記』の「消息体」[*2]には、当時の女房たちの批評が載っています。そこには次のような清少納言評が見受けられます。

清少納言こそ、したり顔にいみじう侍りける人。さばかりさかしだち、真名書き散らして侍る程も、よく見れば、まだいと足らぬこと多かり。

かく、人に異ならむと思ひ好める人は、かならず見劣りし、行末うたてのみはべれば、艶になりぬる人は、いとすごうすずろなる折も、もののあはれにすすみ、をかしきことも見過ぐさぬほどに、おのづからさるまじくあだなるさまにもなるにはべるべし。そのあだになりぬる人の果て、いかでかはよく侍らむ。

この内容を大まかにまとめると、「清少納言は、非常に知ったかぶりな人。賢そうにして漢文の才をひけらかして書いているけれど、よく見ると足らないことも多いの。このようにあえて人と違おうとするのは、かえって劣ってるところが見えてしまうし、どのような時にも、もののあはれや、をかしを見落とさないように必死になっているようなのは、自然とたいしたことがなく浮薄なものになるでしょう。そういう不誠実な人の後が、どうして良いことがあるというのかしらあるわけないわ。」となり、かなり辛辣に清少納言の文才やそこから感じ取った人柄を否定しています。逆にいえば、「よく見れば」や「あはれ」「をかし」とありますので、清少納言の書いたものを真剣に読んだともいえるのでしょうが。

しかしどうして紫式部は、その人の後々まで悪く暗示してしまうような内容を、それもおそらく

*2 『紫式部日記』は日記体記録・消息体評論・残欠部挿入及び日記体記録の補足によって構成されています。寛弘五年（一〇〇八）秋から同七年正月までの記録が見られます。冒頭は寛弘五年中宮彰子の里邸にあたる藤原道長の土御門第の秋の風情から描かれています。

は直接会ってはいない清少納言に対してしたのでしょう。それは清少納言が『枕草子』に史実と虚構を織り交ぜているように、紫式部にもそう書くべきだと思う立場があったのかもしれません。

2 コンテクスト――一条朝

さて、清少納言と紫式部が仕えていた、定子と彰子の二人の后たちですが、この二人には、父親が時の権力者であったと同時に、本人たちがともに一条天皇の后という共通点があります。同じ帝に同時期に二人の后が立つとは、本来考えにくいことですが、それがなされていました。もちろん当時は、現在のように一夫一妻制ではありません。それは宮廷でも例外ではなく、帝との婚姻関係を結ぶために選ばれた氏族の娘たちは、親の期待を背負って宮廷に入内《じゅだい》していました。そしてそれぞれが、各家の後見《うしろみ》*3の家柄や身分などに合わせ女御・更衣といった位につきました。その中でも、父親が時の権力者であったり、出産した男皇子が次の帝と目され、春宮*4（東宮とも）の母親となるものが、唯一の后として中宮という位に就いたのでした。

『源氏物語』のはじまり「桐壺」巻の冒頭文

いづれの御時にか、女御、更衣あまたさぶらひたまひけるなかに、いとやむごとなき際にはあらぬが、すぐれて時めきたまふありけり。はじめより我はと思ひ上がりたまへる御方がた、めざましきものにおとしめ嫉みたまふ。同じほど、それより下臈の更衣たちは、ましてやすからず。

＊3　後ろ盾となって助ける人の意。ここでは娘を支える家の力もさします。

＊4　皇太子のこと。皇位継承者。

本文には「いつの帝の時代でございましたか、女御や更衣が多くいらっしゃった中に」とありますが、中宮定子、中宮彰子が生きていた頃はまさにそういう時代だったのです。

さてこの引用箇所には、他にも気になる文言がありま す。それは、「いとやむごとなき際にはあらぬが、すぐれて時めきたまふありけり。」と、たいそうな身分ではない方で、帝からとても寵愛されていた女性（後に光源氏の母、桐壺更衣と明かされます）に対する、女御・更衣たちの心理描写です。「はじめより我は」と思って入内してきたであろう女御や、桐壺更衣と同じ程度の家柄やそれより下の者は「ましてやすからず。」とあります。これは帝が他の女性を深く愛することに対しての、愛情による嫉妬だけとは思えない表現です。ではどうしてこのような記述となったのでしょう。それは入内してきた女性達が、前述したように各々の家を背負っていたという当時の状況が反映されていたためといえます。当然、人の心ですから、帝をお慕いする恋する気持ちからの嫉妬もあるでしょう。しかしそれ以上に、見向きをされな

写真　京都御所紫宸殿

いことの危機感が、実は背景に流れているのでした。摂関家や公卿のような身分の高い家の娘は、いずれは帝の母という国母[*5]となるために、「はじめより我は」と思っていました。またそこまでは望まないとしても、天皇との間に皇子を儲けることによって、家と天皇家との血統を結び、外戚関係を作るための意識を持っていたといえます。それは幼い頃からそのように周囲から教育を受け、大切に育てられてきたからこそのものです。その一端を垣間見ることができるのが『源氏物語』に登場する葵上です。葵上は夫となった光源氏に対して、中々心をひらくことができません。葵上自身は、ずっと春宮妃になると思っていました。ですから臣籍に下った、まだ若く位の低い光源氏の妻になるとは思ってもいなかったことも、彼女は誇りを傷つけられて素直になれない要因の一つになっていたといえます。

このように平安時代においての婚姻は、純粋な恋愛から必ずしも生まれるものではありませんでした。まして帝の元への入内となると、家の情勢に左右されたり、多かれ少なかれ家と自分の立場は、相互に影響を与えていたといえます。そして清少納言や紫式部が活躍した平安時代後半は、まさに藤原摂関家の栄華絶頂期です。つまり『枕草子』や『源氏物語』『紫式部日記』のコンテクストには、外戚からの権力掌握といった政治的背景が存在していたといえます。

そのような中で、一人の帝に二人の后が短い一時期でも同時に立つ状況[*6]が生まれたのでした。それでは一条天皇と定子、一条天皇と彰子、それぞれの関係はいったいどのようなものだったのでしょうか。

＊5　狭義では国を治める天皇の母で、皇太后の位についた人。広くは国民の母のことを意味し、皇后や后をさします。

＊6　天皇に対しての后を中宮と呼んでいました。中宮になることを立后といいます。本来は一人ですが、中宮と同義の皇后という位にスライドさせることによって、彰子を后の位につけました。この時期には、道長に反対する者は誰もおらず、定子は孤立した状況でした。おそらくは一条天皇の愛が支えだったと考えられます。

3 エピソードI——一条天皇と中宮定子の愛

一条天皇と中宮定子のお互いを大切に思う様子は、『枕草子』にも度々登場します。また『栄華物語』や『後拾遺和歌集』には、一条天皇と中宮定子の関係を象徴するような次の三首の和歌が載っています。

一条院御時、皇后宮かくれたまひてのち、帳の帷の紐に結びつけられたる文を見つけたりければ、内にもご覧ぜさせよとおぼし顔に、歌三つ書き付けられたりける中に

夜もすがら契りしことを忘れずは恋ひむ涙の色ぞゆかしき　（五三六番歌）
知る人もなき別れ路に今はとて心ぼそくも急ぎたつかな　（五三七番歌）
煙とも雲ともならぬ身なれども草葉の露をそれとながめよ　（異本）*7

この『後拾遺和歌集』の詞書を見ると、「一条天皇の御代に、皇后定子が薨去されて後、帳の布の紐に結びつけられた定子の手紙を見つけたところ、それは一条天皇にもお見せして欲しいとお思いの様子で、和歌が三首書き付けられていました」とあります。

最初の「夜もすがら」の歌は、白居易の『長恨歌』にある一節「臨ミテレ別レ二殷勤二重ヌレ詞ヲ　詞中有リレ
両心ノミ知ル七月七日長生殿　夜半無クレ人私語セシ時　在リテハレ天二願ハクハ為リ二此翼ノ鳥一ト　在リテハレ地二願ハクハ為リ二
連理ノ枝一ト」を踏まえています。これは楊貴妃が玄宗皇帝に別れの言葉として、昔七月七日の夜更け、

*7　『栄華物語』には三首記載されていますが、『後拾遺和歌集』には二首のみが記されており、テキストにした本とは別系統の他本に載るもので補ったことを表します。

二人で密かに話した「この世で別れても二人が生まれ変り、天上なら比翼の鳥に、地上ならば連理の枝になりましょう」と約束した思い出を託したものです。定子はこの詩句を用いて、「楊貴妃と玄宗のように二人で誓い合ったことをお忘れでないなら、その証しに私を恋うて流してくださる涙の色を知りたいものです。」という気持ちを和歌に表現したのでした。そして自分を思って流してくださる涙が、哀しみの血の涙、紅涙であって欲しいと願っての歌でもありました。一条天皇への切実な愛のメッセージが伝わってきます。二首目の「知る人も」は「誰一人として知る人もいない死出の別れ路、今はもうその時です、心細いままで急ぎ発っていきます」と死への覚悟と寂しさが述べられています。そして「煙とも」では、「煙とも雲ともならない身ですが、草葉の露を我が化身と思って眺めてください」とうたわれています。当時は火葬でしたが、定子は生前から土葬を望み、鳥辺野に埋葬されました。歌に登場した消える煙や雲、そして露は、全て儚いもののメタファーですが、その中でもせめて少しでも愛おしい人の近くにいたいという、定子の気持ちを訴えているようです。

正暦元年（九九〇）、一五歳の定子は、一一歳で元服された一条天皇に入内します。そしてその年には、すぐに中宮に立てられます。ここから父である藤原道隆の絶大なる権力と、定子の中宮という位が、お互いの相乗作用となり、中関白家[＊8]は栄華の道を辿ります。その絶頂期に定子の元には清少納言が出仕したとされています。一条天皇は、この年上で美しく教養豊かな定子を深く愛し、二人は仲睦まじく過ごします。しかし長く続くかと思われたこの幸せは、長徳元年（九九五）に道隆が薨去してから次第に陰を落としていきます。翌年の長徳二年（九九六）には兄の伊周と隆家が花山院を奉射するという事件を起こして左遷され[＊9]、中関白家の没落は完全なものとなりました。『小右記』[＊10]

＊8　藤原道隆の家を道隆の関白にかけて、中関白家と呼びました。

＊9　花山院に向けて矢を放ち従者を射ったという不敬事件を起こします。また左遷先から都に隠れて入り込みさらに捕まるなど、定子と中関白家は窮地にたっていきます。『栄華物語』『小右記』に詳しく載ります。

＊10　右大臣藤原実資の記した天元元～長元五年（九七八～一〇三二）までの漢文日記。

図版　清少納言　明治初期の百人一首かるた（架蔵）

によれば、定子は落飾したとされています。しかし一条天皇の定子への愛情は変わらずに、再びの入内を求めたのでした。そして長徳四年（九九八）には、第一皇子となる敦康親王を出産します。その喜びもつかの間、道隆から完全に時の権力を得た藤原道長が、娘の彰子を長保元年（九九九）の十一月に入内させるのでした。さらに、翌年長保二年（一〇〇〇）三月に定子を皇后とし、彰子を中宮としました。皇后と中宮は同じ后をさす言葉でした。つまり、実質ともに彰子を后とするためであったということです。ここに一条天皇の二人の后が誕生します。しかしその年の一二月一五日の夜、定子は皇女を出産するものの翌朝一六日に、二五歳という若さでこの世を去ったのでした。出産は宮廷では行わず、従来は実家や後見の家で行われます。さきに紹介した和歌は、出産のために内裏を出立する前に何かを感じて残した三首ということになります。

　定子を失った一条天皇の悲しみは、とても深いものでした。そのためか、彰子との間にもなかなか皇子が生まれる様子は見えませんでした。

4 エピソードⅡ——一条天皇と中宮彰子の愛

中宮彰子は藤原道長の長女です。彰子の弟妹は、関白太政大臣頼通をはじめ、三条天皇中宮妍子や後一条天皇中宮威子、後朱雀天皇妃嬉子など道長家の権力をより強固にする位の方々でした。彰子は、長保元年（九九九）二月九日に女性の成人儀式である裳着《もぎ》を行い、その年の一一月に、八歳年上の一条天皇に入内します。そして翌年の二月二五日には中宮となりました。

定子を深く愛していた一条天皇の定子を失った悲しみは計り知れず、彰子が幼かったこともありますが、しばらくは二人の関係は形ばかりの夫婦だったといわれています。

これに対して道長は一計を案じます。それは彰子の周辺を、定子の周囲にいたような才女たちを集めて、一条天皇の気持ちを動かそうとしたようでした。そこには、紫式部をはじめ、赤染衛門、和泉式部とその娘の小式部内侍、さらには紫式部の娘大弐三位など、歌人としても名高い人々を彰子の女房として迎えたのでした。その後、寛弘五年（一〇〇八）に待望の敦成親王が誕生します。さらにその翌年には敦良親王を出産します。一方で彰子は定子の皇子敦康親王を我が子以上に大切に育てたと『権記』[*11]や『栄華物語』に記されています。

中宮となって八年目にようやく皇子の誕生となりますが、その間も彰子なりに一条天皇の傷心を癒す努力もしていたようです。『紫式部日記』には、

宮の御前にて『文集』の所々読ませたまひなどして、さるさまのこと知ろしめさまほしげに

＊11　権大納言藤原行成の正暦二～寛弘八年（九九一～一〇一一）が現存する漢文日記。

おぼいたりしかば、いとしのびて人のさぶらはぬもののひまひまに、をとしの夏ごろより、「楽府」といふ書二巻をぞしどけながら教へたてきこえさせてはべる、隠しはべり。宮もしのびさせたまひしかど、殿も内裏もけしきを知らせたまひて、御書どもをめでたう書かせたまひてぞ、殿はたてまつらせたまふ。まことにかう読ませたまひなどすること、はた、かのもの言ひの内侍は、え聞かざるべし。知りたらば、いかに誹りはべらむものと、すべて世の中ことわざしげく憂きものにはべりけり。

「中宮様の御前で『白氏文集』の所々を読ませなさったりなどして、その方面のことをお知りになりたいようでしたので、たいそうこっそりと、女房の伺候していない何かの合間合間に、一昨年の夏ごろから、「新楽府」という書物二巻を、きちんとではないがお教え申し上げておりますが、このことも隠しています。中宮様もお隠しになっていましたが、殿も主上も様子をお知りになって、漢籍類を立派に書家にお書かせになって、殿は中宮様に献上なさいます。本当にこのようにわたしに読ませなさったりすることは、それでもやはり、あの口うるさい内侍は、まだ聞きつけていないでしょう。これを知ったならば、どのような悪口を言われますか。世の中というものは煩雑で嫌なものでございます。」と、記しています。

ここから、彰子が帝とのコミュニケーションとなりうる漢籍を学びたいと思って紫式部に教えてもらていたことや、そのような彰子に一条帝が好意をよせている様子が伝わってきます。また、紫式部の『源氏物語』も一条天皇に興味を抱かせるものだったようで、帝が『源氏物語』をお読みになって、紫式部が『日本紀』を読んでいると述べたことなども『紫式部日記』には記されています。

5 エピローグ――一条朝が紡いだもの

清少納言は、定子と中関白家の栄華期から没落時までを共に歩みました。『枕草子』には、実は定子が落飾した時期や、肩身の狭い思いをしている時期の内容も記されています。しかしそこには、陰鬱な雰囲気は一切見えず、明るい笑いに包まれています。当時の史料と比較したときに、明らかに意図して事実を曲げて記していると思われる内容がいくつか登場してきます。なぜそのような手法をとったのか。おそらくは定子の明るさや素晴らしさを伝えたいという気持ちからと推察します。[*12]そこには清少納言の主人中宮定子に対する愛情が見受けられると同時に、定子を必死に守ろうとしていたように思えてしまいます。[*13]栄華から孤立といった状況下に『枕草子』は紡がれました。

それに対して紫式部は、彰子の栄華を見てきました。しかしその一方で皇子はすぐに誕生しませんでした。だからこそ一条の愛が彰子に向くことを願って作品を編み出していたのかもしれません。

さて最後に、一条天皇の辞世の歌を紹介します。

露の身の草の宿りに君を置きて　塵を出でぬることぞ悲しき

藤原行成は、「定子に寄せたものだ」と『権記』に書き残しました。露でありたいと願った定子への愛だったのでしょうか。あるいは八歳年下の思いやりを持つ彰子を一人残すことを案じたのでしょうか。一条天皇の「君」への思いは、まさに一条朝の恋を象徴する歌だったといえます。

*12　『枕草子』において章段のあちこちらに、中関白家の栄華や定子の素晴らしさを暗示するものが見えます。その例については、原由来恵「三巻本『枕草子』「故殿の御服のころ」章段のしくみについての私見」(『二松学舎大学論集』五一、二〇〇八年）に例示しています。

*13　このような背景をもとに漫画大和和紀『春はあけぼの殺人事件』（講談社漫画文庫）。沖方丁『はなとゆめ』（角川書店）などのメディアミックスが出版されています。

読書案内

◉『枕草子』『源氏物語』『紫式部日記』『栄華物語』の各テキスト。
◉山本淳子『源氏物語の時代　一条天皇と后たちのものがたり』（朝日新聞社〈朝日選書〉、二〇〇七年）
◉川村裕子『誰も書かなかった清少納言と平安貴族の謎』（中経の文庫、二〇一三年）
◉倉本一宏『紫式部と平安の都』（吉川弘文館、二〇一四年）
◉丸山裕美子『清少納言と紫式部――和漢混淆の時代の宮の女房』（山川出版、二〇一五年）

小山聡子
KOYAMA Satoko

薄情な男、光源氏

『源氏物語』の愛執と非情

扉…『目無経《めなしきょう》』下絵（金光明最勝王経《こんこうみょうさいしょうおうきょう》下絵）三田村雅子・河添房江編『夢と物の怪の源氏物語』（翰林書房、二〇一〇年）より。

モノノケとは、祟りをなす精、霊気であり、本来姿かたちを持ちません。したがって、モノノケを絵画化することなどできないはずです。しかし、それでは不都合だったのでしょうか。平安末期の『目無経』下絵には、病に悩む貴族女性の後ろや横に、モノノケのものらしき三本指が描かれています。三本指で表現された理由は、しばしば鬼が三本指であることと関係するのでしょう。『源氏物語』には、六条御息所《ろくじょうのみやすんどころ》がかつての恋人光源氏への愛執を断ち切れず、源氏を取り巻く女性たちを苦しめる場面があります。『源氏物語』を読んだ平安貴族たちは、六条御息所の死霊を、このような姿で思い描いたのでしょうか。

小山聡子

1 跳梁する六条御息所の死霊

『源氏物語』は、一一世紀初頭頃に紫式部によって著された文学作品です。『源氏物語』の主人公光源氏は、数多くの女性と恋に落ちます。その中には、死霊になってまで光源氏に執着した恋人がいます。六条御息所《ろくじょうのみやすんどころ》です。現在まで、源氏物語研究者によって六条御息所の死霊については様々に論じられてきました。しかし、モノノケや死霊自体を研究することなく論じられてきたため、とりわけ光源氏のそれへの対応が示す意味についてはほとんど着目されてきませんでした。[*1] そこで本稿では、モノノケや憑祈禱《よりきとう》に関する自身の研究をふまえた上で、[*2] 物語の解釈において重要であるはずの、光源氏の死霊への対応について論じたいと思います。

しばしば、六条御息所の死霊は、「六条御息所の物の怪」や「六条御息所の物気」などと表現されますが、[*3] 平安時代の史料にはこのような表現は見えません。モノノケとは、漢字で表記すると「物気」であり、正体が定かではない気配のことです。[*4] したがって、正体が明らかになった時点でモノノケではないことになります。要するに、「六条御息所の物の怪」や「六条御息所の物気」という表現は適切ではないと言えましょう。死霊は、生前に恨みや執着を抱いていた人物に近づき病や死をもたらすと恐れられていました。

六条御息所は、光源氏の若かりし頃の恋人であり、亡き東宮の妃で非常に気位の高い女性でした。光源氏は、六条御息所の教養の深さや美貌には強く魅了されましたが、安らぎを得られず、次第に距離を置いていきます。そして、源氏の足が遠のき他の女性の元に通いはじめたことにより、御息

＊1　藤本勝義『源氏物語の〈物の怪〉――文学と記録の狭間――』（笠間書院、一九九四年）では、光源氏の死霊への供養が片手間なものであったことが指摘されているものの、それ以上に踏み込んで論じられてはいません。

＊2　小山聡子『親鸞の信仰と呪術――病気治療と臨終行儀――』（吉川弘文館、二〇一三年）一一～四七頁

＊3　たとえば、原岡文子「六条御息所の「もののけ」――交錯する視線の中に――」（三田村雅子・河添房江編『夢と物の怪の源氏物語』翰林書房、二〇一〇年）など。

所の自尊心は打ち砕かれ、源氏を深く恨むようになります。御息所は、源氏の正妻葵の上が長男夕霧を出産した時、あまりの愛執と嫉妬深さに、はからずも身体から魂が抜け出て、葵の上を取り殺してしまいます。御息所は死後には死霊となり、光源氏の妻紫の上を苦しめることになります。

紫の上が御息所の死霊に悩まされたことは、『源氏物語』「若菜下」で語られています。紫の上の容体が急変し、息を引き取った時のことです。源氏は訃報を聞きすぐに紫の上のもとへ駆けつけ、すでに修法《しゅほう》の壇を片付けている僧侶を止め、モノノケの仕業である可能性があるからと説得して加《か》持《じ》を行なわせました。すると、ここ数か月の間正体を現さなかったモノノケが幼い童に憑依《ひょうい》し、紫の上は息を吹き返しました。モノノケは、多くの場合、僧侶の祈禱によって女房や女童に憑依させられ、その口を通して病気をもたらした理由などを語らせられました。語らせられた時点で調伏《ちょうぶく》されたことになります。御息所の死霊は「人はみな去りね。院一ところの御耳に聞こえむ」（ほかの人は皆去ってください。院お一人のお耳に申し上げたいのです）と命じ、源氏以外の人間を退出させ、源氏との対話を要求しました。死霊は、源氏への愛執のあまりの強さにより成仏できなかったことを告白し、源氏が紫の上のために骨身を削るようにして悲嘆にくれている様を目にしてつい正体を露わにしてしまったのです、と語りました。

図版　承応三年版本『絵入源氏物語』「若菜下」（国文研究資料館所蔵）

＊4　「物の怪」とは、神仏などが人間の行為に怒りや不快を感じていることを告げ知らせる、または災いが起こるだろうことを知らせる変異のことです。この点については、森正人「モノノケ・モノノサトシ・物恠・恠異――憑霊と怪異現象とにかかわる語誌――」（『国語国文学研究』二七、一九九一年）で論じられています。増尾伸一郎〈物怪〉と〈物気〉――東アジアの視点から――」（小峯和明編『東アジアの今昔物語集――翻訳・変成・予言』勉誠出版、二〇一二年）では、中国古典の「物怪」と「物気」の分析がされており、平安時代の史書や文学作品のそれと類似した意味で用いられていることが指摘されています。

その後、御息所は次のように光源氏に懇願しました。

今は、この罪軽むばかりのわざをせさせたまへ。修法、読経《どきょう》とののしることも、身には苦しくわびしき炎とのみまつはれて、さらに尊きことも聞こえねば、いと悲しくなむ。中宮にも、このよしを伝へきこえたまへ。ゆめ御宮仕のほどに、人ときしろひそねむ心つかひたまふな。斎宮におはしましころほひの御罪軽むべからむ功徳のことを、かならずせさせたまへ。いと悔しきことになむありける。

（今となっては、私の罪が軽くなるようなことをなさって下さい。修法や読経と騒ぎ立てることは、私の身には苦しくつらい炎となってまつわりつくばかりで、全く尊い声も耳に入らないので、本当に悲しい限りです。中宮にもこのことをお伝え下さいませ。決して御宮仕えの間に、他人と競ったり嫉妬心を起こしたりしてはなりません。中宮が斎宮でいらっしゃった時の御罪が軽くなるような功徳を必ずなさいますよう。本当に悔やまれることでした）

このように、御息所は、自分を責め苦しめる修法や読経ではなく、成仏のための供養をしてくれるよう源氏に哀願し、自身の娘秋好中宮《あきこのむ》への伝言も源氏に託しています。

ところが源氏は、御息所が成仏できずに死霊となり苦悩していることを中宮に告げませんでした。『源氏物語』「鈴虫」で、「かの院にはいみじう隠したまひけるを、おのづから人の口さがなくて伝へ聞こしめしける」（六条御息所の死霊が現われたことを光源氏はたいそう隠していらっしゃったけれども、自然と世間の口はやかましくて人づてにお聞きになられました）と語られているように、源氏は正体を知ったのちにも中宮にひた隠しにしたばかりではなく誰にも悟られまいとしました。源氏は御息所の死霊が憑依した童を別の部屋に封じ籠めてしまい、対話を途中で拒絶したのです。

面白いことに、『源氏物語』では正体が判明した後も、「もののけ」という語を使い続けます。このような表現を用いることによって、源氏以外の人間は死霊の正体をはっきりと知らされていなかったことを暗に示していると言えます。源氏にとっては、紫の上を苦しめる正体が自分に恨みを持った元恋人だというのはどうにも都合が悪かったのです。

2 光源氏による調伏と供養

六条御息所の死霊から供養を懇願された光源氏の対応は、どのようなものだったのでしょうか。実は、源氏は、自分への愛執により成仏できていない死霊に同情して供養に専念するどころか、痛めつけて退却させるために、かえって大がかりな修法を行なうのです。御息所の死霊が、光源氏による修法や読経が「苦しくわびしき炎」となって自分を苦しめるだけです、と訴えたにも関わらずです。

かく、生き出でたまひて後しも、恐ろしく思して、またまたいみじき法どもを尽くして加へ行はせたまふ。うつし人にてだに、むくつけかりし人の御けはひの、まして世かはり、あやしきもののさまになりたまへらむを思しやるに、いと心憂ければ、中宮をあつかひきこえ給さへぞ、

このおりはもの憂く、
（こうして紫の上が蘇生された後には、死霊を恐ろしくお思いになって、再び大がかりな修法などを尽くしてさらに新しく付け加えなさる。生前でさえ不気味だったあのお方の御気配が、まして死後に恐ろしく得体のしれないさまにおなりになられたのを想像なさると、本当にいやなお気持ちになられるので、御息所の娘である中宮のお世話をし申し上げることすらいやになり…）

『源氏物語』が書かれた摂関期では、モノノケが去らないと根本的な解決に至ったとは考えられませんでした。[*5] 六条御息所の死霊は、調伏され正体を露わにしたものの、去りはしませんでした。それによって源氏は、その後も御息所の死霊に怯え続けなくてはいけなくなったのです。[*6] 光源氏には、成仏できず苦しむ御息所の死霊への同情などは、全くありません。せめてもの罪滅ぼしにと面倒を見続けていた秋好中宮の世話もいやになってしまったほどでした。
ただし、光源氏は、死霊の懇願を完全に無視したわけではありませんでした。

五月などは、まして晴れ晴れしからぬ空のけしきにえさはやぎたまはねど、ありしよりはすこしよろしきさまなり。されど、なほ絶えずなやみわたりたまふ。もののけの罪救ふべきわざ、日ごとに法華経一部づつ供養せさせたまふ。日ごとに、何くれと尊きわざせさせたまふ。御枕上近くても、不断の御読経、声尊きかぎりして読ませたまふ。現はれそめては、をりをり悲げなることどもを言へど、さらにこのもののけ去りはてず。

＊5　院政期になると、僧侶が加持もしくは修法によってモノノケを強制的に放出し、病気治療は完了となります。

＊6　光源氏が六条御息所の死霊に怯えて調伏し続けたこととその理由については、小山聡子「光源氏と六条御息所の死霊――死霊への対処をめぐって――」（『説話』一二、二〇一四年）で論じたので参照して下さい。

（五月のころは、なおさら晴れ晴れとしない天気なので、紫の上はすっきりしたご気分にはなれないけれど、以前よりは少し良いようであった。そうではあってもやはり、なお絶えずお苦しみが続いていらっしゃる。もののけの罪を救うための行為を毎日法華経一部ずつを読誦《どくじゅ》して供養をおさせになる。毎日何かと尊いことを行なわせなさる。紫の上の枕もとの近くでも、尊い声の僧侶を選び不断の御読経をおさせになる。御息所の死霊は現われはじめては時折あれこれと悲しげなことを言うけれども、すっかり離れ去りはしない）

これによると、源氏は、紫の上の容体が少し落ち着いたことにより、供養を実行したことになります。死霊が以前ほどには紫の上を苦しめなくなったのを受けて、源氏も態度を軟化させたということになるでしょう。源氏は、六条御息所の死霊をはなから信用などしておらず、死霊の出方によって自身の態度を決めているのです。

御息所の死霊は、源氏による追善供養後も、依然として去らず様々なことを語った、とされています。源氏が加持などを行なわせ続けていたことにより、死霊は源氏周辺の者に憑依し調伏されて語り続けていたことになります。

結局、御息所の死霊は、源氏の追善供養によってではなく、噂を耳にして心を痛めた秋好中宮の熱心な追善供養によって成仏します。[*7] それにもかかわらず、源氏は、死霊の成仏後も、紫の上の死の直前に至るまで、日常的に調伏のための修法を行なわせ続けました。源氏は、相変わらず御息所の死霊に怯え、調伏し続けたのです。

＊7　前掲注1藤本勝義著書、七一〜七六頁

3　疑念による調伏、信頼による供養

このように、光源氏の死霊への対処は、調伏と供養の両方でした。調伏によって大いに痛めつける一方で、成仏のための追善供養を行なうというのは、明らかに矛盾した行為です。そこで次に、『源氏物語』以外の死霊への対処の事例を検討し、光源氏の対応の意味するところについて考えていきます。

モノノケへの対処としては、今まで調伏ばかりが着目されてきた傾向にあります。[*8] しかし、実は調伏ばかりではなく供養も、有効な手段であり多く行なわれていました。

まず、高階成忠《たかしなのなりただ》の死霊への対処を見てみましょう。『権記《ごんき》』長保二年（一〇〇〇）五月二二日条によると、藤原道長の病を「消除」するために大般若不断経の転読《てんどく》が行なわれました。かつて大般若不断経の転読を行なったところ高階成忠の死霊が出てきてその功徳が殊勝であると感謝を告げ、すぐに治った事例があると成忠の息子静昭《じょうしょう》が指摘したことを受けて行なわれたのです。要するに、大般若不断経転読の供養による死霊の退散が期待されました。この場合にはモノノケの正体への言及はないものの、成忠の死霊が疑われたのでしょう。成忠は道長の兄道隆を娘貴子の婿にし、孫には一条天皇皇后定子がいました。孫で定子の兄伊周《これちか》が道長との政権争いに敗れたことで怨恨を抱き、陰陽師に依頼して道長を呪詛《じゅそ》したという噂も広まりました。結局、道隆一族である中関白家は没落していくことになります。このようなことがあったからこそ、高階成忠の死後にはその死霊が、道長およびその周辺の人物に恐れられたのです。

＊8　たとえば、前掲注1藤本勝義著書六八頁では、死霊を仏教の力で救済しようとすることは、ほとんど行なわれていなかった、とされています。

次に、三条天皇がモノノケの仕業のために眼病を患った時の対応についてみていきます。天台僧心誉《しんよ》が加持をしたところ、女房にモノノケが憑依し、眼病は賀静《がじょう》の所為であることが明らかになりました。賀静の死霊が天皇の顔前で翼を開くときには目が見えなくなるとされていました（『小右記』長和四年〈一〇一五〉五月七日条）。賀静は天台僧であり、良源の威勢に圧されて天台座主《ざす》（天台宗総本山の比叡山延暦寺の住持で、天台宗の寺々の総監する役職）になれず、権律師の位のままで死んだために、のちに死霊として恐れられた僧です。藤原実資《さねすけ》の日記『小右記』同月八日条には、賀静の死霊は贈位を申請し、道長に諮問したところ同意を得たとあります。『小右記』一六日条によると、一五日夜から心誉によって不動調伏法が行なわれたものの、目は一向に見えるようにはならなかったということです。

さらに『同』二〇日条には「賀静の霊、本執により懇切に天台座主を贈らるるべきのことを申す」（賀静の死霊は、執念深く懇切に天台座主を追贈するよう要求した）とあります。二二日に賀静の霊はまた現れました。賀静は、現在の座主である慶円《きょうえん》が賀静の要求を聞きつけて怒り心頭であり、このままではいずれ慶円が自分よりもひどい怨霊となって天皇に祟るだろう、と童に憑依して告げました。その上で賀静は「今に至りては悪心漸《ようや》く解除《げじょ》し仏道に帰す。天台の旧房において阿弥陀護摩懺法を修せらるべし。座主に任ぜらるべからず。ただ僧正の職を仰すべし」（今となっては、私も悪心がだんだんなくなり、仏道に帰しています。延暦寺の私の旧房で阿弥陀護摩懺法を修してください。座主には任じないでください。ただ、僧正の位に上げるよう仰せになってください）と要求を取り下げ供養を求めたのです。

その後も三条の眼病は一進一退を繰り返し、二七日の夕刻からまた悪化してきました。そこで心誉が呼ばれ、加持をしたところ、今度は聖天《しょうてん》が現われ、最近供養を怠っていたので祟ったと述べました。この時には聖天が調伏されて正体を露わにしましたが、場合によっては賀静の死霊が調伏される可能性もあったはずです。要するに、賀静の死霊から供養の要求がなされたのちも調伏は続けられていたことになります。

賀静の死霊が要求した阿弥陀護摩懺法が行なわれたか否かは不明です。ただし、もう一つの要求であった僧正の位は六月一九日に贈られました。前述したように、追贈は五月八日に要求がなされ道長が同意し、結局翌月一九日に実現しました。その間、死霊の慰撫と、不動調伏法や加持などによる調伏の両方が行なわれていたことは注目すべきでしょう。

賀静の死霊以外の事例も見ていきます。『小右記』長和四年閏六月一日条によると、三条天皇が父冷泉院の死霊による病を患った時、死霊から法華三昧による供養を要求され、すぐに応じています。モノノケの正体が父帝だと判明して以降、調伏は行なわれていません。三条天皇は、父帝（の死霊）を信頼した上で、このような対処をしたのでしょう。

また、『栄華物語』巻二一「後くゐの大将」には、道長の息子教通《のりみち》の北の方が出産後に死去した話が語られています。それまで北の方の出産の時にはたびたび小松の僧都の死霊が現れていました。小松の僧都とは、道隆の息子隆円《りゅうえん》のことです。教通は、はじめこそ小松の僧都の死霊を恐れていたものの、死霊に自由に語らせている間にすっかり親しくなりました。加持をさせたところ、今回の北の方の出産にも小松の僧都が現われ、「この加持とめよ。あなかしこあなかしこ、あやまつな。ただひき声を読めひき声を読め（この加持を止めよ。絶対に絶対に止めよ。ただ読経せよ読経せよ）」と命じました。教通は、小松の僧都の死霊の言うことには何かわけがあるのだろうと思い、言う通りに加持をとどめて読経に切り替えました。すると、なんと北の方はあっけなく死んでしまったのです。読経は調伏のためにも供養のためにも行なわれていました。読誦する経典やその箇所によって両者は区別されていました。文意から、死霊は読経による供養を要求したものと考えられます。教通は、僧都の死霊と親しくなったために信頼してしまい、騙されたのです。

このように、死霊への対処には調伏ではなく供養が選ばれる事例は多くあります。その上、賀静の死霊のように、調伏と供養が同時に行なわれる事例もあります。ただし、このような事例は多くはないので、必ずしも一般的ではなかったと言えましょう。また、故人との信頼関係がある場合には、調伏ではなく供養が選ばれる傾向にあります。

前に述べたように、光源氏は、御息所の死霊が苦を訴え供養を懇願しても、かえって多くの修法を行なって苦しめ続けました。さらに、紫の上が小康状態を得たのちには死霊の要求通りに一応法華経供養をするものの、紫の上の臨終時まで調伏の手を緩めはしませんでした。光源氏にとっては、かつての恋人の苦しみなどは、どうでも良かったのです。

なぜ源氏はこのような行動をとったのでしょうか。紫の上への愛情が深かったからでしょうか。そうではなく、自己愛によるものだったのではないかと考えられます。なぜならば、光源氏は、理想の女性を追い求めて女三宮と結婚し、北の方の座を紫の上から奪っています。その上、死期の迫った紫の上が後世のために出家したいと願い出ても許さず、「しばしにても後れきこえたまはむことをばいみじかるべく思し」（源氏は、紫の上に先立たれたら、ほんの少しの時間でも生き残っていることは堪えがたいだろうとお思いになり）という状態で、紫の上の成仏を願うよりも先立たれる自分のことを憂苦しています（「御法」）。

調伏し続けた源氏の行動は、御息所への信頼の無さを如実に示しています。源氏は、自分のためならばかつて愛した女性の死霊に積極的に追い打ちをかけて苦を与え、かつて彼女を捨ててその自尊心を踏みにじったことや成仏を妨げてしまったことへの悔悟もしませんでした。御息所の死霊への対応のくだりには、まさに光源氏の身勝手で冷徹な一面が書きあらわされているのです。『源氏物語』の著者紫式部は、六条御息所の死霊のくだりを通して、光源氏の、さらにはこの時代の男性の、または人間そのもののエゴイズムを語りたかったのではないでしょうか。

読書案内

◉藤本勝義『源氏物語の〈物の怪〉――文学と記録の狭間――』（笠間書院、一九九四年）
◉三田村雅子・河添房江編『夢と物の怪の源氏物語』（翰林書房、二〇一〇年）
◉上野勝之『夢とモノノケの精神史』（京都大学学術出版会、二〇一三年）
◉小山聡子『親鸞の信仰と呪術――病気治療と臨終行儀――』（吉川弘文館、二〇一三年）
◉酒向伸行『憑霊信仰の歴史と民俗』（岩田書院、二〇一四年）

休憩室

僧侶と稚児のラブロマンス——小山聡子

中世の寺院には、長い髪を結い化粧をし、女性のような姿をした稚児と呼ばれる男児がいました。僧に給仕したり、芸事をともに行なったり、男色の相手になったりもしました。僧が男色!?と驚かれる方もいらっしゃることでしょう。そもそも仏教には不淫戒《ふいんかい》（淫事のすべてを禁止する戒）があります。しかし、実際には戒を破る僧は非常に多くいたのです。

たとえば、東大寺の学僧宗性《そうしょう》（一二〇二～一二七八）は、三六歳の時の誓文五箇条《せいもんごかじょう》の中で、「百人以上の男を犯すべきではないこと」としています。ちなみに宗性は、それまでなんと九五人（！）の男を犯したと告白しています。さらには、「亀王丸以外に寵愛する童を作らないこと」との誓いまで立てています。宗性は、身心を清浄《しょうじょう》にして往生するために誓いを守る、としています。一〇〇人までならばなんとか身心を清浄に保てると考えていたようです。宗性については、松尾剛次『破戒と男色の仏教史』（平凡社新書、二〇〇八年）に詳述されています。

では、男色は稚児の立場から見るとどうだったのでしょうか。親鸞の曾孫覚如《かくにょ》（一二七〇～一三五一）は、その伝記絵巻『慕帰絵詞《ぼきえことば》』によると、延暦寺で稚児をしていたものの、賢く美しいという評判が高く、三井寺《みいでら》の浄《じょう》珍《ちん》に連れて行かれ寵童にさせられました。さらには、興福寺の信昭《しんしょう》が僧兵を集めて浄珍から覚如を力づくで奪おうとしましたがうまくいかず、覚如の父覚恵《かくえ》に頼み込んでなんとか覚如を寵童にすることに成功しています。

『慕帰絵詞』は、覚如の伝記絵巻ですから、覚如を称賛する内容で構成されています。つまり、僧侶にモテたことは決して恥辱ではなく、魅力的である証拠ですから、むしろ自慢のネタになるようなことでした。稚児の中には、男女の恋愛と同様、いまいちモテずに惨めな思いをしたり嫉妬に狂ったりした者も多くいたことでしょう。

磯 水絵
ISO Mizue

遠距離恋愛の悲劇、唐房法橋の場合

鴨長明『発心集』より

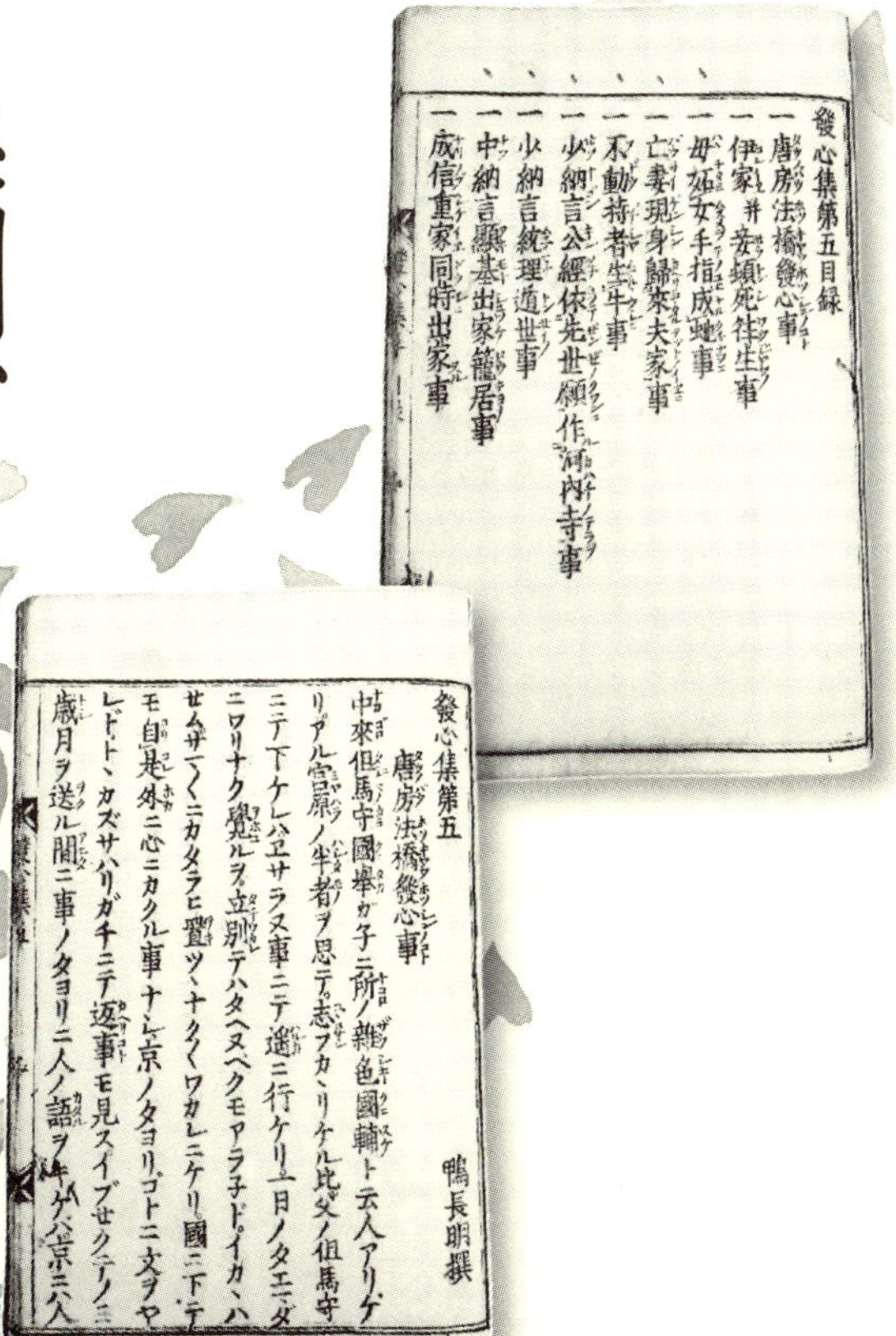

扉…

『発心集』の代表的伝本、慶安四年（一六五一）刊片仮名交り製版本の影印です。

右上は、「第五目録」（部分）です。「一（ひとつ）……」、「一……」と、説話の題目が列記されています。

左下は、第五冒頭の本話（部分）です。漢字片仮名交りで著されています。


鴨長明が編纂した仏教説話集『発心集《ほっしんじゅう》』は、序文に、「唯我国《ただわがくに》ノ人ノ耳近《みみちかき》ヲ先トシテ承《うけたま》ハル言ノ葉ヲノミ注《しる》ス」、あるいは「道ノホトリノアダ言ノ中ニ我一念ノ発心ヲ楽《ねがふ》ハカリニヤトイヘリ」と著しており、口承性が強いように見られますが、口頭伝承を採集したのちに文献に当たって確認をした形跡が認められます。伝本に慶安四年（一六五一）刊片仮名交り製版本と寛文一〇年（一六七〇）刊平仮名交り製版本の二種の刊本（流布本系統）と、神宮文庫と山鹿文庫に蔵する二種の写本（異本系統）があり、両者の関係はまだわかっていませんが、筆者は、異本系統の原本（配列は流布本に近い形）が先行し、それを増補したものが流布本系統であると推測しています。

1 唐房法橋が発心した話

現代においては携帯電話等の普及により、遠距離恋愛もそうむずかしくはなくなりました。もちろん、毎日のデートはままなりませんが、スマホで会話はできますし、相手の顔を見ることも可能です。週末デートも可能でしょう。しかし、昔はそうもいきませんでした。そこで、平安時代の若者、具体的には宮中の蔵人所《くろうどどころ》*1で雑役を勤めた無位の役人、装束の色に規定がないために「雑色《ぞうしき》」と称された源国輔*2（九八六～一〇四七）と、宮腹《みやばら》（皇女から生まれた子である方）を主人として仕えていた端女《はしため》（半女とも表記、召使い女）との恋愛を例に、当時の若者の恋愛事情の一端を紹介します。その話は、比叡山*3にのぼって出家し、雑色入道《ぞうしきのにゅうどう》とも称され、慶祚《きょうそ》阿闍梨*4門下にあって真言の秘法を伝えた、唐房法橋《とうのぼうのほっきょう》行円の若き日の姿、出家の原因を語るものでもあります。

◇『発心集』*5巻第五第一話「唐房法橋発心事《とうのぼうのほっきょうのほっしんのこと》」

一三世紀初頭に鴨長明《かものながあきら》*6が編んだ仏教説話集、『発心集』巻第五の冒頭に、「唐房法橋発心事《とうのぼうのほっきょうのほっしんのこと》」（通し番号48）と題する発心譚*7が収録されています。その前半のあらましは次のようなものですが、唐房法橋は、悲しくも無残な恋愛体験の末に仏門に入ることになります。彼は、「逆縁」、仏道に背いて五悪の一つである邪淫（ここでは、妻ではない女と交わる事）を犯しながら、それを「順縁」、つまり、仏道に入る因縁としたのです。

*1　蔵人の事務を扱う令外官司です。別当、頭、五・六位蔵人、非蔵人、雑色、所衆、出納、小舎人、滝口、鷹飼等の職員がいました。

*2　生年未詳。一〇四七年正月八日に入滅（六六歳、六二歳両説があります）。但馬守源国挙一男。出家して行円（行園、行因とも）と号します。後年三井寺唐房に住し唐房法橋と通称しました。永観律師の伯父です。注41参照。

*3　京都府と滋賀県に跨がり、王城鬼門を守る山です。標高八四八メートル。天台宗総本山延暦寺があります。山門派です。

*4　九四五～一〇一九。中原師元の男です。延暦寺で余慶僧正に顕密を学び、大阿闍梨にいたります。後年、三井寺に住みました。

*5　仏教説話集です。発心・出家・往生の話、約一〇〇を収録します。→扉絵の説明を見てください。

唐房法橋が発心した話

中頃、源国挙《くにたか》の子に、蔵人所《くろうどどころ》の雑色《ぞうしき》（雑役）国輔という人がいました。その国輔がある宮原の半者《はしたもの》（宮家《みやけ》の召使う女）に深く思いを懸けていた頃、父は但馬守《たじまのかみ》*8となり、今の兵庫県北部に下りました、そこで、彼もやむを得ずにそれに従い、女とは、一日会えないだけでもつらいのに遠く離れるなど考えられないなどと歎き合い、心変わりしないことを約束して、泣く泣く別れました。国輔は但馬に下ってもこの女のこと以外は何も考えられず、京への使いがあるごとに手紙をやりましたが、届きません。行き違いばかりで返事も来ませんでした。気に掛かるばかりで歳月だけが経っていきました。人が、「京には疫病が流行《はや》って大変です」というのを聞くにつけても、まず、気掛かりなのはその女のことでした。

ところが、このように恋人を思いやりながら数年を父の任地に過ごし、ようやく京へ帰って使いを以前の宮家に送りますと、彼女は、「病気になって出て行きました」との返事。使いがそれを言上するや、国輔は胸が一杯になり何もわからなくなって、すぐさま行方《ゆくえ》を尋ねにやりましたが、誰も知りません。仕方なく、心ここにあらずという体であてもなく馬で屋敷を出たのでした。

国輔は西ノ京*9の方角に女を知る人がいると仄《ほの》かに聞いた気がして、そちらの方を当《あ》てどなく訪ね歩くうちに、粗末な家の前に女の使っていた女《め》ノ童《わらわ》*10を認めました。たいそううれしくなって何か言おうと思っていますと、その子は隠れるように家の中へ逃げ込んでしまいました。彼は馬から下《お》りて追っていきます。と、あの女が顔をそむけて髪を梳《くしけず》っているではありませんか。国輔が、「ああ、ご無事だったのですね」と、背中を抱き、日頃、音信不通であったやるせなさを熱心に語っても、女は返事もしません。ただ、さめざめと泣くばかりでした。国輔は自分

*6　一一五五?〜一二一六。法名は蓮胤。歌人です。下鴨神社禰宜長継の子で、後鳥羽上皇の和歌所寄人となりました。『方丈記』『無名抄』等を著しました。

*7　ある人が、どのようなプロセスで発菩提心（悟りを求め仏道を行おうとする心）を起こしたかを語るはなしです。

*8　但馬は古代山陰道の一国で、今の兵庫県北部に当たります。守は令制で長官級をいいます。

*9　条坊制の右京の別称です。慶滋保胤の『池亭記』に、「西京ハ人家漸ク稀ラニシテ、殆ニ幽墟ニ幾シ」とあります。

*10　貴人がそば近くで召し使う少女、小間使いの童女をいいます。

を恨んでいるに違いないと、女を哀れにも思い、すまないとも思って、なお、涙を抑えながら様々に慰めていましたが、そのうちには、「しかし、どうして後《うし》ろ姿ばかりを見せていらっしゃるのか。はやくお顔を拝見したいと思っておりますのに。今もお顔をお見せにならないなんて」と、無理やりに女の顔を自分の方に向かせようとしたのでした。それでも、女は一層泣くばかりで、いっこうに顔を向けません。そこで、じれた国輔は、「ああひどい。心底私を恨んでおいでなのですね」と、力尽《ちからず》くでこちらを向かせます。と、女には二つの眼《まなこ》がなかったのです。まるで木の節《ふし》が抜けたようで、目も当てられません。国輔は驚きでしばらく物も言えませんでした。気を取り直して、「いったい、どうされたのですか」と聞きますが、女は泣くだけで何も言いませんでした。

そこで、例の女ノ童が、女に替わって泣く泣く事の顛末を語りました。

「女主人は、国輔様が但馬にお下りになった後、しばらくはお手紙など下さるかと、人知れずお待ちのご様子でしたが、一度もお便りがなくて、一年、二年と過ぎてしまいましたので、深く物思いに沈んで日々をお過ごしになるうちに、いつしかご病気がちになられ、宮家を退《しりぞ》かれました。また、親しいご関係にあった辺りにも不都合が生じ、他に適当なところもございませんでしたので、ここにお連れ申し、私がお世話をしてまいりましたが、ある時、儚《はかな》く息が絶えておしまいになりました。そこで、こうなっては、この家にお置き申していても仕方がないと、この前の野原にお置き申し上げたところが、真昼に、意外にも生き返られたのでございます。ただ、その野に置かれている間に、鳥などの仕業《しわざ》でしょうか。すでに取り返しのつかない仕儀になってしまわれたのでございます。何とも申し上げようがございません。なんとか国輔様をお尋ね申すべきではございましたが、このご様子の情けなさに、今は生きていることをあなた様に知られまいと深くお思いになられるのももっともなので、こうしてお隠し申していたのです」と。

女ノ童が涙を抑えながら語るのを聞くにつけても、つらく悲しいことといったらなかったということです（後略）。*11

さて、この話はここで終わり、後半は、「何の因果でこのようなつらい目に遭うのか。こうとなってはこの世も終わりだと悟った国輔が、比叡山にのぼって出家、甘《かん》露《ろ》寺《じ》*12の教静僧都*13の房に入って慶祚阿闍梨《きようそあじやり》の弟子となり、真言の秘法を伝えた。唐房の法橋行因（円）とはこの人のことである」という発心譚になるのですが、編者長明は、右のようにその顛末を詳細に記しています。

2 『宝物集《ほうぶつしゅう》』巻第二に見える異伝承

その顛末が詳細であることは、ほぼ同時期に成立したと推察される平康頼《たいらのやすより》*14の『宝物集《ほうぶつしゅう》』*15巻第

写真 延暦寺東塔の根本中堂

*11 →読書案内を見てください。

*12 比叡山横川にあった寺かと推定されています。

*13 九四四～一〇一八。行誉の弟子で、権少僧都となり東寺に四〇年修行しました。第二三代園城寺長吏です。

*14 生没年未詳。極官は左衛門尉兼検非違使です。鹿ケ谷事件に連座して鬼界が島に流罪され、一一七九年に帰洛し、後に東山双林寺山荘に籠居して『宝物集』を書いたとされています。

二に見える次の伝承と比較してみれば明らかで、『発心集』と『宝物集』＊15では、基本的な考え方が違っているようです。

◇　延暦（七八二～八〇六年）の頃、世間に流行病が起こって、一人残らずそれに罹ったことがありましたが、その当時、但馬守国高（挙）は任国の主な神社に参拝しようと下って行きました。一緒に、子である人（其名不分明）も下って行きましたが、その国高の子は、ある内親王の子に仕える召使いの女を深く愛しておりました。で、その女がこの病に罹ったことをかすかに聞き、取る物も取りあえず京に馳せ上り訪ねたところが、「人のいやがる病気ですから、訪ねる人もありませんでしたので、朱雀門《すざくもん》＊16へ出してしまいました」と、その屋敷の者が言いましたので、すぐさま朱雀門へ行ってみたところが、思う女は筵で囲った掘っ立て小屋の中で、病気のために死んだようでありました。二つの眼は烏に取られて木の節が抜けたようになっていて、あれほど美しかった緑の黒髪はボサボサでゴミのようになり、着る物には血が付いているのを見るにつけても、情けなくやるせない思いでした。

　そこで、それを見た国高の子は、三井寺＊17に参り、法師になったということです。彼は、後にはひたすら修行に励み、大阿闍梨にまで昇ったといいます。唐房法橋というのはこの人のことです。＊18

『発心集』は、序に、「道のほとりのあだ言の中に我一念の発心を楽《ねがふ》ばかりにやといへり」とあって、鴨長明（一一五五?～一二一六）が自身の発心のきっかけを掴もうと路傍で採集した様々な発心話の集合体であると理解されます。それに対して『宝物集』は、平康頼（生没年未詳）撰とされていま

＊15　鎌倉前期の仏教説話集です。嵯峨の釈迦堂で康頼が語る体裁をとります。異本が多いです。

＊16　宮城の七間五戸の正門です。宮城垣の南面中央に設けられました。

＊17　園城寺とも。滋賀県大津市にある天台宗寺門派の総本山です。

＊18　↓読書案内を見てください。

すが、一巻本から七巻本まであり、すべてが康頼自身の手になるものかどうかは不明で、増補の跡が認められます。したがって、本話も康頼の採集にかかるものかどうかは覚束ないのですが、とにかく巻第二中のこの条は、人間の四苦「生・老・病・死」の第三「病苦」を語る部分であって、様々な病苦の例話が並びます。この話は、その、「病は、うつくしき人をもかくやつし、つよげなる人をもなやます。曾波の眼といふとも、鳥にとられぬればなにかせん。翡翠のかんざしなりといふとも、芥にむすぼほれぬれば、見る人愛づる事なし（後略）」と結ばれる直前に、どのような美人をも、病気、あるいは死は、変化させ、外見を見るに堪えないものにするという例に示されているもので、女はすでに亡くなってから男に見出されることになっています。

因みに、虎関師錬《こかんしれん》*19（一二七八〜一三四六）の編んだ僧伝・仏教史の著『元亨釈書《げんこうしゃくしょ》』*20にも同工の類話が巻第一一に「三井行円」として遺るのですが、こちらにも、「国輔尋求往野。其屍脹爛不可見也（国輔尋ネ求メテ野ヲ往クニ、ソノ屍脹爛シテ見ルベカラザルナリ）。」とあって、国輔の発見時、女はすでに腐乱死体になっています。*21

『発心集』は国輔の恋の行方を描き、発心までの切ない心の揺れ、変化を著し、無常感得までの経緯を著していますが、『宝物集』（『元亨釈書』も）は、女の美貌が

*19　一二七八〜一三四六。臨済宗の僧です。勅諡号は本覚国師です。東福寺、南禅寺等の住持を歴任し、『禅戒規』、『済北集』等を著しました。

*20　仏教史書です。三〇巻。一三二二年の成立です。僧伝、志等を記しています。

*21　→読書案内を見てください。

写真　園城寺の金堂

病苦とそれによる死によってはかなく衰え、見る影もなく変化することに焦点を当てて著しています。

したがって、『発心集』中の本話から当時の遠距離恋愛を論じようとするには、前者を中心に述べることになりますが、『宝物集』と『元亨釈書』は、どちらも彼の出家を園城寺（三井寺）としていて、『発心集』とは原拠を異にしているようで、前者は寺院に伝わる教団系の、後者は諸国を遍歴する聖《ひじり》*22系列の伝承ということができるでしょうか。*23

3 説話鑑賞にあたって

さて、ここで両話を鑑賞するのに必要な基本的事項を、少々述べておきたいと思います。

1 病気……『発心集』においては、女は病気がちになり（これは国輔からの便りが来ないことに起因する、例えば、鬱病がこじれてのものかと思われますが）、主家を出て、結局は自分が召し使う女ノ童の小家に身を寄せることになっていますが、『宝物集』では流行病（伝染病）ということで、平安宮の外郭《がいかく》門の一つ、南面中央の朱雀門外に筵で囲われてうち捨てられます。後者の仕打ちはあまりにひどいと思うかも知れません。が、これは当時としては一般的なことで、病気が蔓延してはなりませんから、隔離する意味で、人気のない宮城門外とか、河原に病者は移動を余儀なくされました。

2 葬送……「穢《けが》れ」を忌避しようという古代からの宗教的観念より、死者は身近なところから

*22 寺院教団所属の正規の僧侶ではない僧、私度僧をいいます。

*23 ↓読書案内を見てください。

遠ざけられましたが、『発心集』においては、腕力はおろか経済力をもたない女ノ童が、死んだと思い込んだ女主人を小家の前の野原に放置します。もちろん、平安・鎌倉時代においても、上流階級にはそれなりの葬送儀礼があって、以前から古墳も存在しますが、『続日本紀』[*24]によれば、文武四年（七〇〇）に僧道昭[*25]の、次いで大宝三（七〇三）年には持統天皇[*26]の火葬が行われて、従来の土葬と、火葬が一般的になっていました。が、庶民の間ではどうであったかというと、一定の階層にあれば土葬もしたでしょうが、京都の北の化野《あだしの》（現在の京都市右京区嵯峨）、南の鳥辺野（京都市東山区）といった平安京郊外の葬送地、あるいは河原や路傍に放置されて、風葬・鳥葬といった仕儀にいたるものも少なくなかったのです。ここで女ノ童を責めることは当たりません。

ただし、女ノ童が死んだと早とちりしたことは責められるべきで、そうでなければ、女が『宝物集』にいう「曾波の眼」[*27]を烏によって失うこともありませんでした。しかし、仏教的論理で進む『宝物集』（『元亨釈書』も）においては、ここで言及すべきは、「不浄観（身体の不浄を観じて執着を断つ観法）」、「九相《くそう》観（死骸が腐敗して白骨・土灰化するまでの九段階の観相）[*28]」で、美女も死ねば醜く変化するという現象を読む人に知らしめることにあったのです。なお、同書には、仏の教えに反する五つの悪業、「五悪」として、「殺生・偸盗《ちゅうとう》・邪淫・妄語・飲酒《おんじゅ》」を挙げますが、恋愛は、その「邪淫」に相当します。邪淫は、「夫、または妻ではない男女の交わり」をいいますが、当時の恋愛の多くはプラトニックではありませんでしたから、正式に婚姻関係を結んでいないこの場合も、邪淫と判断されました。『発心集』においては、国輔が恋人の無残な姿に世の無常を思い知る

＊24　六国史の一で、『日本書紀』に次ぐ編年体の勅撰の歴史書です。四〇巻。七九七年に完成しました。

＊25　六二九～七〇〇。道照とも。法相宗の祖で、俗姓は船連《ふねのむらじ》です。河内の人で、入唐して玄奘三蔵に師事し、帰国後、元興寺に禅院を建てました。

＊26　六四五～七〇二。在位六九〇～六九七。名は鸕野讃良《うののさらら》。天智天皇の女《むすめ》です。大海人皇子（天武天皇）に嫁し、息草壁皇子が没した後に即位しました。

＊27　美女の澄んだ瞳のたとえです。

＊28　大智度論では、「脹想・壊想・血塗想・膿爛想・青想・噉想・散想・骨想・焼想」の九つをいいます。

そのプロセスが詳細に語られ、読む者の共感を誘います。が、『宝物集』にそれはありません。

因みに、当時は貞操とか純潔は、天皇の「后《きさき》がね」、お后候補者でもなければ、それほど重要視はされておりませんでした。それでも上流階級の姫君は、いわゆる「深窓」、屋敷の奥深くにおりましたから、恋愛対象になるのは、宮中、あるいは貴人に仕えて個人用の小部屋を与えられた女房階層がもっぱらでした。

3　通信手段……冒頭に言及しましたが、本話の顛末は、スマホやあらゆる通信手段を有する現代においては信じがたいものかも知れません。しかし、九、一〇世紀において、こうした行き違いは日常茶飯であったのです。『宝物集』における父但馬守は、遥任《ようにん》、つまり国司に任命されても実際には赴任しての執務を免除されていて、あたかも流行病の鎮静を祈るかのように彼の地に赴きます。したがって、その子の但馬国逗留はそれほど長く考える必要はありませんし、女が罹患したという噂も聞いていますから、遠距離感は時間的にも薄いと感じられます。
しかし、『発心集』の話においては、父国挙が但馬国に国守として赴任する趣で、すると、国守の任期は通常四年ですから、国輔も同じく四年は但馬にあったことになりますから、その間の音信不通は、二人の間では致命的というしかありません。現代ならば、電話は通じないにしても手紙くらいは届くでしょう。しかし、当時の通信手段は、「便り」というくらいで、「よい機会、ついで」がなければなりませんでした。

それについては、兼好法師[*29]の『徒然草』[*30]第一五段にも、「都へたよりもとめて文《ふみ》やる（都へ、いいつてを求めて手紙をやる）」とあるように、通常は、そのためというよりも、むしろ、事

＊29　生没年未詳。一四世紀に活躍した歌人、随筆家で、二条為世門下の和歌四天王の一人です。

＊30　中世隠者文学の代表作です。二四〇段余で構成され、『枕草子』と共に随筆の双璧とされます。

のついでに依頼するもので、国輔のような若者には、たしかに信頼のおける配達人は存在しなかったのです。文中に、「京のたよりごとに文をやれど（京への使いがあるごとに手紙をやったが）」とあるように、ツテがなければ手紙もままならなかったのです。

4 妻問い……一夫多妻制の平安時代にみられた、夫が妻の家を訪れるという、妻問いによる婚姻形態は、妻（女）側には圧倒的に不利なものでした。一〇世紀における藤原兼家[*31]（九二九〜九九〇年）と道綱母[*32]との結婚生活を描く『蜻蛉日記[*33]』中巻を見ると、妻は他の女の許へと屋敷の門前を素通りする夫の牛車を留めることもできないでいます。時に学生諸君は平安時代は自由恋愛ができてよかったなどといいますが、経済力を持たず、もっぱら夫に依存して日々の糧を得ていた女性は、夫が疎遠になり、「離《か》れ離れ」になると生活もままならなくなったのです。男中心の社会でありました。

4 『発心集』における唐房法橋と宮原の半者との恋

さて、本話の主題はあくまでも唐房法橋の発心するまでの顛末にあり、『発心集』には宮原の半者がその後どうしたとも書かれていませんし、重要なのは、それが機縁となって仏門に入ったということになります。したがって、機縁となる恋愛の顛末は、誰もが国輔の出家を納得し、国輔に勇猛心《ゆみょうしん》（ここでは仏門に入ろうという激情）を起こさせるものでなければなりませんでした。想像しますに、蔵人所の雑色と宮原の半者とは、その役目から見て、両者とも年若かったはずで、その恋も、まだ始まったばかりであったはずです。

＊31　九二九〜九九〇。公卿。法興院、東三条殿と称しました。父は師輔、母は藤原経邦の女盛子です。摂政・関白にいたりました。

＊32　九三六?〜九九五。歌人です。父は倫寧で、兼家の妻妾として道綱を産みました。中古三十六歌仙の一人です。

＊33　九七四年以降の成立です。兼家との生活、子道家への愛等を日記風に綴っています。女流日記文学の先駆です。

＊34　九六六〜一〇二七。公卿です。父は兼家、母は藤原中正の女時姫です。太政大臣、准三宮にいたりました。日記に『御堂関白記』があります。

ところが、それを史実の上から考察しますと、彼の父国挙（?〜一〇二三）は御堂関白藤原道長[*34]（九六六〜一〇二七）近侍の一人で、自身も長和三年（一〇一四）に延暦寺根本中堂に千部法華経を供養した記録が『小右記』[*35]に残る仏教者でしたが、長徳四年（九九八）当時に備中介[*36]、寛弘五年（一〇〇八）当時美濃守[*37]、同八年（一〇一一）六月、長和三年（一〇一四）一〇月当時但馬守、同四年四月には前但馬守であったと『国司補任』[*38]によって知られ、平安時代以降、地方官を任命する県召《あがためし》の除目は正月（または二月頃）にあり、国守の任期は四年でしたから、彼はおそらく寛弘八年春に但馬守となり、長和三年までそれを勤めたものと推察されます。すると、国輔と半者は寛弘八年の春以前に交際を開始したことになりますが、寛弘八年当時に、国輔は数えで二六歳であったと考えられて、半者との恋は、若い時のものとも、初恋とも想像しがたいことになり、このままでは史実とは齟齬が生じるように思います。そこで、再度国輔の記録を見直してみますと、神代から後一条天皇[*39]までを略述した撰者未詳の史書、『日本紀略』[*40]の寛弘元年（一〇〇四）一二月、同二年五月条には次のようにあり、父の但馬守任官当時、彼はすでに僧籍にあったと認められます。彼の出家は、一九歳以前のことであったと推定されるのです。

寛弘元年一二月一一日条……今日一条北辺堂供養皮聖建立之、（今日、一条北辺堂供養。皮聖、コレヲ建立ス）

同　二年　五月　三日条……今日修行聖人行円供養建立一条堂、件聖人不論寒熱著鹿皮、号之皮聖人、（今日修行聖人行円建立ノ一条堂ヲ供養ス。件ノ聖人ハ寒熱ヲ論ゼズ鹿皮ヲ著ス。コレヲ皮聖人ト号ス。）

＊35　『小野宮右大臣記』、『野府記』等とも称します。藤原実資の日記で、九七七〜一〇四〇年頃の執筆です。道長の台頭から死去までを記録しています。

＊36　備中は古代山陽道の一国で、今の岡山県西部に当たります。介は令制で次官級をいいます。

＊37　美濃は古代東山道の一国で、今の岐阜県南部に当たります。

＊38　宮崎康充編。続群書類従完成会刊です。古代日本の国司の補任を時代別に検索できる書です。

＊39　一〇〇八〜一〇三六。在位一〇一六〜一〇三六。名は敦成で、父は一条天皇、母は藤原道長女彰子です。

＊40　著者不詳。神代から後一条天皇までの歴史書です。三四巻。平安後期の成立で、六国史の欠を補うものです。

因みに、国輔は出家して行円と号し、『諸門跡譜』[*41]によれば、長久四年（一〇四三）に五八歳で法橋となり、永承二年（一〇四七）正月八日に六二歳で入寂しますが、すると、父国挙を「但馬守」とするのは、それが国挙の最終官暦であったからでしょうか。当時は、たとえば前述の藤原道長を「御堂関白」と称するように、その極官（その人の極めた最高の官）をその人の名称の上に冠するのが通例でした。ですから、この話の場合は、その極官が事件年次の国司名にすり替わったと解釈できます。

いえ、この話の場合は、それが史実として成立するか否かはそれほど問題ではなく、ひとえにその悲しい恋の行方が、国輔（唐房法橋）を修行の道に誘《いざな》ったことを読者に知らしめればよかったのです。いささか、その結末は残酷なようですが、そうであればこそ、国輔はこの世を思い捨てられたことになるのです。

＊41　『群書類従』第五輯 系譜部所収本の一八〇頁を参照してください。

読書案内

◉＊11、＊18、＊21について、原文を読みたい方には次のものを推薦します。
＊11簗瀬一雄『校註鴨長明全集』（風間書房、一九七一年）一四三頁より。
他に、角川ソフィア文庫の浅見和彦・伊東玉美訳注『新版 発心集 上・下（現代語訳付き）』もあります。
＊18小泉弘・山田昭全校注『新日本古典文学大系40 宝物集』（岩波書店、一九九三年）八一頁より。
＊21黒板勝美編輯『新訂増補国史大系31 日本高僧伝要文抄・元亨釈書』（吉川弘文館、二〇〇〇年）一七一頁より。
◉＊23の辺りのことは、益田勝実『火山列島の思想』中の「偽悪の伝統」二四〇頁からを参照してください。（『益田勝実の仕事』2、ちくま学芸文庫、二〇〇六年）所収。

五月女 肇志
SOHTOME Tadashi

式子の「男歌」、定家の「女歌」

『百人一首』の恋

扉…「松帆の浦」の石碑（写真提供：淡路島観光協会）

藤原定家が『百人一首』に自らの作品から撰んだ一首「来ぬ人をまつ帆の浦の夕凪に焼くや藻塩の身も焦がれつつ」に詠まれている「松帆の浦」の風景です。右手に見えるのは明石海峡大橋ですが、古代においては橋が架けられておらず、人々は淡路島と対岸の本州との間を船によって行き来していました。和歌ではそのことを前提としています。地名を記す石碑と共に、写真には収められていませんが、定家の歌を刻んだ石碑も作られています。

1　式子内親王

皆さんがかるた取りで親しんでいる『百人一首』は、鎌倉時代を代表する文学者・藤原定家《ふじわらのていか》（一一六二〜一二四一）が一〇〇人の歌人からそれぞれ一首の歌を撰んだものと考えられています。古典文学に親しむコンパクトな作品として、室町時代から注釈書が作られ、多くの人々に読まれてきました。その中には数多くの恋歌が入っていますが、代表的な二首を取り上げて、『百人一首』が作られた鎌倉時代の和歌に、どのような特色が見られるのか解説したいと思います。

最初に定家が仕えた後白河天皇の第三皇女である式子内親王《しょくしないしんのう》の歌について考えます。以下の一首を覚えている人もいると思いますが、この歌は『新古今和歌集』にも収められていますので、そこでどのように記されているかを最初に確認します。

　　百首歌の中に、忍ぶる恋を

　玉の緒よ絶えなば絶えね長らへば忍ぶることの弱りもぞする[*1]

歌の直前に記される説明を「詞書《ことばがき》」といいますが、その内容から説明します。「百首歌」とは、平安時代後期から盛んに詠まれたもので、一人で百首を詠むことです。複数の歌人で同じ題を出されて百首ずつ詠むことも盛んに行われました。「忍ぶる」は気持ちを抑えて我慢する意です。

初句の「玉の緒」のもとの意味は玉を貫き通す紐です。玉は神秘的とされ、魂《たま》と同音のため、「玉

＊1　引用は、最新の注釈書である『新古今和歌集全注釈四』（角川学芸出版、二〇一二年）によります。

の緒」は魂を肉体をつなぐものととらえられ、「命」の意となったと考えられています。*2

第二句の「絶えなば」の「な」は完了の助動詞「ぬ」の未然形で、接続助詞「ば」がつくと仮定条件を表します。一方、続く「絶えね」の「ね」は完了の助動詞「ぬ」の命令形です。私の命よ、もし絶えてしまうのならば絶えてしまえと訴えているのです。

その理由が第三句から述べられます。「長らへば」は下二段活用動詞「長らふ」の未然形「長らへ」に接続助詞「ば」がついたもので、第二句と同様に仮定条件を表します。「忍ぶる」は「我慢する」という意味の上二段活用動詞「忍ぶ」の連体形で、「こと」を修飾します。第五句「弱りもぞする」の「もぞ」は将来の危惧を表す言葉です。従って、第三句以下はこのまま生き長らえているならば、恋の思いを我慢することが弱くなってしまい他の人に知られて困るという解釈になります。

作者・式子内親王は一一才から二一才までの間、賀茂《かも》神社の神に長く仕える斎院《さいいん》という役割を勤めていました。天皇が即位するたびに、天皇家の結婚していない女性から一人が選ばれていたのです。いうまでもなくその間、異性との交際はあり得ません。そのこともあって、正治三年（一二〇一）正月に五三才で亡くなるまで独身でいた女性です。しかし、『百人一首』の歌は恋の激しい思いを感じさせます。誰に向けられているのか、多くの人が関心を持つようになりました。例えば、室町時代の演劇作品である能の『定家』では、以下のように式子内親王の亡霊が旅の僧に語る場面があります。

式子内親王始めは賀茂の斎《いつき》の宮《みや》にそなはり給ひしが、程なく下り居《おゐ》させ給ひしを、定家卿、忍

＊2　久保田淳・馬場あき子監修『歌ことば歌枕大辞典』（角川書店、一九九八年）での多田一臣氏による「玉の緒」の項目で詳しく説明されています。

び忍びの御契り浅からず、其《そ》の後式子内親王ほどなく空しく成り給ひしに、定家の執心葛《かづら》となって御墓に這《は》い纏《まと》ひ、互いの苦しび離れやらず、共に邪淫《じゃいん》の妄執《まうしふ》を、御経を読み弔《とむら》ひ給はば、猶《なほ》々語らせ参らせ候らん。[*3]

式子内親王は最初、賀茂の斎院の地位に着いて、間もなく退任した時に、定家が、こっそりと隠れて内親王と深い仲となりました。その後すぐに式子内親王が亡くなった後、定家の執着は、つる性の草となって内親王の御墓に這って纏い付きます。結果、式子内親王、定家それぞれの苦しみから離れることができません。そこで、式子内親王の亡霊は僧に対して、共によこしまな関係による心の迷いを、経を読んで供養してもらうよう頼んでいるのです。『百人一首』の歌人達を題材とした『うた恋い。』でも定家と式子内親王との関係について様々な想像が展開されています。

今村みゑ子氏は藤原定家の漢文日記『明月記』を中心に調査し、そこから見える二人の強い主従関係を確認し、もしそれ以上の情があるとすれば、和歌で表現された現実そのものでない世界に見出せるのではないかと指摘しています。[*4]

一方、石丸晶子氏は式子内親王の百人一首歌について、以下のように述べます。

この歌は『小倉百人一首』にも採られ、忍ぶ恋の歌として人口に膾炙《かいしゃ》しているけれども、これはとうていそういってすましておれる歌ではない。

これはかなわぬ恋の果てに、人生に絶望したひとりの女がいきついた、極北の世界の詠出である。

＊3　引用は『新日本古典文学大系57　謡曲百番』（岩波書店、一九九八年）によります。

＊4　「定家と式子内親王――『明月記』を中心に――」『鴨長明とその周辺』（和泉書院、二〇〇八年、初出は一九九六年）。

訴え、あきらめ、なおも掻きくどき、涙しながら、式子はついに法然への忍ぶる恋に生きたいのちの形見として、この一首を残した。[*5]

「聖如房」という人に宛てた法然の手紙が残されています。その内容は、病気が重い「聖如房」という人が対面を望んでいるのに対し、自分が行けない旨が記されています。岸信宏氏はこの「聖如房」を式子内親王と認定しました。[*6] 石丸氏の説はそのことを前提としています。

2 男性の立場の歌

以上のように、恋の思いを我慢できなくなるような相手は誰かということが様々議論されてきたわけですが、初めに挙げた『新古今和歌集』の詞書に記される通り、この歌は百首歌の中の「忍ぶる恋」という題で詠まれた作品です。百首歌の中で恋歌は普通二十首程詠まれますが、その中で初めの方に位置するのがこの題です。しかも男性の立場で歌を詠むのが一般的です。

後藤祥子氏は、式子の歌も、男性の立場からの歌であると提唱され、『源氏物語』柏木巻を踏まえているのではないかといわれています。[*7] 『源氏物語』柏木巻に以下のような一節があります。光源氏の正妻・女三の宮と密通した柏木が、それを知った源氏から皮肉を浴びせられ、衝撃を受けて病の床に就きました。その時の心の中の嘆きを記している場面です。

神仏をもかこたむ方なきは、これみなさるべきにこそはあらめ、誰も千歳の松ならぬ世は、つ

*5 『式子内親王伝　面影びとは法然』(朝日新聞社、一九八九年)

*6 「聖如房に就て」(『仏教文化研究』五、一九五一年)

*7 後藤祥子「女流による男歌──式子内親王歌への一視点──」(関根慶子博士頌賀会編『平安文学論集』風間書房、一九九二年)

ひにとまるべきにもあらぬを、かく人にもすこしうち偲《しの》ばれぬべきほどにて、なげのあはれをもかけたまふ人あらむをこそは、一つ思ひに燃えぬるしるしにはせめ、せめてながらへば、おのづから、あるまじき名をも立ち、我も人も安からぬ乱れ出で来るやうもあらむよりは、なめしと心おいたまふらんあたりにも、さりとも思しゆるいてむかし*8

柏木は次のようなことを考えます。神仏に対し文句を言っても仕方がない。みな前世からの因縁であろう。誰も松のような長寿を保てないこの世にいつまでとどまっていられないから、あの女三の宮から少し懐かしく思い出してもらえそうなうちに我が身を捨て、ちょっとした憐れみをかけてもらえるのを、恋の思いに燃えた証にしよう。無理に生き長らえていたら、自然と、あるまじき密通の噂が立つことになり、自分にとっても女三の宮にとっても容易でない厄介ごととなろう。それぐらいだったら自分が死ぬことで、疎んできた光源氏も、大めに見てくれるに違いない。

傍線部はまさに式子の歌の表現内容と一致していないでしょうか。式子は男性の貴公子の立場で身の破滅につながるにも関わらず、もう我慢できず隠し通せない恋の思いを歌に表現したのです。生涯の中で諸説挙げられているように恋する相手はいたかも知れません。藤原定家との主従関係、信仰を通じての法然との関係は確かに並々でないものがあったでしょう。しかし、百首歌を詠む際には読書経験も踏まえて、新たな恋物語を編み出すような姿勢で臨んでいたと考えられるのです。当時の和歌の内容は、必ずしも自分が経験したことを詠むとは限らず、あらかじめ題を与えられることが多く、このように物語の登場人物の気持になって歌を詠まなければいけないこともありました。恋の題を与えられ、女性の歌人が男性の立場になって歌を詠む場合が見られたのです。当然そ

*8　引用は『新編日本古典文学全集23　源氏物語4』（小学館、一九九六年）によります。

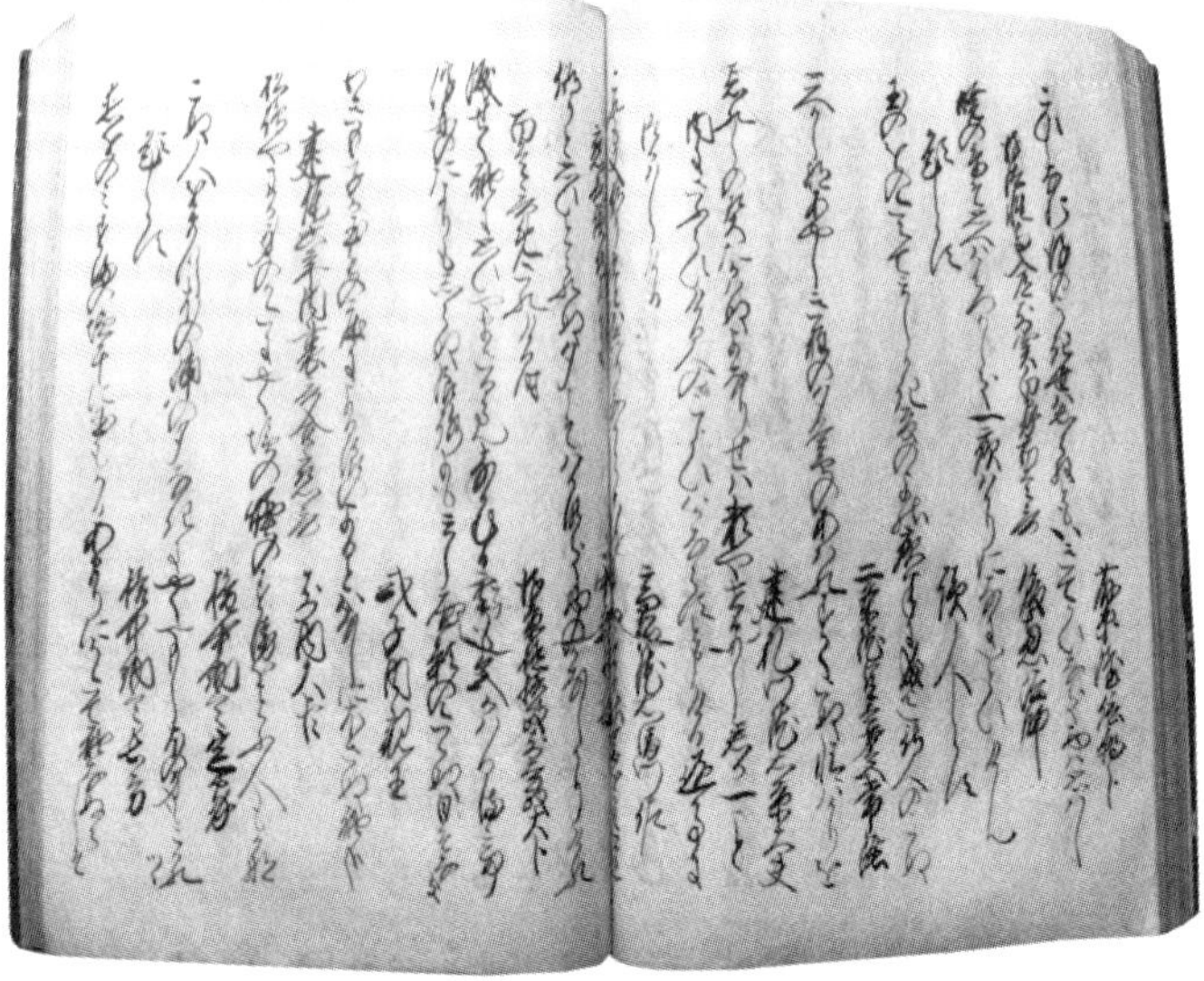

図版 『新勅撰和歌集』（架蔵の写本。最後から三行目が定家の歌）

の逆も行われました。次に説明する藤原定家の歌です。

3 女性の立場の歌

式子の恋の相手とも後世考えられた『百人一首』の撰者・藤原定家が自らの作品から撰んだ一首は以下の作品です。

来《こ》ぬ人をまつ帆《ほ》の浦の夕凪《ゆふなぎ》に焼くや
藻塩《もしほ》の身も焦《こ》がれつつ*9

以下の『万葉集』巻六の長歌の本歌取です。本歌取とは、新古今時代の歌人達に多く見られる方法で、彼等にとっても古典である奈良時代の万葉集、平安時代の歌集・物語に見える和歌の表現・発想を借りて歌を作る方法です。

*9 上の写真に見える本文に適宜漢字を宛てました。

名寸隅《なきすみ》の　船瀬《ふなせ》ゆ見ゆる　淡路嶋《あはぢしま》　松帆《まつほ》の浦に　朝凪に　玉藻刈《たまもか》りつつ　夕凪に　藻塩《もしほ》焼きつつ　海人娘子《あまおとめ》　ありとは聞けど　見に行かむ　よしのなからば　益荒男《ますらを》の　心はなしに　たわやめの　思ひたわみて　やすらはん　我は衣乞ふ　船梶《ふなかぢ》を無み[*10]

作者は笠金村という男性の宮廷歌人です。聖武天皇に仕えました。万葉歌の舞台は、兵庫県明石市にある「名寸隅」の「船瀬」つまり、港のことです。これは後に出てくる現在の兵庫県の「淡路嶋松帆の浦」のちょうど対岸になります。「松帆の浦」は淡路島の最北端の海辺です。この両岸にいる男と女の様子が描かれている歌です。第五句「朝凪に」以下は、そこにいる海人娘子、魚貝や海藻を採取したり、製塩業に携わる若い女性のことが語られます。朝、海辺で波風が鎮まっている時は海藻を採り、夕方、同じように波風が鎮まっている時に海水を焚いて塩を作っているのです。「ありとは聞けど」以下は、淡路島の対岸の「名寸隅」の「船瀬」にいる作者・金村の描写に移ります。美しい海人娘子の評判を聞いているけれども、「よし」の「なからば」、つまり、もし手段・方法がないのであれば、勇ましく、堂々として立派な男性のような心は持てないのです。「たわやめ」はしなやかで優美な女性のことで、海人娘子を指すでしょう。逢えないうちに向こう岸の海人娘子も関係を続けることにためらってしまうのではないかという懸念を述べているのです。

船もそれを操る梶もなく、作者は当時恋人同士が逢えば、互いに行っていた衣の交換をしたいと思っています。

以上が、定家が読んでいた万葉歌の内容で、定家の歌は、このように自分が生きていた時代より

*10　引用は藤原定家が所持していた写本の姿をとどめていると考えられている関西大学図書館蔵廣瀬本万葉集の影印（『校本万葉集別巻二』岩波書店、一九九五年）によります。現在の『万葉集』の注釈書とは訓読、解釈が異なっています。詳細は五月女肇志『藤原定家論』（笠間書院、二〇一一年）第一編第三章を御覧下さい。

数百年も昔の万葉集の歌の言葉を使っているのですが、単なる模倣ではありません。彼が将軍実朝に献上した歌論書『近代秀歌』では以下のように述べられています。

詞《ことば》は古きを慕ひ、心は新しきを求め、及ばぬ高き姿を願ひて[*11]

歌に用いられることばは古いものを大切にし、歌の内容は新しいものを求め、簡単に行き着くことのできない理想の一首にまとめ上げようと願うことを定家は求めているのです。ここには、古い言葉を用いて新しい内容を表現しようとする決意が見られます。

実際、定家の歌を見ると、「まつ帆の浦」の「まつ」には、『万葉集』の地名ということに加えて、来ぬ人を「待つ」という意味も持っています。ひとつの言葉が二つの意味を持つ掛詞《かけことば》と呼ばれる技法で、三十一字と限られた短歌形式において、良く用いられる表現上の工夫なのです。

「夕凪に」についても、万葉歌では生産活動のために適した好条件となっていた風も波も立たないという状態だったのが、寂しさをかきたてる要素へと変化しています。恋人が訪れる時刻である夕暮れになっても自分の所には何もやってこず、待ち人が来ない寂しさをますます強めていく効果をあげています。

「藻塩」は塩を作るため火で焼かれる濃い海水のことを指しますが、そのように自分の身は貴方を思って焦がれてしまいそうになっていると訴えています。心の状態を炎の中で焚《た》かれてたぎっている海水のようにじりじりしていると表現しているのです。定家の恋歌は、いつまでも来ない恋人を待っていて、松帆の浦の夕なぎに浦の海人娘子が焼く濃い海水のように私の身も恋の思いに燃え

＊11　引用は『新編日本古典文学全集87　歌論集』（小学館、二〇〇二年）によります。

たぎっているという意味になるでしょう。

まさに『万葉集』にある言葉に新しい生命を与えた歌と言って良いでしょう。定家が自分で撰んだ九番目の勅撰集である『新勅撰和歌集』、『百人一首』に入集させたのも自分の代表作の一つとみなしたためと思われます。

この歌は初めて出された建保四年（一二一六）閏六月の『内裏百番歌合』で順徳天皇から勝を与えられました。定家にとって思い入れの強い歌です。その時に定家は、「常《つね》に耳慣《みみな》れ侍《はべ》らぬ『まつ帆の浦』に、勝《かち》の字を付けられ侍りにし。何故《なにゆゑ》とも見え侍らず。[*12]」と述べています。普段聞き慣れない「まつ帆の浦」の歌の方に、順徳天皇が「勝」の字を付けた理由がわからないと述べています。謙遜の気持ちもあったでしょうが、実際「松帆の浦」は、『万葉集』で詠まれてからもほとんど文学作品に見えず、定家が詠んだ後も、数多く用いられた形跡は見られません。[*13]

定家の歌では淡路島の松帆の浦で待っている立場で詠んでいますから、『万葉集』の海人娘子になったつもりで詠んでいることは明らかでしょう。男性歌人・藤原定家が女性の立場で歌を作っているのです。

4　最後に

『京極中納言相語』で定家は以下のように述べています。

恋の歌を詠むには、凡骨の身を捨てて、業平のふるまひけんことを思ひ出でて、我が身を皆業平になして詠む。[*14]

＊12　引用は『新編 国歌大観』第五巻（角川書店、一九八七年）によります。

＊13　徳原茂実『百人一首の研究』（和泉書院、二〇一五年、初出二〇〇三年）

＊14　この書物は定家の発言を弟子の藤原長綱が書き留めたものです。引用は『中世の文学　歌論集』（三弥井書店、一九七一年）によります。

平凡な自分のことを忘れ去り、恋の達人として『伊勢物語』の主人公ともされた在原業平のつもりで恋の歌を詠みなさいといっています。自分自身とは異なる人物の思いを和歌に詠むことが求められたのです。従ってこれまで見てきたように男女の立場が入れ代わるということも珍しくありませんでした。当時の恋歌にはそのようにして詠まれた創作物が多いということを、是非理解して作品を味わって欲しいと思います。

読書案内

◉久保田淳『久保田淳著作選集2　定家』（岩波書店、二〇〇四年）
藤原定家、式子内親王の生涯、その時代背景、作風の理解を深めることができます。
◉島津忠夫『新版百人一首』（角川学芸出版、二〇〇八年）
◉吉海直人『百人一首で読み解く平安時代』（角川学芸出版、二〇一二年）
二冊共に『百人一首』の成立、入集歌についての問題点を明快に解説しています。
◉田渕句美子『異端の皇女と女房歌人　式子内親王たちの新古今集』（角川学芸出版、二〇一四年）
式子内親王をはじめとする新古今時代の女性歌人の活躍が明らかにされています。
◉神作光一・長谷川哲夫『新勅撰和歌集全釈』一～八（風間書房、一九九四～二〇〇八年）
この文章で取り上げた定家の歌が収められている『新勅撰和歌集』の全歌について語釈・現代語訳・解説を施した労作です。

古典芸能の回廊

能の恋――『恋の重荷』を探る

中所宜夫

武家の式楽であった能ならずとも、恋の成就を正面から賛美する文学や芸能は数少ないと思います。大方の恋は成就しない常にあって、片恋ゆえの身悶えする程の苦しみを描いてこそ、多くの共感を得ようというものです。しかし一般人の多くが現実の生活の中に苦しみを埋没させて行くのに対し、能の主人公たちは、報われない恋に物狂いとなって諸国を彷徨う女（『班女《はんじょ》』『水無月祓《みなづきばらえ》』）、身分違いの老いらくの恋に悶え死ぬ老人（『恋の重荷』）、女の元へ通う途次《とじ》に事故に遭い死後も煩悶し続ける男（『船橋』『通小町《かよいこまち》』）など、執心の炎に己が身を焼き尽くすかの様です。

『恋の重荷』はほぼ世阿弥の作品であろうと考えられています。曲名のみならず詞章の中でも「恋となる」等、最も直接に恋を主題とした作品です。

『恋の重荷』あらすじ

白河院に仕える臣下（ワキ）が、院愛好の菊を世話する老人・山科荘司《やましなのしょうじ》（シテ）が近頃臥せっていると言うので様子を見に行く。噂では女御（ツレ）の姿を垣間見て恋に落ちてしまったと聞いていたが、果たしてその通りであった。身分違いの老いらくの恋である。臣下は諦めさせようとして、石を綾羅錦繍《りょうらんきんしゅう》で包んだ重荷を用意する。この「恋の重荷」を持って宮中を巡れば、その間に女御が姿を見せると話して聞かすと、荘司は重荷の美しさに誘われ、何とか持ち上げようとする。しかし、もとより一寸たりとも動かない。臣下の意に反して、老人は絶望し悶え死ぬ。臣下から話を聞いた件の女御は、老人の骸を観て後悔の歌を詠む。臣下などは忝《かたじけな》いことと賛嘆するが、女御は荘司の執心に縛られて動けなくなる。荘司の亡霊は妄執に面貌を悪尉と変じて現れ、杖で打ち据え女御を責める。しかしその責めは長くは続かず、恨みは忽ちに溶けて、返って女御の守り神と変じる。

この曲の不思議さは、老いらくの恋を諦めさせようとして処方する手段の不自然さと、恨みの鬼が折檻の末に守り神に変ずる唐突さにあります。何かとってつけたような筋立ての中に、老人の必死な情念と純情とが、一種異様な現実感を持って迫って来ます。

さて、普通の夢幻能では、亡霊を「見る」のは僧侶にしろ何にしろワキ役です。見所の観客は、ワキ僧の視点で亡霊を観ているのです。しかし、この曲の後シテである山科荘司の亡霊を「見て」いるのは、どうもワキの臣下ではなさそうです。おそらくは亡霊の責めを受けるツレの女御だけがその姿を見ています。言い変えれば、亡霊の存在を感知しているのはツレの女御だけです。

少々唐突かも知れませんが、私はこの曲の背後には、ある一つの事件が潜んでいるのではないかと思っています。それは性暴力被害者に時折見られる人格の乖離です。被害者が加害者の人格を取り込み、所謂多重人格となった時、治癒の過程で加害者の人格が突然守護者に変じることがあるのだそうです。それは最新の精神科学が報告する出来事ですが、人の心のありようの不思議さは、昔も今もあまり変わらないのではないでしょうか。

世阿弥は、そのような不思議な出来事を見聞きして、その理路を探ってみたのではないでしょうか。加害者の男に取り付かれて、正気を失い弱って行く女。加持祈禱などに際しての女の狂乱と、現れた人格による守護者の形成を経て、正気を取り戻して行く女。その有様から被害者の女性を描くのではなく、加害者の男に接近して行くのは、現在でも屡々起こる事です。まして当時の人々は心的障害から来る多重人格ではなく、霊が取り憑いていると考えているのですから、その霊が守護者に変じる事に特別の感慨があったと思われます。

「能の恋」と言うにはあまり相応しくない内容となりましたが、世阿弥が恋の迷いの果てにある人間の存在の根源に、かなりの深さまで掘り進んでいる一端をここに見る事が出来ます。失恋の痛みを日々の生活の中に薄めてしまう一般の人々は、果してこの様な恋に殉じる者たちの姿に、ある部分では憧れながら、対極にある自分たちの安寧を確かめるのでしょうか。それとも同じ深淵に引き込まれそうになる際どさに心をときめかせるのでしょうか。

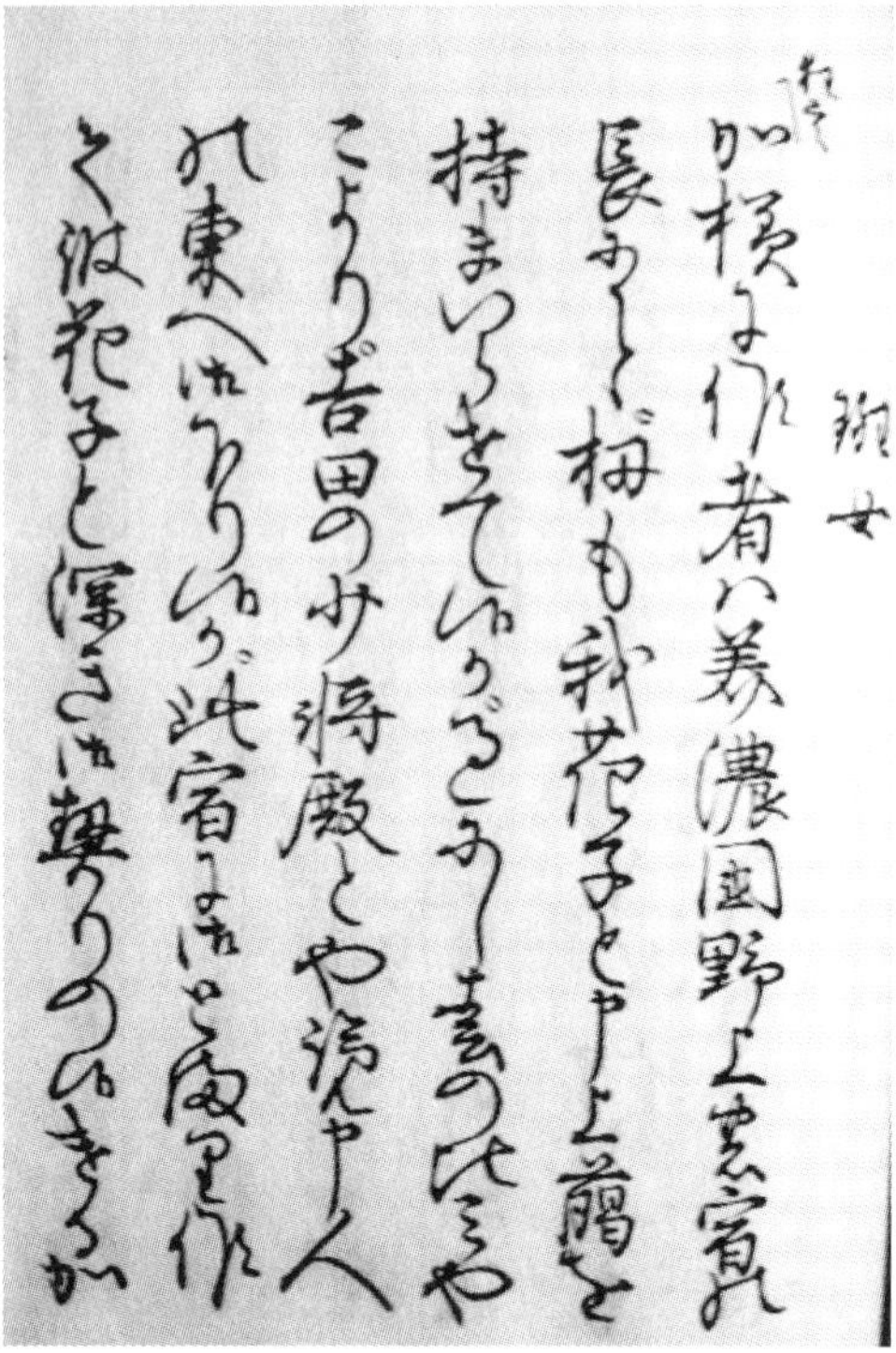

観世流謡本『班女《はんじょ》』天保一一年再版本（大蔵吉次郎所有）

能楽（能と狂言）の歴史は、世阿弥の『風姿花伝《ふうしかでん》』によると聖徳太子の時代まで遡ります。

平安時代にはすでに能楽の基ができていました。そして室町時代、観阿弥・世阿弥親子によって、現在のような形式が確立されたようです。

能楽は、足利義満をはじめとして、その後も多くの武将たちに愛好されてきました。特に豊臣秀吉は大の能楽好きで、自らも徳川家康や前田利家、加藤清正など名だたる武将たちとともに、能や狂言を演じました。また自分の戦の功績を新曲として作らせもしていました。

それまで能楽は申楽と呼ばれていましたが、徳川の時代に宮廷の雅楽に対して、申楽を式楽と定め、能楽と呼ぶようになりました。さらに江戸期は、豪商たちも謡を習うようになり、当時の出版技術の高まりとともに謡本が作られ、さらに謡自体も広まっていきました。

この謡本もその歴史の一つです。

古典芸能の回廊

狂言の恋

大藏吉次郎

皆さんは狂言をご覧になったことがありますか。

狂言は、能と合わせて「能楽」とよばれ、古来からの舞台を踏襲して作られた能舞台のある能楽堂という場所で演じられています。

ユネスコの世界無形文化遺産を日本で最初に受けました。

能楽の歴史は古く、平安時代まで遡る説もあります。その中で狂言は日本最古の台詞劇とも言われています。狂言の特徴は、能のように「幽玄《ゆうげん》」といった独自の世界観を醸し出すというよりも、人間そのものをクローズアップして写し出す内容と言えます。

ですから、少し誇張した表現も出てきますが、多くの方がどこかで思い当たる節があったり、共感をして、思わず笑いへと繋がっていく曲が多くあります。

狂言の恋は、設定こそ奇想天外であっても、恋する思いは、とても切実で現実的です。

たとえば『節分《せつぶん》』という狂言があります。

節分の日に蓬莱《ほうらい》の島の鬼が、日本では豆をまく風習があることを聞き、打つ豆を拾って食べようとやって来ます。そこである家に目星をつけるのですが、そこに居た女性に一目惚れをしてしまうのです。しかしその女性は鬼の姿を見て驚き逃げます。でも、その女性は怖がりながらも、なんとか家を守ろうと、鬼を追い出そうとします。さて、その女性に恋をした鬼は、懸命に振り向いて貰おうとあれやこれやと謡《うたい》を歌います。海外でも恋する女性にセレナーデを捧げますが、鬼なりに、必死にアピールをします。しかし鬼の想いは女性に届かずに、切なくなった鬼は、とうとう泣いてしまいます。それを見た女性は、はじめこそ鬼にからかわれていると思っていましたが、本気だと知ります。でも夫のある身です。やはり鬼が恋の相手にはなりません。そこでちょっと策を用いて、鬼の持つ宝を貰い、その後は豆で鬼を追い出してしまいます。

鬼は非現実的で怖いとされるものですが、恋をして気持ちを伝えようとする姿は、見る方々にも共感を感じさせて可愛らしくさえ思えます。それとは別に鬼に見そめられた女性は、強さと生きる逞しさを感じさせます。しかし、これも主人の留守に家を守ろうとする愛の形かも知れません。

また、『御茶の水』という狂言では、若くてまだ駆け出しのお坊さん（新発知《しんぼち》と呼びます）が寺の門前でお茶を売る女の子に恋をして、一計を案じてデートをします。

その様子を、寺のお師匠に見つけられてしまいますが、女の子にもお叱りが及んだときに、それを庇って、お師匠と相撲を取ります。最後にはその女の子にお師匠の足を捕らせて投げとばし、二人は悠々と帰ります。二人で恋の気持ちを語り合う様を、謡と舞で表現しますが、初々しい雰囲気が舞台に展開します。

しかし、狂言の恋はこれだけではありません。夫婦愛も描かれます。しかしはじめに述べましたが、能と違い少々現実的です。

狂言が盛んになった頃は、武将は必ずしも現在のように一夫一妻ではありませんでした。そのため、二人の女性と一人の男性という組み合わせの恋のやり取りも、狂言の曲目にはあります。その代表的な曲目は『花子《はなご》』でしょうか。この曲をもとにして歌舞伎の『身替座禅《みがわりざぜん》』は作られています。

ただし、古典の物語や能のように深刻な嫉妬が表現されている訳ではありません。むしろ狂言では、男性の強さと弱さ、女性の愛らしさと強さといったギャップが明るく表されます。それでいながら、相手を愛しく思う恋の気持ちは、謡や言葉に託されて、感動を呼ぶようです。

古典芸能というと、敷居が高く感じたり、理解できるか分からないと思われたり、つまらないものと敬遠される方もいらっしゃるかもしれません。しかし、海外の公演でも、字幕を頼らずに多いに笑ってくださいます。それは、舞台に登場する、どこか憎めないキャラクターたちから共感する心が伝わってくるからだと思っています。

皆さんにも機知に富んだやりとりと、巧まれた「笑」を通して描かれる「狂言の恋」をぜひ能舞台でご覧になって頂き、時代の変化と普遍的な人間の恋する気持ちを、感じ取って頂きたいと思います。

お江戸の絶対ヒロイン 八百屋お七の恋物語

恋しさ募って放火しちゃった、ア♡タ♡シ

白井雅彦
SHIRAI Masahiko

扉

…『好色五人女』巻四「恋草からけし八百屋物語」第二章「虫出しの神鳴もふんどしかきたる君様」の挿絵。

恋しい吉三郎のもとへ忍んで行こうとするお七が描かれています。左葉手前にいるのが関守とも言うべき新発意《しんぼち》（詳しくは本稿をお読み下さい）。就寝中の吉三郎は若衆髷《まげ》。お七の髪型が「梳《す》き流し髪」という下げ髪になっており、服装も裲襠《うちかけ》というもので、ともに町娘の八百屋お七には似つかわしくありません。まるで平安王朝物語の登場人物のそれなのです。このことは早くから指摘され論じられてきましたが、決定的な論考を発表したのが信多純一氏で、その論考とは、『文学』四六―八（一九七八年）に掲載された「古典と西鶴――『好色五人女』巻四をめぐって――」です。この挿絵は（ちなみに第四章の絵も同様なのですが）、貞享《じょうきょう》二年（一六八五）八月刊『首書《しゅがき》伊勢物語』の挿絵によると認定されたのです。そして巻四の五つの章は、『伊勢物語』第一段から第五段の当世化、またはパロディという見解を示されました。『伊勢』の他章段からの摂取も指摘されます。傾聴に値するご論考です。なお、『伊勢物語』については、本書二一一頁以下の山崎正伸先生のご論考をご参照ください。

1　井原西鶴の描く「好色」——誤解されがちな「好色浮世草子」

「元禄流行作家」と称される井原西鶴（一六四二〜一六九三）の浮世草子『好色五人女』（以下『五人女』と略記します）は、貞享《じょうきょう》三年（一六八六）二月に板行されました。五巻五冊各巻一話五章から成り、五組の男女の恋物語を描いています。それは、

巻一「姿姫路清十郎物語」「ひめぢニすげがさ」「お夏清十郎」

巻二「情《なさけ》を入《いれ》し樽屋物かたり」「てんまニたる」「樽屋おせん」

巻三「中段に見る暦屋物語」「みやこニこよみ」「大経師《だいきょうじ》おさん」

巻四「恋草からけし八百屋物語」「江戸ニあを物」「八百屋お七」

巻五「恋の山源五兵衛物語」「さつまニさらし」「おまん源五兵衛」

という内容です。右は、上に目録題（各巻の目次に記された題）、下に外題角書《げだいつのがき》（表紙に貼られた題簽《だいせん》「好色五人女　ゑ入」の上部に二行に割って書かれている文言）を、さらに物語の通称を添えて示しました。『五人女』は、巻一と巻五には、寛文年間（一六六一〜一六七三）の初期に地方で発生した事件を描き、巻二・三・四は、三大都市[＊1]（大坂・京・江戸）で天和《てんな》・貞享期（一六八一〜）に発生した事件に取材した、まあ、ひと口に言って「実録モデル小説」です。

描き出された五つの恋愛模様はさまざまで、興味は尽きません。たとえば、商家の娘と手代が恋に落ちて駆落ちを試みるものの連れ戻されちゃって、勾引《かどわかし》[＊2]とされた男は処刑され、それを知った娘が発狂しちゃう話（巻一）であったり、ボーイズラブにしか興味のないイケメンに憧れちゃった娘

＊1　当時は広く「大阪」ではなく「大坂」と表記しました。

＊2　「勾引」は現代風に言えば「誘拐」。お店（たな）の使用人が主家の娘と駆落ちするのは「勾引」と見なされ、死罪が適応されました。

が、そういうことならと男装して男に近づき、女の良さに気づかせちゃって見事に男を振り向かせる、「やったネ」話（巻五）といった、主体的に恋に向かう「好色」娘が描かれています。他方、人妻も負けちゃいられません。法事の手伝いに近隣の商家へ行き、ちょっとしたハプニングから密通[*3]を疑われ、その濡れ衣への腹いせから噂の相手に不義を仕掛ける好色ぶり、けれども関係する直前に夫に見つかって、逃れぬところと自害する妻（巻二）や、使用人の男女をとりもとうとし、手違いから男（手代）と自分がデキちゃって、その気になって出奔し、心中死を偽装してまで生き延びようとするも捕えられて処刑されちゃうお内儀[*4]の話（巻三）と、どれもこれも魅力的な、命がけの恋愛物語なのです。これらが西鶴の描き出した「好色（女）」なのであり、『五人女』は西鶴の「好色」観の体現でもあるのです。

本稿では、紙幅の関係もあってすべての話をとりあげることはできません。五人の恋物語は、それぞれ人形浄瑠璃（文楽）や歌舞伎の演目に脚色されて、人気演目となって今日に伝わっています。現代に至っては、映画やTVドラマ[*5]の題材となることもあります。そんな中で、すでに江戸時代から、演劇はもとより、日本舞踊にもなり、浮世絵の題材にもなって、『五人女』の中でも最も広く世間に知られた、巻四「恋草からけし八百屋物語」の一話をとりあげます。この、江戸で起きた放火事件を題材とする恋模様を以下に検証してみましょう。

2　八百屋お七の恋模様――まさか、放火しなくったって……

一般に「八百屋お七の火事」と呼ばれている「天和の江戸大火」は、天和二年（一六八二）の師走《しわす》

＊3　現代で言うところの「不倫」ですが、江戸時代は身分を問わず、死罪となりました。「不義」もほぼ同義の語です。

＊4　町人の妻のことですが、店を構えた商家の妻を指すのが通例で、長屋のおかみさんたちを指す例は多くありません。

＊5　最近では、二〇一三年九月から放送された、NHK連続テレビ『木曜時代劇～あさきゆめみし～八百屋お七異聞』があります。お七を演じたのは、元AKB48メンバーの女優、前田敦子さんでした。

に発生したのですが、この出火をその通称から、お七による付け火（放火）と誤解している方が少なくありません。これは、お七が焼け出された火事、つまり事件の発端となる火事のことであり、お七はその避難先で運命の人と出会うことになるのです。復興して帰宅したお七は、恋しい人に会えぬつらさから自宅に放火しちゃうのですが、小火《ぼや》にすらならずに消しとめられて、しかし放火の罪によって結局は、市中引回しの上、火あぶり刑となってしまいます。

お七の実事件については後述することにして、まずは西鶴がどのようにこの事件を描いたのか、以下に『五人女』巻四「恋草からけし八百屋物語」各章の梗概を示します。

第一章「大節季はおもひの闇」

師走も押し迫った廿八日夜半、正月準備で忙しい江戸で大火が発生する。一六歳[*6]で美人の誉れ高い本郷の八百屋娘お七は、その母と旦那寺の駒込吉祥寺《きっしょうじ》に避難する。避難暮らしが続く中、お七は寺小姓小野川吉三郎と出会う。指に棘がささって難儀する吉三郎を案じたお七の母は、老眼で棘を抜いてあげられない自分に代わり、お七に棘を抜いてやるように命じる。触れあう手と手。ビビッ！　これが後に命を賭ける恋の始まり。しかしその後は会えぬまま、年は改まってお七は一七歳となる。

第二章「虫出しの神鳴もふんどしかきたる君様」

正月の十五夜も悪天で満月は出ていない。急な葬礼で僧侶は出払い、吉祥寺に人は少ない。これが好機とばかり、お七は吉三郎の寝所を目指す。下女が思わせぶりに半紙をくれたり、庫裏姥《くりうば》が吉三郎の寝所を教えてくれたりと、女たちの好意を受けるが、すんでのところで新発意《しんぼち》（寺へ新入りの見習い児《ちご》）に見つかり、お七は口止め料やカルタ、饅頭などを約束して吉三郎のもとへ行く。二

＊6　満年齢ではなく「数え歳（どし）」。〇歳という概念がなかったので、誕生の年が一歳です。その後は新年毎に一歳を加齢するので、この時のお七は現代で言えば、満一五歳の誕生日のある学齢、すなわち中学三年生ということになります。高校受験勉強に忙しい中三の暮れから、中学卒業式のある三月までの恋物語とイメージしていいでしょう。

人は寄り添い、あわただしく契りを交わす。翌早朝、お七は母親に見つかり連れ戻されるのだが、母親は何事もなかったかのように新発意に口止めの品を渡し、万全に後始末をした。

第三章「雪の夜の情宿」

八百屋の被害は少なく帰宅したお七だったが、母親の監視が厳しい。下女の好意で吉三郎との文通だけは叶った。ある夕刻、百姓の少年が野菜を卸し売りに来る。折からの雪を難儀に思って、八百屋主人（お七の父）は少年を土間に泊める。夜半、親族に出産騒ぎがあり、お七の両親は駆けつける。一人残されたお七は野菜売りが気になって様子を見に行くと、その寝顔は恋しい思い人の吉三郎。お七を一目見たさに変装して忍んで来たと言う。お七はうれしさから自分の寝間へ誘うが、その直後に父が帰宅する。二人は会話すらできず、一晩中筆談するのだった。

第四章「世に見をさめの桜」

吉三郎と会えぬ辛さの募るお七は、火事で出会った吉三郎だから、再び火事が起これば吉三郎に会えるだろう、という短慮から火付けを働いてしまう。現場で見つかり捕えられ、尋問には素直に罪状を述べる。火付けは火刑（火あぶり）の定法通り、市中引回しのうえ鈴ヶ森で処刑される。「世の哀れ春ふく風に名を残しおくれ桜のけふ散りし身は」の辞世歌を残して、一七歳の美貌は世間の同情を買う中、凛として散る。一方の吉三郎はそんな騒ぎも知らず、お七に会う手だてさえ見つけられずに思慕が高じて病に臥しており、寺僧の判断でお七の死は告げられなかった。

第五章「様子あっての俄坊主」

お七の百ヶ日の日、吉三郎は吉祥寺中の卒塔婆《そとうば》にお七の名を見つけ、その死を知るや、死に後れた悔悟から自害を試みる。寺僧にとどめられるがなおも切腹を願う。そこでお七の母が説得し、吉三郎は前髪を剃って僧となりお七の菩提を弔うのだった。

　外題の「好色」の語は現代においては、誤解を生じさせやすいことばです。しかし、上掲したように『五人女』の五つの恋物語は、「恋愛至上主義者」の女が恋愛に対して、対象の男性に対して、主体的積極的に向きあい、行動し、身を滅ぼす、いわば「悲恋小説」です。ただし、巻五は「祝言《しゅうげん》立て」という慣例から、めでたしめでたし、となるのですが、そのモデルとなった「おまん源五兵衛」は、心中事件当事者として歌祭文《うたさいもん》＊7になって伝わっていますから、当時の読者からはこの二人とて悲恋の主人公と認識されていたと思われます。こうした「好色女」の悲恋こそが作品集『五人女』のテーマと言ってよいのですが、以下に、大坂に暮らす草子作家西鶴が江戸で起きたお七の事件を脚色する以前の実像に迫ってみましょう。とは言え、この当時のことゆえ、事実を明らかにする公文書の類はありません。以下は、『五人女』と同時期の貞享年間に成立した見聞録『天和笑委《てんなしょうい》集《しゅう》』＊8によりますが、この内容が史実に最も近い記録であろうことは衆目一致しています。

　お七は本郷森川宿で八百屋の店を持つ市左衛門の末娘。「天和二年十二月二十八日の大火」で家が類焼し、家族とともに駒込の正仙院へ逃れる。そしてこの寺にいた住職寵愛の生田庄之介という美小姓と恋に落ちる。正月十日、下女の手引きで契りを交わすが、同廿五日には家が補修新築されて、お七は戻されて庄之介との別れを余儀なくされる。庄之介への思いは絶えず、会えぬがゆえにむしろ燃えあがる恋心。三月二日にお七は庄之介に会いたさから、新築されたばかりの自宅に放火する。すぐに捕えられ、同月廿九日に江戸北の処刑場である千住小塚原で火刑に処せられた。享年は一七歳。その翌月、生田庄之介は、高野山で出家した。

＊7　世間で発生した事件（主に町人が起こした事件）を歌った、流行歌のようなもの。

＊8　著作者は、元は旗本で晩年に出家した、歌人として名を残す戸田茂睡（一六二九〜一七〇六）とされます。戯作者柳亭種彦。文政六年（一八二三）の識語がある写本に、そう記していますが、後人の加筆増補も考えられます。江戸の火事に関する多くの逸話を記録した巷談集で、お七事件を全一三巻中三巻を費して、最も詳しく記しています。

以上が『天和笑委集』の伝える「八百屋お七」事件の大まかな内容です。

右を史実とすれば『五人女』は大筋で史実を踏まえているのですが、実在のお七の思い人「生田庄之介」の名が「小野川吉三郎」に改められています。『五人女』はお七処刑のわずか三年後の刊行であり、その時点で「生田庄之介」は存命中でしたから、何らかの配慮があって変名したものと思われます。

余談となりますが、こうした存命関係者への配慮は、『五人女』では西鶴の生活圏である大坂で発生した巻二の「樽屋おせん」[*9]にとりわけ顕著で、同巻では、不義を働きかけるだけで密通に至らず自害しています。この実説は、樽屋女房おせんが、亭主の就寝中に近所の麹屋長左衛門を引込み姦通を果たしたところ、亭主が目覚めて不義が発覚し、姦婦おせんはその場で自害するのです。今風に言えば、かなりヤバイ女です。その場を逃げた長左衛門は捕えられ姦通罪により処刑された、と伝えられます。しかし西鶴は、嫉妬心から不義を吹聴した麹屋女房への女の意地から、ならば本当に密通してやる、なんてことになっちゃって、自分から不義を働きかける女と描きます。そしてこの激情、女の意地を「好色」としているのです。

閑話休題。お七の史実（『天和笑委集』）では刑場が千住小塚原[*10]と伝わっていますが、西鶴は大森の鈴ヶ森[*11]としています。前者は日光街道近くに、後者は東海道品川宿の南端に、晒し場とともにありました。『五人女』で刑場を改めたのは、やはり存命者への配慮であったかもしれませんし、大坂に生きる西鶴にとっては江戸の刑場イコール鈴ヶ森という理解であったためかもしれません。いずれにせよ、江戸の刑場の知名度という点では、東海道道筋にある後者が圧倒的に高かったことは間違いありません。

＊9　これも「歌祭文」によります。

＊10　JR・メトロ南千住駅の西側、吉野通りをわたると千住回向院があります。小塚原で処刑された、腕の喜三郎、鼠小僧、「安政の大獄」で処刑された橋本左内、吉田松陰の墓などがありますが、八百屋お七のお墓はありません。またここからは、昭和に発生した誘拐殺人事件「吉展ちゃん」の遺体が発見されて、悲しい記憶の地となっています。

＊11　現在、鈴ヶ森処刑場跡に「お七火あぶりの礎石」があります。三〇〇年以上前の礎石だけがそのまま残されたというのは信じがたく、真偽のほどはと問われれば疑われます。お江戸の絶対ヒロインの伝承を風化させたくない後世の人の労に思われます。同所は、旧東海道品川宿の通りが、第一京浜国道に吸収される少し手前にあり、最寄駅は京急大森海岸駅です。

お七の避難先を、白山の正仙院から駒込の吉祥寺に改めているのは、意図的改変と思われます。吉祥寺には「学寮（有名な寺院にある僧侶になるための学問所）」があって、若き修行者への配慮なのでしょう、通常は「女人禁制」の寺として有名でした。しかし、ひとたび災害が発生すると、庶民救済のために女人禁制の禁は解かれて罹災者を受け入れ、復興して日常に戻ると再び女人禁制となるという寺法があるのです。西鶴が、お七の思い人である吉三郎を吉祥寺の学僧としたことで、『五人女』における二人は、復興後は会うことを一層困難なものにされます。高いハードルや障害がある方が、恋情は燃えあがり、当事者は恋愛に主体的になりやすいものです。近くにいるのに、まるで遠距離恋愛。それが、第三章における吉三郎の積極的な行動であり、第四章におけるお七の切実な行為に結びつくのです。無論、第三章は西鶴の完全なる創作でしょうし、それに先立って第二章で、これも創作でしょうが、お七が先に吉三郎へアプローチしています。お七が『五人女』の一人にして、「好色女」の「好色女」たる所以《ゆえん》は、恋のために放火まで犯したという実説をなぞる第四章以上に、その恋愛至上の積極果敢な行動を描く第二章にあるのです。

3　伝説となる八百屋お七——お七は登る、櫓の上へ……

『五人女』は「実録モデル小説」と言っていいのですが、「八百屋お七」が伝説の人として永遠の命を持つように歩み出すのに、さして時間はかかりませんでした。正徳四年（一七一四）、大坂豊竹座の座付狂言[*12]作者の紀海音《きのかいおん》（一六六三〜一七四二）が、操り芝居（人形浄瑠璃）にこれを仕組みました。『八百屋お七恋緋桜《こいのひざくら》』（以下『緋桜』と略記します）です。

*12　この「狂言」とは、能楽と一緒に上演される滑稽な中世芸能のことではありません。近世（江戸時代）の演劇界では、作品とか演目さらには興行などの意味で広く使われていました。

その頃の演劇界の状況と言えば、近松門左衛門（一六五三〜一七二四）が、元禄一六年（一七〇三）『曽根崎心中』によって、所謂《いわゆる》「世話物」[*13]浄瑠璃を創始して以来、観客となる庶民から「世話物」が求められていました。『曽根崎心中』は、大坂竹本座に書き与えたものですが、これが予想を超えて大当たりをとります。そして近松は、二年後の宝永二年（一七〇五）には、竹本座専属の狂言作者として迎えられて、その後も竹本義太夫（一六五一〜一七一四）と組んで世話物浄瑠璃のヒット作を連発します。それと並行して、時代物でも、赤穂事件をモチーフに『碁盤太平記』（宝永七年、大坂竹本座初演）を世に送ります。そんな竹本座に対抗せんとする、同じく大坂の操り芝居小屋、ライバルの豊竹座に迎えられたのが紀海音なのです。人気の世話物狂言に仕組みうる、そして近松の手に染まっていない題材として、紀海音の選んだものが「八百屋お七」だったのです。

『緋桜』では舞台を源平時代に移して、吉三郎を武士としています。お七の父久兵衛は吉三郎の恋敵《こいがたき》である万屋武兵衛に二百両の借金をしており、それを形にお七の譲渡を強要されます。相惚《あいぼ》れの吉三郎がいるお七はそれを固辞するのですが、吉三郎への情と父への孝心の板挟みから狂乱して放火し、捕えられてしまいます。それを知った吉三郎は身代わりを願い出ますが叶わずに切腹して果てる、という筋です。時代を移して時代物風に見せたり、岡惚《おかぼ》れ横恋慕する敵役《かたきやく》を産み出したりと脚色は進みますが、お七の思い人の名だけは「（安森）吉三郎」として『五人女』を踏襲しています。これによって「お七吉三郎」の浮き名が定着することになるのです。

さらに下って、安永二年（一七七三）、菅専助《すがせんすけ》（生没未詳、活躍期は一七五七〜十七九一）らによって『緋桜』の改作『伊達娘恋緋鹿子《だてむすめこいのひがのこ》』（以下、『緋鹿子』と略記します）が大坂豊竹座で初演されます。これは、吉三郎の旧主家の重宝を恋敵の武兵衛が隠し持っている、という「お家騒動」物を加味して改

＊13 「世話物」浄瑠璃とは、世間の事件を直接題材とする、いわば、当時の「現代劇」と考えてよいと思います。それまでは、主に源平時代を背景とする「時代物」しかなかったので、『曽根崎心中』は熱烈歓迎されました。

変されています。その秘密を知ったお七が吉三郎に重宝を届けさせるために、閉ざされた辻々の木戸を開けさせようとして櫓《やぐら》に登って太鼓を叩く、という演出が施されました。当時は、悪戯《いたずら》で半鐘を鳴らしても火付けと同罪とされましたから、劇中でも半鐘を打つことはできず太鼓を使うのですが、この劇世界のお七は、偽りで櫓に登って太鼓を打つのであって、これが火付けと同罪となるという趣向ですから、『緋鹿子』のお七は実際に火付けなどはしないのです。今日、文楽（人形浄瑠璃）で公演されるのはこの『緋鹿子』です。ですから劇中のお七は放火犯ではありません。

歌舞伎では、文化三年（一八〇六）江戸森田座で『其往昔恋江戸染《そのむかしこいのえどぞめ》』に、やはり、お七が火付けをせずに櫓に登る趣向が取り入れられて、「人形ぶり」[*14]という演出が施されるようになりました。さらに下って、安政三年（一八五六）江戸市村座で初演された二世河竹新七（後の黙阿弥、一八一六〜一八九三）作『松竹梅雪曙《しょうちくばいゆきのあけぼの》』が、同様の趣向ですが、これが現在に通じています。いずれも見せ場は櫓に登るお七で、今日では両演目とも「八百屋お七」よりも「櫓のお七」が通称として定着しています。さらに、この「櫓のお七」に加え、市中引廻し時の「馬上のお七」が浮世絵の材となって盛んに板行されました。画材のお七は、ともに緋鹿子模様の着物を身にまとっています。これがお七の定番の姿となって、「お七伝説」は今日に伝わるのです。

安政七年正月、江戸市村座で『三人吉三廓初買《くるわのはつがい》』という演目が初演されます。これも河竹新七の作なのですが、お七吉三郎の伝説を荒唐無稽なものに変貌させています。「吉三」を名乗る三人の盗賊（お尚、お坊、お嬢）を登場させ、そのうち女装をして盗みをはたらく「お嬢吉三」の衣装は、八百屋お七のそれ（緋鹿子）です。そして、あの「月も朧《おぼろ》に白魚の、かがりも霞む春の宵……こいつぁ春から縁起がいいわぇ」の名セリフを、格好良く、男前に言い放ちます。

＊14　文楽の人形は、人間の動きを誇張するように操るのですが、舞踊劇で、その操られた人形の動きを真似るように踊る所作のことです。歌舞伎公演では『京人形』など、人気演目が多くあります。和風「ロボット・ダンス」のようにも見える、楽しい所作です。

4　今に伝わるお七吉三郎

史実の吉三郎（庄之助）は、お七処刑の後に高野山で出家して西運を名乗ります。そして江戸に戻って、目黒にあった明王院に属すのですが、西運は念仏堂建立の勧進とお七の菩提を弔うために、目黒不動と浅草観音への「一万日日参」の行《ぎょう》を自身に課します。目黒から浅草はおよそ五里、往復すると十里というのは約四〇キロになります。フルマラソンにも近い距離を歩く日課を、一万日連続で休むことなく行なうのです。相田みつをじゃあるまいに、「雨の日には雨の中を、風の日には風の中を」、正月だろうがお盆だろうが、お七のことを思いつつ歩き続けたのです。そしてついに、発願より二八年目にしてそれを成し遂げるのです。

明王院は明治初頭に廃寺になっており、現在の目黒雅叙園の敷地に取り込まれます。そして、明王院の仏像類は隣接する天台宗松林山大圓寺[*15]に移譲されます。現在ではその大圓寺がお七吉三郎の由縁《ゆかり》の寺となって、阿弥陀堂にはお七地蔵と西運上人（吉三郎）の木造が祀られていて、御開帳日に拝見できます。

西運上人の一万日行に多くの庶民は「誠実」を見たことでしょう。寄進も少なくなかったようですが、西運上人は、発願の念仏堂建立にとどまらず、大圓寺前の行人坂《ぎょうにんざか》を敷石造りにしたり、目黒川に架かる太鼓橋を石造りにしたりするなどして、公共的な事業を精力的に行なう生涯でした。西運上人は、江戸時代を通じても屈指の「悲恋のヒロイン」と言える八百屋お七が、その生涯を賭けるにふさわしい男を演じきろうとした生涯だったのかもしれません。

＊15　最寄駅は、JR・地下鉄の目黒駅。行人坂を目黒雅叙園方向に下るとすぐ、左手に位置しています。道を挟んで向い側に、芸能プロダクション、ホリプロのビルがあります。西運上人の、「あの頃は、ハッ」、今では偲ぶべくもありません。

お七の墓が白山の円乗寺[16]にあります。これは、歌舞伎で八百屋お七を演じて当たり役とした、歌舞伎役者の岩井半四郎[17]が供養のために建立したものとされます。また、『五人女』が伝えるお七吉三郎出会いの場が駒込吉祥寺だったというのは、上述したように西鶴の創作とするのが妥当ですが、吉祥寺内参道には「お七吉三郎比翼塚」が建立されています。

火刑に散ったお七も哀れなことこの上ないのですが、生き残った西運上人の、伝えられるその後の人生もすさまじいものだと思いませんか。二人の情交はわずかひと月足らずにすぎません。その恋情は常人の理解が及ぶものではなく、ましてや現代人の恋愛感覚から言えばなおさらでしょう。

お七の短慮は「哀れ」以外の何物でもありません。しかし、恋する当事者に他人や世間の理屈など通じるものではありません。さま

＊16　最寄駅は、都営三田線白山駅、A1番出口を出て横断歩道を渡ると、そこは通称「お七坂」の下。一分ほど登れば左手にありますが、赤いのぼり旗が目印です。正式な寺号は南縁山正徳院圓乗寺です。

＊17　墓石は説明で、初世（一六五二～一六九九）建立とされていますが、半四郎初世、二世は大坂を出ておらず、三世（一六九八～一七六〇）が『緋桜』を歌舞伎に仕立てて当たりをとり、後に江戸へ下り江戸で亡くなっています。以降、お家芸となり、おそらく江戸初世（三世）の建立と思われます。

写真右　白山圓乗寺の八百屋お七の墓と二基の慰霊碑

写真左　目黒大圓寺西運上人（吉三郎）一万日行石碑。木枯らし吹く中、お七を思いながら念仏して歩く姿が刻まれています。

ざまな文芸がこれを脚色し変貌させて「八百屋お七伝承」となって今日に伝わっています。実在したお七の心情は探るべくもないのですが、これぞ「恋」、それも生涯を賭けるに値する恋だったに違いないと思われます。そうであると信じるに足る証しは、お七の思い人である吉三郎（西運上人）のその後の人生における「一万日」が、圧倒的な説得力を持って、史実として確認できるからに他ありません。お七吉三郎ご両人に、合掌。

八百屋お七の恋物語、まず今日《こんにち》はぁ、これぇきりにぃ……。柝

読書案内

『好色五人女』のストーリーを簡単に知る手だてとして、コミックを紹介します。

●富岡多恵子監修、中田由美子作画『マンガ好色五人女』（平凡社コミック、一九八九年）

●牧美也子『好色五人女』（『マンガ日本の古典27』、中央公論社、一九九六年）

後者はハードカバー本と文庫版とがあります。量販古書店でもよく見かけます。原作も読みたければ、語注・現代語訳のあるものとして、本稿をなすに際しても使用させていただいた次の本をお勧めします。

●江本裕『好色五人女全訳注』（講談社学術文庫、一九八四年）

その他、五つの恋物語は現代の時代小説家が題材として小説化しています。それを示す紙幅がありません。便利な世の中です。その気があるならお手持ちの機器を使って検索し、是非とも本を手にとってください。ちなみに「一冊」と言われれば、私が愛読している作家のひとりの著作、

●北原亜以子『誘惑』（新潮文庫、二〇一二年）

をあげます。これは巻三の「中段に見る暦屋物語」の大経師おさんを題材にしたものですが、作中に井原西鶴も近松門左衛門も事件の観察者として登場する魅力的な時代小説です。

稲田篤信
INADA Atsunobu

烈婦の恋

近世小説のヒロイン

扉……『雨月物語』巻二「浅茅が宿」挿絵。稲田篤信編『雨月物語精読』（勉誠出版、二〇〇九年）より転載。

勝四郎と宮木が暮らした真間の里の家。勝四郎が漆間《うるま》の翁から一人残された宮木の暮らしの一部始終を聞いて、廃墟となった家の側で悲嘆に暮れている場面です。雷に砕かれた松が見えます。勝四郎は昨夜亡霊の宮木から「軒端《のきば》に植えた松のように、帰らないあなたをただじっと待つしかないこの家で、狐やフクロウの鳴き声を聞いて暮らしました」と告げられたのでした。大坂の絵師・桂眉仙《かつらびせん》の画。近世小説には、このように挿絵が付けられるのが通例です。

1 はじめに

近世小説の中には、結婚が決まると、どういうことがあろうとも一度定められた男性以外には心を寄せない女性、いわゆる貞女のヒロインが登場します。浅井了意《あさいりょうい》作『伽婢子《おとぎぼうこ》』（寛文六年〈一六六六〉刊）の宮木野《みやぎの》、上田秋成作『雨月物語』（安永五年〈一七七六〉刊）の宮木《みやぎ》、曲亭馬琴作『南総里見八犬伝』（文化一一年〈一八一四〉刊行開始、天保一三年〈一八四二〉完結）の伏姫《ふせひめ》、浜路《はまじ》などなどが、それにあたります。彼女たちは、男に対して死を賭してまで愛情を貫くために、「烈婦《れっぷ》」と称されます。彼女たちは近世社会のジェンダーの幻想が生み出した類型的なキャラクターですが、こうした小説のヒロインの人物像に当時の読者は何を読み取っていたかを考えてみます。

2 宮木野と愛卿

『伽婢子』の作者、浅井了意は浄土真宗大谷派の談義僧でした。仮名草子・仏教書など、七十部六百巻の著作を著し、『伽婢子』のような仮名草子も楽しみを与えながらも、寓意を通じて読者を信仰[*1]に導くために書かれたものです。

『伽婢子』第六巻「遊女宮木野」は次のような話です

駿河の国府中（静岡市）の宮木野《みやぎの》は、美しく、書と歌の道に優れ、情の深い遊女であったので、近隣の男たちに慕われていました。その中で裕福な藤井清六が宮木野を買い取って妻としました。清

*1 この場合、信仰とは、仏教に限らず、儒教・道教を含めた、いわゆる三教《さんぎょう》をさします。

六の母は息子が遊女を妻とすることに気が進みませんでしたが、宮木野のしとやかで品のある人柄を知って、気持ちを改めてかわいがります。宮木野も姑《しゅうとめ》を実の母のように思って仕えたのです。

ある時、清六は京都の叔父から呼び寄せられて、母を宮木野に托して上洛します。まもなく叔父は亡くなり、清六は後始末を整えて府中に帰ろうとしますが、折しも戦乱が激しく、一年ほど帰郷の道が途絶されてしまいます。清六の帰りを待つ母は病の床につき、宮木野の献身的な看病もむなしく、宮木野の孝養を感謝しつつ、死んでしまいます。宮木野は容貌の変わる程に悲しんで葬礼を執り行いました。

永禄一一年（一五六八）、武田信玄の軍勢が府中に乱入し、宮木野を汚そうとしたので、宮木野はみずから死を選びます。兵はその貞節を哀れんで亡骸《なきがら》を藤井の家の裏の柿の木の下に埋めます。府中に帰った清六は召使いから一部始終を聞き、血の涙を流して亡骸を掘り起こし、母の墓の隣に埋葬しました。二〇日ほどたって、宮木野が姿を現し、清六に向かって、「母への孝養を尽くし、貞節を守った徳を天帝地府（天と地の神）が哀れんで、明日、鎌倉の高座某《なにがし》という富裕の家の男子に転生することになりました。あなたを見たら笑うので、それが私です」と告げます。行ってみると宮木野の言った通りのことが起こり、藤井と高座の両家はそれから縁戚になったのでした。

了意の書いたこの一篇は、中国明代に刊行された瞿佑《くゆう》作『剪燈新話《せんとうしんわ》』巻三「愛卿《あいけい》伝」を元にしています。この本は唐本や朝鮮刻本の他、和刻本（日本で印刷した本）の『剪燈新話句解』（テキストと注のある本）があり、日本のみならず朝鮮、ベトナムといったアジア各地で読まれた文言短編小説集です。

了意は主人公の名前や時代、舞台を日本の歴史と風土に合わせ作りかえています。すなわち、「愛卿伝」の羅愛愛《らあいあい》（愛卿）を宮木野に、趙家の六男を藤井に、時代の元の至正年間（一三四一～一三六七）

を戦国時代に、場所の嘉興《かこう》（浙江省の古い町）を静岡に、という具合です。愛卿が才色兼備の遊女で、義理の母に献身的に仕えたこと、貞節をつくしたのに悲惨な目にあったこと、富貴の家の男の子に転生するという筋立ても同じです。母や妻を残して都に行くのをためらう男に対して、母の勧めに従うのが孝の道だと説得するのも宮木野、愛卿ともに同じです。

愛卿は趙氏に、「母は生前悪いことをしてないので、もう人の世に転生しています。自分は一旦鬼趣（地獄）に落ちていますが、夫が私の苦しみを聞いてくれて、鬼道から救い出してくれれば、母への孝養と夫への貞節の徳によって、宋家の子に生まれ変われます」と告げます。

二つの話の女主人公の身の上をたどっていくと、共通しているのは、今この現世では女に生まれ、身分が低く貧しくても、死を恐れることなく孝養と貞節を尽くせば、富裕な家の男子に生まれ変わるという教訓的な話になっている点です。背景に道教の功過格《こうかかく》*2による転生思想があります。「次の世に生まれたときには、貧乏はいやだ。女に生まれたくない」。宮木野や愛卿の激しい行動から、こういう悲痛な叫びが聞こえてきます。

3 宮木

上田秋成『雨月物語』巻二「浅茅が宿」も同じ『剪燈新話』巻三「愛卿伝」の翻案です。真間の里（市川市）の農夫、勝四郎は生業の農業をいやがり、いつしか田畑を失ってしまい、親族からも疎まれるようになります。見返してやろうと、妻宮木《みやぎ》の反対を押し切って京都に絹商いに行きます。首尾よくひともうけしましたが、急いで帰郷する途中、木曽山中で盗賊に身ぐるみ取られ

＊2　功過格とは、日常の行為に功（善）と過（悪）の点数を付け、これによって天の賞罰が下されるという教えのことです。

てしまい、折しも戦乱で帰りの道も閉ざされています。あきらめて一度京に戻ろうとしたその途中、近江の武佐《むさ》（滋賀県近江八幡市）で病に倒れ、児玉嘉兵衛に助けられます。

勝四郎は児玉嘉兵衛のもとで病気の体を養い、気に入られて暮らしているうちに、またたくまに七年の歳月が過ぎます。ある時、思い立って故郷に帰ってみると、元の家に宮木は生きていました。夫婦は離れ離れに暮らした月日を語り合いますが、一夜明けてみると、妻の姿は消え、勝四郎は廃屋に一人残されていたのでした。勝四郎は土地の古老漆間《うるま》の翁から留守の間の宮木の「三貞の賢き操」を守った潔いふるまいについて聞かされます。「三貞」とは、「義婦、節婦、烈婦、または孝子、中臣、烈女のことだ」と先の『剪燈新話句解』にあります。「妻が、夫が死んでも再婚せず、一生貞操を守るのを「節」といい、既婚許婚《いいなずけ》を問わず、夫が死んだときは殉死し、貞操が奪われようとするとき死をもって守ることを「烈」と呼ぶ」というのです。[*3]

主人公の勝四郎は自ら招いた不始末を絹商いの商売で取り返そうと、はやり立っています。妻の宮木は男の決心に、内心では自分の気持ちに染まない、不本意だと思いながら、身を夫に添わせて送り出します。これは、趙家の六男や清六に進んで出立を促す愛卿や宮木野と好対照です。勝四郎は結局、妻の待つ故郷に帰れず、再会した時、妻は亡霊でした。勝四郎は先祖伝来の田畑を失い、他国に流浪し、家長として、夫として責任を果たさなかった、その罰を与えられたのです。読者がここから読み取ることを期待されているのは、宮木が死をかけて妻の本分を尽くしたように、勝四郎も夫らしく、先祖が大事に伝えてきた仕事を変えないで働けという教訓です。

＊3　丸尾常喜『魯迅──「人」「鬼」の葛藤1』（岩波書店、一九九三年）。

4 宮木と宗

上田秋成は『雨月物語』「浅茅が宿」の女主人公の宮木と同じ名前の人物を、もう一度『春雨物語』（文化五年〈一八〇八〉頃成）「宮木が塚」で登場させます。こちらの宮木は貴族の娘から遊女に身を落とした女性として描かれています。宮木はさらに恋人が謀殺されて、運命が暗転していく悲劇の人物です。気が狂ったように恋人の後を追おうと思いつめ、最後は絶望して法然上人にすがって神崎川《かんざきがわ》（大阪府と兵庫県を流域とする）に入水します。自分の信念を激しく貫く烈婦です。

秋成は『春雨物語』にもう一つ、似たような女性を描いています。これは明和四年（一七六七）一二月三日、山城国愛宕《あたご》郡一乗寺村（京都府左京区）で実際に起こった「源太騒動」と呼ばれる事件、百姓の青年が妹を連れて、言い交わした恋仲の男の家に乗り込み、本人が不在であったため、その父の面前で妹を斬り殺した、という事件に取材した小説です。兄の行動には二人はすでに本人同士が言い交わした許嫁《いいなずけ》であり、女にとっては、結婚前でも妻と同じだという考えが前提になっています。

この事件は、余りにもショッキングであったので、翌年の内に、『けいせい節用集』という歌舞伎作品に脚色されたほか、建部綾足『西山物語』に小説化されています。秋成は『春雨物語』「死首の咲顔」のほかにも『ますらを物語』（文化三年成）でこの事件を描いていたのでした。「死首の咲顔」の女主人公は「宗《むね》」と称され、心静かに兄の手にかかって死んでいく人物として描かれます。その母も気丈に娘を送り出す「鬼」のような人物として描かれています。宗は死を恐れずに妻としてあるべき本分を尽くした烈婦です。

5 伏姫と浜路

曲亭馬琴『南総里見八犬伝』は、作者が二八年の歳月をかけて制作した勧善懲悪小説の傑作です。この中には主人公の八犬士のほか、伏姫《ふせひめ》、浜路《はまじ》、雛衣《ひなぎぬ》などのヒロイン、山下定包《さだかね》、赤岩一角《あかいわいっかく》、玉梓《たまずさ》、船虫《ふなむし》などの悪漢、悪女が現れます。

『八犬伝』冒頭部分に登場する伏姫と浜路がここでいう烈婦にあたります。里見義実《さとみよしざね》は安西戦で窮地に陥ったとき、敵の大将の景連《かげつら》を討ち取ったら、褒美に娘の伏姫を嫁に与えるという戯れ言を愛犬八房《やつふさ》に漏らし、その失言のために、伏姫は八房をともなって富山《とみさん》（千葉県南房総市）の奥深く隠れ住みます。

『八犬伝』第一三回、伏姫富山籠りのくだり、伏姫は父の定めた将来の夫、金碗大輔《かねまりだいすけ》の鉄砲で誤って撃たれ、死期を察して切腹します。伏姫は相手が犬であっても、君主であり父である人が約束したことに背くわけには行かないと、自分の運命を見定めます。

伏姫は、いまわの際に、「八房は自分の夫ではない。大輔もまたわが夫ではない。私はこの世にひとりで生れて来て、ひとりで死出《しで》の旅に出る」と述べます。『八犬伝』中の名文句のひとつです。伏姫の腹中からは、百八の数珠を包んだ白気が出て、八つの玉は散り失せて、これが八犬士出現のきっかけになります。伏姫の死は、父のためでもありましたが、法華経の力に助けられることで、別次元の犠牲死となって、今風にいえば、国家大義のために捧げられた面もあるようです。

伏姫の死骸は棺に納められて、自ら暮らした洞に埋葬され、「義烈節婦の墓」と名づけられます。八房は「龕《がん》（かめ）」に納められて、伏姫の墓より一〇メートルほど西北西の方、檜樹の下に葬られます。

八犬士の一人、犬塚信乃《いぬづかしの》と浜路も親の決めたいいなずけです。信乃は立身のため、浜路を振り切って旧主足利公方《くぼう》に面会するため、大塚の里から滸河《こが》（茨城県古河市）に旅立ちます。『八犬伝』第二八回には、悪漢網干左母二郎《あぼしさもじろう》が浜路をなぶり殺しにする場面があります。左母二郎は浜路に横恋慕して、相手にされなかったことを恨みに思っているのです。浜路は左母二郎に向かって、自分に夫があるのを承知で言い寄ってきただけでなく、名刀村雨丸《むらさめまる》をにせものとすり替え、夫を死地におとしいれたとののしり、そのまま節を全うして死んでいきます。夫とはもちろんいいなずけの信乃のことです。そこに幼い頃に離ればなれになった異母兄弟の犬山道節《いぬやまどうせつ》が現れ、浜路の最期のことばを聞き取ります。歌舞伎風にいえば、浜路手負《てお》い事、浜路長物語《ながものがたり》の哀切な場面です。

写真　「伏姫籠穴」の写真は、平成二七年九月一一日、近世文学ゼミナール2（通称『八犬伝』ゼミ）の合宿で探訪した際に参加者の一人（平江友也）が撮影したものです。JR内房線岩井駅から徒歩四〇分ほどの所にあります。ここには「伏姫籠穴」の「山門」の近くに、「犬塚」の碑もありました。

6　おわりに

宮木野、二人の宮木、宗、伏姫、浜路など、近世小説の代表的な作品に現れる女性像から一つの著しい傾向を取り上げてクローズアップしました。彼女たちはいずれも立派で、過激で、戦闘的です。ここにはこうした節義を貫く女性を意図的に称賛する男性中心的なイデオロギーを容易に見ることが出来ます。秋成も馬琴もこのイデオロギーの内部にいたと言えますが、一方で、秋成は、「すべて忠臣・孝子・貞婦といって世に名が高い人々は、例外なく不幸が積み重なって、それで節義のために死んだのである。世に名が現れない人こそが幸福の人である」（『胆大小心録《たんだいしょうしんろく》』）とも述べています。登場人物は必ずしも作者の分身ではないのです。現実にいつの世にも烈婦と呼ばれる人はいたかも知れない。真似は出来ないが、そうあるべきかも知れないという理想の地平で登場人物は誇張され、太い線で縁取りされ、キャラクター化されています。近世小説は、個々の読者が自分の身幅《みはば》に応じて、このキャラクターという記号化された人物に向き合って、自己を戒められたり、鼓舞されたりして、幻想を楽しむ仕掛けを持っています。

読書案内

ここで取り上げた近世小説は、日本古典文学大系や日本古典文学全集（いずれも新旧版があります）、新潮日本古典集成、ちくま学芸文庫、角川文庫、岩波文庫などに収められています。『剪燈新話』は飯塚朗訳が平凡社刊行の中国古典文学全集と東洋文庫の一冊に入っています。

上田秋成に関しては、以下の事典があります。

◉『上田秋成研究事典』（笠間書院、二〇一五年）

馬琴など江戸の伝奇小説に関しては、以下の事典があります。

◉『読本【よみほん】事典』（笠間書院、二〇〇八年）

物語とキャラクターの関連については、以下の本があります。

◉大塚英志『物語消滅論』（角川書店、二〇〇四年）

◉大塚英志『キャラクターメーカー』（アスキー・メディアワークス、二〇〇八年）

近世芸能で描かれる男女のすがた

中川 桂
NAKAGAWA Katsura

扉…歌川国芳の描く噺家高座図（個人蔵）

江戸時代に成立した芸能には、歌舞伎、人形浄瑠璃、落語などがあり、これらを総称して近世芸能といいます。また、江戸期には浮世絵など、さまざまな文化も成熟しました。落語家や、それを演じる舞台である高座が浮世絵に描かれるのは珍しく、笑う観客をあわせて描いたものはさらに珍しい。したがってこの絵はたいへん貴重なものです。歌川国芳は武者絵や戯画、猫の絵などで著名な、近年注目度上昇中の絵師で、この絵の年代は特定できませんが、国芳の活躍期と落款《らっかん》から嘉永年間（一八四八〜一八五四）頃と推定されています。その時期には落語もこの絵のように上演スタイルが定まっていたのです。

1 歌舞伎『東海道四谷怪談』と男女の関係

文学部の学生でも、歌舞伎に親しみがあるという人はそれほど多くないでしょう。「歌舞伎なら知ってます」という人でも、その「知っている」度合いはまちまちではないかと思います。家族が歌舞伎好きで、子どものころから歌舞伎を見に行っている、などという人は現代では少数派になりつつあります。多くは「学校の行事で見たことがある」「テレビで少し見たことがある」といったところでしょうか。中には、「歌舞伎なら知ってます」と答えたものの、歌舞伎という言葉は知っている、というだけだったりするかもしれません。

歌舞伎は日本の誇る伝統芸能である、世界文化遺産である、などと聞いても、あまり見に行きたいとは思えない人もいるでしょう。やはり「歌舞伎は面白いものだ」というイメージでないと、興味は湧かないかもしれません。

そこで、本書のテーマである「恋愛」にも配慮しながら、面白くて娯楽性の高い歌舞伎作品はないか…と考え、まず思いついたのが『東海道四谷怪談』でした。

歌舞伎は知らなくても、「お岩さん」と聞けば知っているという人は多いのではないでしょうか。本で、ネット上で、テレビ番組で、映画で、あるいは口伝えの伝承で…。このお岩さんにはモデルになる女性がいるとされているものの、高い知名度が定着した理由は歌舞伎といって間違いないと思います。

『東海道四谷怪談』が初演されたのは江戸時代も後期となる文政八年（一八二五）七月で、江戸の中村座で上演されました。作者は四世鶴屋南北で、この人はとにかく歌舞伎を娯楽としてとらえ、奇抜な演出、またグロテスクな演出など、観客の目を引きつけることに腐心した作者でした。

この芝居の中心となるのは、お岩と伊右衛門の夫婦です。民谷伊右衛門は浪人者で、江戸は雑司ヶ谷《ぞうしがや》四谷町の長屋で貧乏暮らしをしています。ところが隣家である伊藤家の娘お梅が、妻のいる伊右衛門に好意を寄せ、その家族までかわいい娘（または孫娘）のために、この恋をなんとかしてやりたい…と考えるところから、事件が、お岩にとっては悲劇が始まることになります。伊右衛門をお岩と絶縁させるために伊藤家では「面体《めんてい》変わる毒薬」を手回し、それを飲んだお岩の顔立ちが醜く変わる、そこからお岩の運命自体も狂いだし、ついには命を落とす…と、芝居は進んでいきます。

ここでのお梅と伊右衛門の恋は、悲劇をもたらすものとして出てきます。ただ、この芝居は恋愛を中心テーマとしたものではないので、それはあくまでも物語を進行させるための素材といったほうがいいかもしれません。

むしろ芝居の中心となるのは、死んだお岩が幽霊となって登場し、伊右衛門を悩ませる後半部といっていいでしょう。伊右衛門が惨殺したもう一人、奉公人の小仏小平《こぼとけこへい》とお岩の死体を、一枚の戸板の表と裏に打ち付けて伊右衛門が川に流す。それが巡り巡って、釣りに出向いた伊右衛門の前にその戸板が流れてくる…、また終盤では、伊右衛門が仏間でお岩の回向《えこう》をしていると、仏間の提灯の中からお岩の幽霊が現れる…などの、「巡る因果の恐ろしさ」が展開し、観客はスリルを味わうとともに、奇抜な演出に驚いたり感心したりすることになるのです。

中川 桂

2 歌舞伎という芸能の特質

歌舞伎が一般的な演劇と異なるのは、出演者がすべて男性であり、女性の登場人物も「女形」（「女方」とも表記）が演じる点です。ですが江戸時代は、一座の中心は原則として男性を演じる立役《たちやく》で、その中で中心となる役者が「座頭《ざがしら》」などと呼ばれて、まさに興行の主役となります。そして芝居内容も、その座頭が活躍できるように作られています（お断り…このあたりの話は、あくまでも原則と考えてください）。座頭は一人なので、主役級の男性の役者が、似た役柄で二人並び立って登場することはまれです。そのためか、歌舞伎における恋愛を見ると、男性一人に対して女性二人が登場し、男女の関係がもつれる、というパターンが多く見られます。

歌舞伎にはさきの『東海道四谷怪談』のように、初めから歌舞伎として作られた〈純歌舞伎〉のほかに、現在は主に文楽と呼ばれる人形浄瑠璃が原作で、それが歌舞伎化された〈義太夫狂言〉（〈丸本歌舞伎〉などとも称する）、そして物語展開よりも踊りが主体で、セリフも少ない〈舞踊〉と、大きく分けると三つのジャンルがあります。人形浄瑠璃の作品は物語展開がしっかりしており、昔からよく歌舞伎に取り入れられて現在も上演されているものが多くあります。そこから二例を挙げてみましょう。

・『心中天網島《しんじゅうてんのあみじま》』　近松門左衛門作　享保五年（一七二〇）、大坂・竹本座初演

主な登場人物…主人治兵衛、女房おさん、遊女小春

・『新版歌祭文《しんぱんうたざいもん》』　近松半二作　安永九年（一七八〇）、大坂・竹本座初演
主な登場人物…丁稚久松、質店油屋の娘お染、久松の許嫁《いいなずけ》お光

これらの物語は、一人の男性に対して二人の女性が登場し、悲劇的な結末を迎えます。この構成が歌舞伎の恋愛ものの一つの特徴といえそうです。もちろん、このような構成がすべて座頭中心の歌舞伎の制度にあると単純化することはよくないでしょう。まず、物語展開上、一組の男女の恋愛が素直に成就するというだけでは芝居として盛り上がりに欠けるという理由があります。また、江戸時代の倫理観として、男性の浮気などには比較的寛容ですが、女性とくに既婚者の浮気は許容度が低い、という当時の差別的な意識も反映されているかと思います。

ここで歌舞伎に描かれる男女の関係を大枠でとらえておくと、純粋な恋愛として登場するのは夫婦愛であることが多く、近代以降に生まれた作品にはとくにそれが顕著です。近世の例では『傾城反魂香《けいせいはんごんこう》』があり、近代なら『壺坂霊験記《つぼさかれいげんき》』が思い浮かびます。この二作はどちらも、何らかの障害を抱える夫を妻が支えるというものです。

いっぽう、若い男女の純愛はあまり多くなく、その結末も、結ばれないというか、幸せな幕切れにはならないところがあります。

・『曽根崎心中』　近松門左衛門作　元禄一六年（一七〇三）、大坂・竹本座初演
結果…遊女お初と醤油屋の手代徳兵衛は心中

・『妹背山婦女庭訓《いもせやまおんなていきん》』　近松半二・松田ばくらの合作　明和八年（一七七一）、大坂・竹本座初演

結果…隣り合う家どうしの息子・久我之助と娘・雛鳥はともに命を落とす

例に挙げたこれらはいずれも〈義太夫狂言〉で、もともと浄瑠璃には悲劇が多いため、歌舞伎の恋愛もハッピーエンドになりにくい、などの理由が考えられます。

このあたりで、歌舞伎ならではの演出に触れておきましょう。当然ながら歌舞伎はあくまでも役者が演じて初めて成立するお芝居ですから、文字で書かれれば成立する文学作品とは違います。もちろん台本などの形で物語を提示することはできますが、厳密にはそれは「歌舞伎台本」であって歌舞伎ではありませんよね。実際に役者が演じる演出にこそ、いろいろ工夫が施されており、それが見どころといえます。

最初に取り上げた『東海道四谷怪談』に話を戻して、特徴のある演出を見てみましょう。「隠亡《おんぼう》堀《ぼり》の場」では、お岩と小仏小平の死体が一枚の戸板の表と裏に打ち付けられて流されることはすでに記しましたが、それを伊右衛門が拾い上げてまず表を見ると、お岩が恨みを述べ、あわてて裏返すと、今度は小仏小平が現れます。これを通常は一人の役者が、早替りの手法を用いて二役を演じます。これは初演時に、芸域の広かった三代目尾上菊五郎を活躍させるための演出で、初演では菊五郎は三役を演じました。このように主役を印象強く活躍させるために、歌舞伎では早替りの手法がしばしば用いられます。鶴屋南北はとくにこの演出を多用し、中には通称で「お染の七役」や「伊達の十役」と呼ばれる、主役が次々と早替りするのを見せ場とする芝居を作ったほどです。

また、『東海道四谷怪談』でも有名な場面の一つに、「蛇山庵室《へびやまあんじつ》の場」で仏間の提灯の中からお岩の幽霊が現れるいわゆる「提灯抜け」と呼ばれる演出があります。この場面は初演時にはなかった

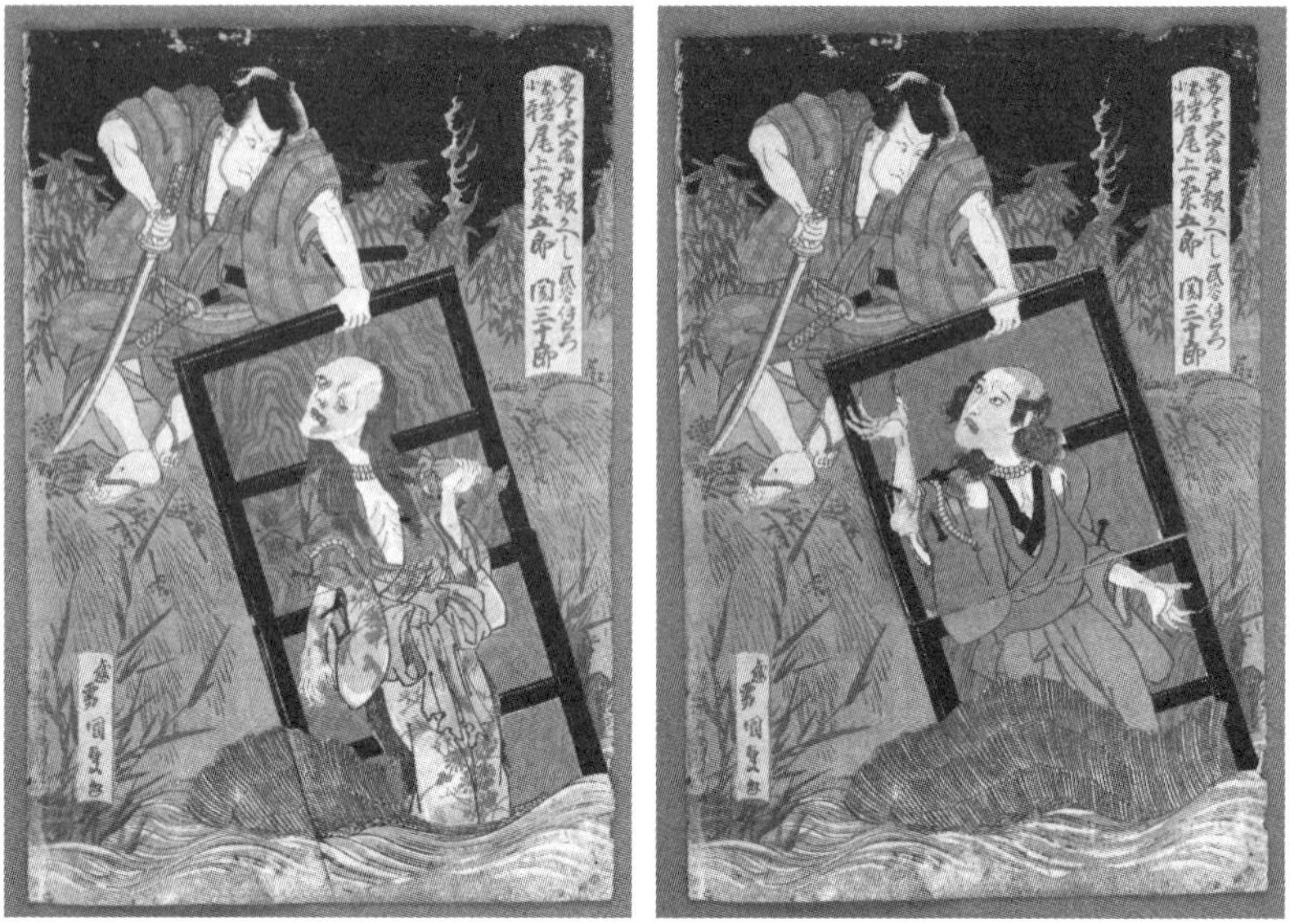

図版　戸板返し（早替り）の演出を見せる趣向の仕掛け絵。天保二年の舞台に取材したもの（国立劇場蔵）

もので、天保二年（一八三一）に、再演時の工夫で加えられたものです。

ほかに、『東海道四谷怪談』にはありませんが、有名な演出としては天井から役者を吊り下げ、客席の上を飛ぶ「宙乗り」もあります。これらの人目を惹《ひ》く演出は「ケレン」と呼ばれ、一時期は批判的に見られましたが、現在では観客を驚かせたり楽しませたりする演出として受け入れられています。

ケレンに象徴されるように、歌舞伎はただ物語の展開を追う芝居ではありません。そもそも歌舞伎は人気役者を見せるためのものなので、乱暴なことをいえば、主役さえ魅力的に見せられればストーリーなどはどうでもいい、それくらいのものです。そして人目を惹く演出があり、台詞中心の演技（地芸）と、粋な、あるいは華麗な舞踊（所作事）により舞台が展開します。

恋愛ものの話から逸《そ》れましたが、一筋縄ではいかない恋愛をはじめ、作品によって、とにかく多様で複雑な人間模様が展開するのが歌舞伎です。タイプの違う歌舞伎をぜひともいろいろ見て、自分が気に入るジャンルや作品を探してほしいと思います。

3 落語にみる男女――『星野屋』ほか――

近世を代表する芸能といえば歌舞伎と人形浄瑠璃を挙げるのが一般的ですが、近年は落語への注目が、かつてよりも高まってきています。落語は一人で演じる話芸で、最小限の小道具を使いながら落語家が登場人物を演じ分け、物語を進めていきます。

基本的には笑いを主眼とするものなので、こちらも歌舞伎同様、あまり純粋な恋愛は登場しません。ただし皆無というわけではないので、そのあたりについてはのちに触れたいと思います。

落語の恋愛となると、成就しない展開のほうが笑いの種にはなりやすいためか、たいがいは失敗に終わります。そのような中で、物語展開として面白くできているのは男女の駆け引きが描かれるものでしょう。今回はその一例として『星野屋』の一席を取りあげます。この落語は上方落語（大阪を中心にした関西で成立した落語）では『五両残し』の演題で伝わっていますが、こんにちでは江戸落語の『星野屋』のほうが一般的なので、そちらで紹介していきます（以下の概要は武藤禎夫『定本　落語三百題』による）。

星野屋（店の屋号）の旦那が、金に困る状況に追い込まれたので、妾《めかけ》のお花に心中を持ちかける。お花は渋々承知して吾妻橋の上まで行くが、旦那が先に身を投げると、自分は死ぬのをやめて帰る。するとその後、旦那と近しい重吉《じゅうきち》が来て「旦那はお花を恨んでおり、化けて出ると言っていた」と伝える。お花は怖がり、髪を切って重吉に渡し、尼になるというと、死んだはずの旦那が入ってきて、心中の一件はお花の本心を試すための芝居だったと打ち明ける。ところがお花が渡した髪は、自分の髪を切ったものではなく、付け髪のかもじだった。それを聞いた旦那側、手切れにやった金は贋金《にせがね》だから使えば捕まると明かす。それを聞いた妾側、金を突き返す。それを聞いた旦那側、贋金だというのは嘘だと言う。それを聞いた妾側…。あとワンシーンでオチです。

だまし、だまされる男女の関係がここにはあります。さすがに若者同士の恋愛なら、ここまで相手を試すような駆け引きはないと思いたいところです（願望でしょうか）。ですが落語は、そして歌舞伎や人形浄瑠璃もそうですが、これらは基本的に大人が楽しむ芸能なので、大人の鑑賞に耐え得る、やや複雑な、言葉を変えればひねくれた物語が展開しています。

もっとも、現実の世の中では、恋愛が望みどおりに成就することのほうが少ないかもしれません。身の回りの恋愛を考えてみてください。好きな人同士はいつも結ばれているでしょうか。またうまく結ばれても、いつまでも幸福な関係が永続しているでしょうか。落語は理想論ではなく、現実社会を少し誇張した姿を描いているので、そうなると『星野屋』に見られる男女の関係は、案外身近なところで生じている駆け引きかもしれません。

屈折した恋愛の紹介で終わるのも申し訳ないので、落語では数少ない純愛物の噺も挙げておきましょう。

まず、落語で純愛が展開される噺といえば『立ち切れ線香』（「たちきり」などの別題もある）です。

大きな商家の若旦那と、まだまだ新米の遊女の二人が純粋に恋に落ちますが、商売そっちのけで通い詰めた若旦那は蔵に閉じ込められてしまい、二人は引き裂かれます。そして悲劇的な結末を迎える、悲恋物ともいえる噺です。

もう一つ挙げるなら江戸落語の『紺屋高尾《こうやたかお》』。これとほぼ似た物語展開のものに『幾代餅《いくよもち》』もあります。『紺屋高尾』で説明すると、真面目男の清蔵が、錦絵で見た高尾太夫に一目惚れ。高尾太夫は江戸の吉原遊郭でも一番人気の遊女で、簡単には会ってもくれない存在でしたが、策を講じて会うことができました。そこで正直に事情と思いを物語った清蔵の真心に高尾が打たれ、年季が明けたのち二人は夫婦になる、こちらはハッピーエンドです。

この二例以外となると純愛物の数は少なく、また歌舞伎同様に、落語に描かれる女性も遊女が主です。とくに『立ち切れ線香』は人情味に訴え、聴き手の感動は呼びますが、笑いは少なめの噺です。大きな笑いを求めるなら、結局成就しない、「こじれた」恋愛に行きつくのでしょう。

純粋に一般人どうしの純愛となると、思いつくのはかろうじて『崇徳院』くらいです。この噺では、立派なお家の若旦那と、相手もおそらくお金持ちそうで上品なお嬢さんが神社の茶店で一目惚れします。しかしお互いに相手がどこの誰か分からず、周囲の人々が必死に探し回るという…。こう考えると、この噺でも年若くて恋愛に不慣れな若者の純愛は決して礼賛されておらず、むしろそのせいで周りが困る、という展開で笑いがもたらされています。笑いを主眼とする落語では、ただ素直な恋愛では結局のところ笑いを呼びにくいということになりそうです。

4 落語という芸能の特質

今回は本書の統一テーマが恋愛なので、前項では恋愛にまつわる落語を取りあげましたが、それでも象徴的な一席として持ち出したのが純愛物ではなく男女の駆け引きを描いた『星野屋』であったように、落語は純愛よりも、ちょっとひねくれた恋愛のほうが、そのスタイルには合っていそうです。

なぜなら、落語は笑いを中心とした芸能であり、ただ純愛が成立する物語で人々が抱く感動や安心感よりも、だまし・だまされる関係のように複雑な展開を見せるところからくる意外性やばかばかしさのほうが、笑いにつながりやすいからです。

また、落語が持つ基本的な性質には、心の弱さやだらしなさなど、人間の駄目なところを肯定する「現状肯定」の要素があります。恋愛に限らず、残念ながら現実はそううまくいくことばかりではありません。しかし、恋愛でいえば不幸な結末を迎えたり、また、いざ一緒になってみると理想とは違った…といった現状を、笑い飛ばしながら肯定しているのが落語であるといえます。

ここでもう一点、そのような物語展開を生む基盤である、芸のスタイルについても触れておきましょう。落語は原則として男性が一人で演じるものとして形作られてきました。男性によって担われてきたのは、その善し悪しは横へ措《お》くとして、とくに中世以来、近世を経過する中で、伝統芸能は男性が演じるものとして形成されてきたためでしょう。能、狂言、歌舞伎、人形浄瑠璃、また落語とも似た話芸である講談に至るまで、ことごとくプロの芸能は男性によって担われてきました。そのため落語においても、男性が女性の登場人物を演じるにあたって工夫がなされてきたといえます。

ここで、笑いを目的として男性の演じ手が女性を演じる場合、美男子との純愛を展開する美女と、冴えない亭主に連れ添うおかみさんと、一般的にどちらが演じやすそうか、考えてみてください。ここでは話を明確にするために極端な例を持ち出しましたが、答えは明らかでしょう。物語内容が笑いを主眼としており、そして演じるのが男性であれば、純愛物よりはそれ以外の恋愛を描くものが多くなるのは納得してもらえるところではないかと思います。

もっとも、ここで少しお断りしておくと、落語も笑いを目的とした滑稽な噺ばかりではなく、とくに近代以降になると長編の人情噺や、怪談噺なども盛んになってきます。そうなると従来の滑稽なものだけでは飽き足らず、純愛物をはじめとしてさまざまな恋愛模様が描かれるようになります。文学史上でも有名な三遊亭圓朝の『怪談牡丹灯籠《ぼたんどうろう》』や『真景累ヶ淵《しんけいかさねがふち》』などには、若い男女の恋愛も登場し、そこから物語がさまざまに展開していきます。これらは活字化されていますので、文学として読み、楽しむこともできます。

ただし、最後に。歌舞伎の項でも述べましたが、芸能は舞台上で演じられてはじめて成立するものです。落語も、落語家の声の抑揚を伴ったせりふのやりとり、所作、目線、会話中の間合いなどの演技によって、男女の姿が聴き手の頭の中に描かれるのです。上手な落語家になればなるほど、文字で作品を読むのとはまったく違う楽しさが感じられるものです。劇場での鑑賞が無理なら、せめて映像で、芸能を味わってください…というところで結びの言葉とします。

読書案内

入門書

◉今尾哲也『歌舞伎の歴史』（岩波新書、二〇〇〇年）
◉川添裕『江戸の大衆芸能　歌舞伎・見世物・落語』（青幻社、二〇〇八年）
◉中川桂『江戸時代落語家列伝』（新典社、二〇一四年）

『東海道四谷怪談』のテキスト
◉郡司正勝校註『東海道四谷怪談』（『新潮日本古典集成 45』新潮社、一九八一年）ほか。

『星野屋』のテキスト
◉『古典落語大系』第二巻（三一書房、一九六九年）ほか。

増田裕美子
MASUDA Yumiko

西洋から来た「恋愛」

夏目漱石『薤露行』と「恋愛」

扉……『漾虚集《ようきょしゅう》』（一九〇六年）所収の『薤露行《かいろこう》』の扉絵。『名著復刻　漱石文学館　夏目漱石著　漾虚集』（日本近代文学館、一九七五年）より転載。

この扉絵を描いたのは橋口五葉（一八八一～一九二一）です。漱石は絵画に造詣が深く、当時の画家たちと交流がありました。五葉は漱石の依頼で、すでに明治三八年（一九〇五）刊行の『吾輩は猫である』上篇の装丁を担当していました。以降多くの漱石作品の書物の装丁に携わっています。なお本文中の絵は中村不折（一八六六～一九四三）の手になるものです。

1「恋愛」ということば

「恋愛」ということばは日常よく使われることばで、古くから日本語として存在していたと思われるかもしれません。しかし実は「恋愛」ということばが登場したのは、たかだか百年余り前のことだったのです。

明治維新後の日本は西洋の事物を取り入れるにあたり、西洋語を翻訳した日本語、すなわち翻訳語を数多く造り出しました。その一つに英語 love の翻訳語「恋愛」がありました。

では love（恋愛）とは一体どのような意味内容をもつのでしょうか。従来の日本語では「色」や「恋」や「情」といったことばで愛し合う男女の関係を表現していましたが、そのようなことばとどのように違うのでしょうか。

柳父章[*1]は明治二三年（一八九〇）一〇月の『女学雑誌』に掲載された巌本善治の文章を引用して、「恋愛」とは「不潔の連感に富める日本通俗の」「恋」とは違って、「深く魂（ソウル）より愛する」ものと巌本が理解していると述べています。そしてこの巌本の理解は納得できるとして、中世騎士物語の典型を紹介しています。

たとえば一人の騎士がお城の近くを通りかかると、彼方のバルコニーに美しい女性の姿が見える。女性がスカーフを投げる。騎士はそれを受け取ると、冒険の旅に出る。旅の途中の森の中で、巨漢と出会って決闘となる。騎士は巨漢を打負かす。だが殺さない。降参させた上で、あ

＊1　以下、柳父章の「恋愛」に関する議論については、柳父章『翻訳語成立事情』（岩波新書、一九八三年）を参照。

のお城の女性のもとへおもむいて私のことを伝えてこい、と命ずるような筋のパターンである。

このようにしてloveが始まるのであって、いずれ肉体の恋はやってくるとしても、まずは遠い彼方にあこがれる魂（ソウル）の恋があると柳父は説明します。そしてまた柳父は、このようなパターンの恋物語は日本にはなかったと述べます。たとえば『万葉集』の恋歌は男女が結ばれたあとの悲しみや喜びを歌っていて、恋の対象は遠い彼方にいるのでもなく、肉体を離れた魂だけの存在でもない、というのです。loveということばの背後には魂と肉体を区別する西洋的な考えがあり、それは「私たちの伝統的な「恋」や「愛」が、心と肉体を常に切離さず、一つに扱ってきたのと対照的である」と柳父は指摘しています。

2 「恋愛」との格闘

それではこのlove（恋愛）を作家たちはどのように作品の中に取り入れようとしたのでしょうか。『小説神髄』（明治一八〜一九年）によって近代写実主義小説を提唱した坪内逍遙は、その実践として『当世書生気質』（明治一八〜一九年）を発表します。この小説には主人公の書生小町田の恋愛が描かれていますが、その「ラブしちょる女」は田の次という芸者です。芸者とは従来の「色」の世界の女性であり、肉体を離れた存在ではありません。逍遙はこの小説の中で芸者や遊女などを批判しており、「色に迷ふは」「一旦の快楽《ラスト》なるから、他の禽獣《とりけもの》の慾にひとし」いと述べています。それなのになぜ芸者を登場させたのでしょうか。

男女交際どころか「男女七歳にして席を同じうせず」という儒教道徳がまかり通っていた当時、普通の女性は恋愛の対象にはなりにくかったという事情があります。それでも逍遥は田の次が小町田の幼なじみで、肉体を売らない「変人芸妓」であり、実は小町田の親友の森山の妹で士族の娘であったという設定にして、他の「色」の世界の女性たちと差別化をはかっています。

このように現実には男女の間に「恋愛」関係を築くことがむずかしかった時代、作家たちは作品の中に何とか「恋愛」を描こうと格闘していたのです。

3 「恋愛」と処女性

巌本の「不潔の連感」ということばや逍遥の「禽獣の慾」ということばに見られるように、肉体関係が下等なものとして忌避されると、処女性がクローズアップされ、いわゆるプラトニック・ラブという精神的恋愛が称揚されるようになります。これは当時の日本の知識人がキリスト教の影響を多く受けており、聖母マリアの処女懐胎に見られるようにキリスト教では人間の肉体が卑しいものとされることによります。

しかしながらプラトニック・ラブはラブ（恋愛）の一側面、一典型でしかなく、西洋の恋愛は必ずしも肉体関係を排除するものではありません。柳父が紹介している中世騎士物語の恋愛は「宮廷風恋愛」と呼ばれるもので、既婚の貴婦人に若い騎士が愛を捧げるというものです。既婚であればすでに処女性はなく、また貴婦人と騎士の間にすぐに肉体関係が始まらないのも夫という存在があるからだとも言えます。一九世紀のイギリスでは中世文学が見直され、アーサー王伝説のような騎士物語がもてはやされます。このアーサー王伝説で中心的に描かれる恋愛が、アーサー王の妻ギニヴィアと騎士ランスロットとの不義の愛、すなわち姦通です。

夏目漱石はアーサー王伝説をもとに『薤露行』（明治三八年）という作品を書いていますが、その最初の「夢」という章でこの二人を登場させています。まず描写されるのはギニヴィアの姿です。

薄紅の一枚をむざと許りに肩より投げ懸けて、白き二の腕さへ明らさまなるに、裳《もすそ》のみは軽《かろ》く捌《さば》く珠の履《くつ》をつゝみて、猶《なお》余りあるを後ろざまに石階の二級に垂れて登る。

「石階」（石の階段）を登った所には「大いなる花を鈍色《にびいろ》の奥に織り込め」た幕があり、ギニヴィアは中の様子を伺い、石段のほうへ目をやります。石段の上には「こゝかしこに白き薔薇が暗きを洩れて和《やわら》かき香りを」放っています。「君見よと宵に贈れる花輪のいつ摧《くだ》けたる名残か」――と語り手はほとんどギニヴィアと一体化して語ります。そしてギニヴィアは幕を押し開け、「ランスロット」と声をかけます。

天を憚かり、地を憚かる中に、身も世も入《い》らぬ迄力の籠りたる声である。恋に敵なければ、わが戴ける冠を畏れず。

王妃という身分でありながら、ギニヴィアはランスロットへの恋に心を奪われています。ランスロットも同様で「室の中なる人の声とも思はれぬ程優しい」声で「ギニギア」と答えます。

舞台はカメロットにあるアーサー王の宮殿です。アーサー王が自分の騎士たち、すなわち円卓の騎士たちと北方での試合に出かけたあと、ランスロットは病気のためと称して宮殿に残り、王妃と二人きりでいます。

ギニヴィアは「うれしきものに罪を思へば、罪長かれと祈る憂き身ぞ。君一人館に残る今日を忍びて、今日のみの縁《えにし》とならばうからまし」と言います。ランスロットは「墓に堰《せ》かるゝあの世迄も渝《かわ》らじ」と死後も変わらぬ永遠の愛を口にします。それを聞いたギニヴィアは、そうであるならば「薔薇《ばら》の香に酔へる病を、病と許せるは我等二人のみ」、すなわち二人の恋愛関係を許せるのは私たち二人だけであり、二人の仲を疑われる危険を回避するためにも北方での試合へ行くようにとランスロットに勧めます。

ギニヴィアがそう言うのには宵に見た夢が関係しています。ギニヴィアはその夢を語ります。

白き薔薇と、赤き薔薇と、黄なる薔薇の間に臥したるは君とわれのみ。楽しき日は落ちて、楽しき夕暮の薄明りの、尽くる限りはあらじと思ふ。

しかしこの時ギニヴィアが頭に戴いていた冠が「肉に喰ひ入る許り焼けて」、冠の底を二重にめぐっていた黄金の蛇が動き出します。

頭は君の方へ、尾はわが胸のあたりに。波の如くに延びるよと見る間に、君とわれは腥《なまぐ》さき縄にて、断つべくもあらぬ迄に纏《まつ》はるゝ。

「縄の切れて二人離れ〳〵に居らんよりは」とギニヴィアは思いますが、「あら悲し。薔薇の花の紅なるが、めら〳〵と燃え出《いだ》して、繋《つな》げる蛇を焼かんとす。」そうして蛇の縄は切れてしまい、「身も魂もこれ限り消えて失せよと念ずる耳元に、何者かから〳〵と笑ふ声して夢は醒めたり。」

この話を聞いてランスロットは北方での試合に出かけることを決心し、宮殿をあとにします。

ここで蛇が象徴するのは二人の肉体関係であり、二人は薔薇の花に象徴される恋愛の甘美さを享受していますが、そもそも二人の関係は姦通であるため他者から糾弾され、二人の関係はやがて終わるというのがこの夢の意味するところです。

漱石は二人の肉体関係をあからさまに書かず、蛇という象徴を用いているのですが、『薤露行』の前書きで、漱石は「マロリーの写したランスロットは或る点に於て車夫の如く、ギニギアは車夫の情婦の様な感じがある」ので、「此一点丈でも書き直す必要は充分あると思ふ」と述べています。一五世紀に出版されたマロリー[*2]の『アーサー王の死』は一九世紀に再び脚光を浴びますが、近代道徳と相いれない姦通という要素があるため問題視されました。一九世紀イギリスの桂冠詩人テニソン[*3]はアーサー王伝説をもとにした『国王牧歌』（一八五九―一八八五年）という長編叙事詩を発表しましたが、漱石はこれもむろん読んでおり、『薤露行』の前書きでテニソンの作品の「優麗都雅《ゆうれいとが》」な点を評価しています。漱石の『薤露行』は散文作品ですが、テニソンの「優麗都雅」な点をお手本にして、引用文からもうかがえるように優美な雅文体を駆使して、ランスロットとギニヴィアの不義の愛を描いています。

4 恋愛と罪

『薤露行』はこのようにギニヴィアとランスロットの二人きりの場面から始まりますが、これ以降二人が直接顔を合わす場面はありません。『薤露行』全体は五章から成り、「夢」のあと「鏡」「袖」

*2 サー・トーマス・マロリー（?～一四七一）イギリスの騎士・文人。アーサー王伝説を集大成した散文物語を一四六九年から一四七〇年の間に完成させました。これを一四八五年にキャクストンが『アーサー王の死』という題名をつけて印刷・刊行しました。

*3 アルフレッド・テニソン（一八〇九～一八九二）イギリスのエリザベス朝を代表する詩人。『国王牧歌』のほかに、『イン・メモリアム』（一八五〇年）『イノック・アーデン』（一八六四年）などの作品があります。

「罪」「舟」と続きます。

二章の「鏡」はシャロットの女の物語です。シャロットの女は高い塔の中に住んでいて、窓の外を直接見ると身の破滅になるため、鏡に映る外界を眺めることしかできません。そのシャロットの女が鏡の中に北へ向かうランスロットの姿を見つけます。女は思わずランスロットと叫び、女の方を見上げたランスロットと鏡の中で目と目を合わせます。そして女は再びランスロットと叫んで窓のそばに駆け寄り、直接窓の外を見てしまいます。ランスロットは馬に乗ったまま駆け去ってしまいますが、鏡は粉々に割れ、シャロットの女は呪いのことばを口にしてどうと倒れてしまいます。

三章以降ではエレーンの物語が中心となりますが、漱石はなぜ二章でシャロットの女を登場させたのでしょうか。

エレーンとシャロットの女はもともと同一の存在でしたが、伝承の過程で二人の女に分離しました。エレーンの物語はマロリーの作品を経てテニソンの『国王牧歌』に引き継がれましたが、シャロットの女の物語は別の伝承によってテニソンの別の詩「シャロットの女」（一八三二年）に至りました。漱石はシャロットの女を描くにあたってテニソンの作品に拠っていますが、かなり変更した部分があります。

その一つが最後の呪いのことば――「シヤロツトの女を殺すものはランスロツト。ランスロツトを殺すものはシヤロツトの女。わが末期の呪を負ふて北の方へ走れ」です。これはテニソンの詩にはなく、テニソンではシャロットの女は瀕死の状態で舟に乗り、途中息絶えてカメロットの城に流れ着きます。このシャロットの女の最期は五章「舟」で描かれるエレーンの最期と同様です。漱石はシャロットの女とエレーンが同一の存在であることを踏まえて、シャロットの女の死によってエレーンの死を予告しているのです。「シャロットの女を殺すものはランスロット」ということばは、エレーンがランスロットへの報われない愛ゆえに死んでいくことを暗示しています。では「ランスロットを殺すものはシャロットの女」というのは何を意味しているのでしょうか。

三章「袖」でランスロットはエレーンの住むアストラットの古城にたどり着きます。ランスロットは一夜の宿を求め、明日の試合に遅れていく自分が何者か分らぬように盾を貸してほしいとエレーンの父親である城主の老人に頼みます。老人は請け合い、次男ラヴェンを試合に連れて行くことをランスロットに承諾させます。

エレーンはランスロットに一目ぼれし、その夜赤い衣の袖を切って、その袖をランスロットに贈ります。ランスロットは試合に遅れていくと病気というのが仮病だったのかと問われかねないのを危惧していました。それで彼は人の知らない盾に加えて、今まで貴婦人からの贈り物を身につけたことのない自分がこの袖をまとって騎士たちを倒すまで顔を隠しておけば、最後に名乗りをあげて人々を驚かし、仮病を使ったのは人々を面白がらせるための策略だったのかと人々を納得させることができると考えます。

つづく四章「罪」はカメロットのアーサー王の宮殿が舞台です。北方での試合を終えた騎士たちが帰ってきますが、ランスロットは何日たっても帰ってきません。アーサー王はギニヴィアに「赤き袖の主」である「美しき小女」ゆえにランスロットは帰ってこないのだろうと言います。それを聞いたギニヴィアは嫉妬に駆られて「美しき小女！」と叫びます。そこへモードレッドが十二人の騎士とやって来て、ギニヴィアに罪があると告発します。その時水門の方で騒ぐ声が聞こえてきます。エレーンの亡骸を乗せた舟が到着したのですが、これについては次の五章「舟」の最後で語られます。

その五章「舟」ではアストラットに一人で帰ってきたラヴェンが父と妹に次のように話します。

――ランスロットは二十余人の騎士を倒して引き上げる際に初めて名を名乗り、また試合中に左の股を負傷した。帰り道でランスロットは道が二股に分かれたところでアストラットへの道ではなく、シャロットへの道を取った。後を追ったラヴェンが倒れていたランスロットを発見し隠者の住居に運び込み手当てをしてもらったものの、意識を回復したランスロットは常の状態ではなく、「罪〱」と叫んだり、「王妃――ギニヸア――シヤロツト」と口走ったりした。その後ランスロットは壁に「罪は吾を追ひ、吾は罪を追ふ」と刻みつけて失踪してしまった。

これを聞いたエレーンは悲観し思いつめてしまいます。食を絶ち、瀕死の状態となって父と兄に頼み舟に横たえてもらいます。そして亡骸となってカメロットにたどり着くのです。

図版　『漾虚集』(一九〇六年)所収の『薤露行』の挿絵。『名著復刻　漱石文学館　夏目漱石著　漾虚集』(日本近代文学館、一九七五年)より転載。

さてシャロットの女、すなわちエレーンはランスロットを直接殺していませんが、ランスロットの破滅に関与しています。ランスロットはエレーンの袖を身につけて試合に臨みますが、それは人を欺いてギニヴィアとの不義を隠すためです。不義はそれ自体罪悪なのに、それを隠すためにエレーンの愛を利用するという罪深い行為を重ねています。しかも騎士が貴婦人の贈り物を身につけるのは貴婦人への愛のあかしであるので、ギニヴィアへの裏切り行為ともなってしまいました。ランスロットはエレーンと出会ったことにより罪に罪を重ね、そのことを認識して気が狂ってしまったのです。まさしく「罪は吾を追ひ、吾は罪を追ふ」という状態に陥り、その罪の重さに耐えきれなくなったのです。

このように恋愛は罪悪であるというのが『薤露行』全体の主調音となっています。最後のエレーンの亡骸は次のように描写されています。

> エレーンの屍は凡ての屍のうちにて最も美しい。涼しき顔を、雲と乱るゝ黄金の髪に埋めて、笑へる如く横はる。肉に付着するあらゆる肉の不浄を拭ひ去つて、霊其物《そのもの》の面影を口鼻《こうび》の間に示せるは朗かにも又極めて清い。苦しみも、憂ひも、恨みも、憤りも――世に忌はしきもの、痕なければ土に帰る人とは見えず。

「肉の不浄」、「世に忌はしきもの」を取り去った「霊其物」となった美しい姿。人間は死んで初めて罪の汚れを取り去ることができるのです。エレーンの亡骸を見たギニヴィアが「美くしき少女！」と叫んで涙を流しますが、このことばはもはや嫉妬ではなく、汚れなき人間の姿を見て心から感動したことばでしょう。この作品の題名である「薤露行」とは貴人の葬送の歌という意味ですが、エレーンの美しい亡骸を最後に歌い上げることで、恋愛の罪深さが逆照射されていると言えます。

またこのエレーンの美しい姿は、シャロットの女の破滅する前の状況に回帰したとも言えます。二章「鏡」で「罪に濁る」「有の儘なる世」――現実世界――に住まず、ただ鏡の中に映るのを見て暮らすシャロットの女について漱石は次のように述べます。

鏡の裏《うち》なる狭き宇宙の小さければとて、憂き事の降りかゝる十字の街《ちまた》に立ちて、行き交ふ人に気を配る辛《つ》らさはあらず。何者か因果の波を一たび起してより、万頃《ばんけい》の乱れは永劫を極めて尽きざるを、渦捲く中に頭をも、手をも、足をも攫《さら》はれて、行く吾の果は知らず。

現実世界に住めば「憂き事」は数多く、様々な因果関係に巻き込まれてしまう。そうした辛苦を離れている「この女の運命もあながちに嘆くべきにあらぬ」ものなのです。

5　結婚と恋愛

それでは漱石は恋愛を罪悪として否定しているのでしょうか。『薤露行』におけるランスロットとギニヴィアの恋愛は姦通であり、夫と妻という婚姻関係と対立しています。この作品でアーサー王とギニヴィアという夫婦がどのように描かれているか、四章「罪」を見てみましょう。

　ギニヴィアは「アーサーを嫌ふにあらず、ランスロツトを愛するなり」と自分に言い聞かせています。そして「夫《おつと》に二心なきを神の道との教は古るし」と思い、「神の道に従ふ」のは簡単なことではあるが、それを捨てて、ランスロットに恋をしたのは花が自然と開花するようなものだと考えます。「引き付けられたる鉄と磁石の、自然に引き付けられたれば咎《とが》も恐れず」にいたのが、今夫からランスロットがなかなか帰ってこないのは「赤き袖の主」である「美しき小女」ゆえと聞かされて、前述のように嫉妬の叫びをあげます。

　アーサー王はギニヴィアが嫉妬に苦しんでいることも知らずに、「不審の顔付」でギニヴィアを見ながら、「赤き袖の主のランスロットを思ふ事は、御身のわれを思ふ如くなるべし」と言います。そしてアーサー王はギニヴィアに「御身とわれと始めて逢へる昔」を覚えているかと問いかけて二人のなれそめを語り出し、両手でギニヴィアの頬を抑えながら上からのぞき込みます。「新たなる記憶につれて、新たなる愛の波が、一しきり打ち返した」アーサー王ですが、「王妃の頬は屍を抱くが如く冷た」く、アーサー王は思わず手を放してしまいます。

こうした夫婦のすれ違いは結婚が男女の絶対的な結びつきではないことを示しています。夫と妻が永遠に愛し合うのが理想であり、「神の道」に沿うものではありますが、花が自然と咲くように「自然に引き付けられた」男女の恋愛は、たとえ姦通であっても否定しがたいものなのです。

読書案内

- ●佐伯順子『「色」と「愛」の比較文化史』（岩波人文書セレクション、岩波書店、二〇一〇年）
- ●江藤淳『漱石とアーサー王傳説』（講談社学術文庫、一九九一年）
- ●塚本利明『［改訂増補版］漱石と英文学――『漾虚集』の比較文学的研究――』（彩流社、二〇〇三年）

五井 信
GOI Makoto

小説の恋／映画の恋

夏目漱石『それから』

扉

…平日でもにぎわう神楽坂。主人公の代助は、この坂の上に住んでいた。

神楽坂は、現在の新宿区に位置する、早稲田通りの大久保通り交差点から外濠通り交差点までの間の坂です。一七九一年に善国寺（通称毘沙門天）が移転してきたあたりから栄えはじめ、とくに明治中期から昭和初期まで、牛込一の繁華街でした。夏目漱石と同じ時期に活躍した田山花袋は、『それから』の舞台となる時代からは少々前の神楽坂の様子を次のように記しています。

牛込で一番先に目に立つのは、または誰でもの頭に残って印象されているだろうと思われるのは、例の毘沙門天の縁日であった。今でも賑やかだそうだが、昔は一層賑やかであったように思う。何故なら、電車がないから、山の手に住んだ人たちは、大抵は神楽坂の通へと出かけて行ったから……。（『東京の三十年』）

1　はじめに

夏目漱石の『それから』は、明治四二年（一九〇八）六月から一〇月まで「朝日新聞」に連載されました。高校の文学史の授業などでは、『三四郎』（明治四一年）や『門』（明治四三年）などと一緒に漱石の「前期三部作」の一つ、と習った人もいると思います。

一方映画『それから』は、一九八五年一一月に東映映画として公開されています。監督は森田芳光[*1]。主人公の長井代助を松田優作[*2]が、ヒロインの三千代は藤谷美和子[*3]が演じました。一九八五年のキネマ旬報の日本映画ベスト・ワンに選ばれており、これは黒澤明監督『乱』や相米慎二監督『台風クラブ』などを押さえての受賞でした。森田監督はほかにも、いくつかの監督賞をこの映画で受賞しています。森田は二〇一一年にまだ若くして亡くなりましたが、『それから』は、『家族ゲーム』や『キッチン』などと並んで間違いなく監督の代表作の一つです。

ところで映画『それから』について、脚本を担当した筒井ともみが興味深い証言をしています。監督＝森田、主演＝松田の二人だけはきまっていたものの、歌手としても活躍していた松田優作のコンサートの予定が控えており、映画の題材は締め切りギリギリになって『それから』に決定したというのです。

筒井　（略）もしその夜、代案が出なければ、もう、このチームは解散して映画は止めようという話になった時に、優作さんがポロっと「代わりにやるんだったら、オレ、正当な恋愛ものを

＊1　映画監督。日本大学芸術学部在学中から自主映画を制作しはじめ、卒業後の一九八一年に『の・ようなもの』でデビュー。八三年に『家族ゲーム』でキネマ旬報ベストテン一位になりました。その他の監督作品として『メインテーマ』、『間宮兄弟』、『模倣犯』など。一九五〇～二〇一一。

＊2　俳優、歌手。一九七三年にTV刑事ドラマ『太陽にほえろ！』にレギュラー出演して広く知られることとなります。おもな出演映画として『人間の証明』、『探偵物語』、『家族ゲーム』、アメリカ映画『ブラックレイン』など。松田龍平、翔太兄弟の父親です。一九四九～一九八九。

＊3　俳優、歌手。ポテトチップスのCMやTVドラマ『ゆうひが丘の総理大臣』出演で人気を集めます。おもな出演映画として『この愛の物語』、『悲しい色やねん』など。デュエット曲『愛が生まれた日』がヒットし、紅白歌合戦にも出場しました。一九六三～。

やりたい」と言い出して…。誰かがポッと漱石の『それから』はどうだろうと…。そしたら、みんな、異常に乗ったんですって。殆どの人が原作をまともには読んでなかったらしいけど（笑）。（『漱石研究』一〇）

他のスタッフや本人のコメントによると、『それから』と口にしたのは森田監督自身だったようです。その後はキャスティングや撮影も順調に進み、なんとか公開をむかえました。「ＹｏｕＴｕｂｅ」で当時の映画予告を観ることができますが、そこには「漱石ロマンの世界がいま甦る――」というコピーが記されています。松田の「正当な恋愛もの」とう発言を重ねれば、本章で『それから』を取り上げる理由もご理解いただけるでしょう。『それから』は、文字通り恋愛がつまったテクストなのです。

2　小説の恋――坂をめぐって

授業で口にすると学生たちは納得してくれるのですが、漱石の小説に描かれる恋愛は、その多くが三角関係です。本当に呆れるくらい、ベタな三角関係ばかりが登場する。国語教科書定番の『こころ』はいうまでもなく、『行人』『明暗』など、ちょっと思い浮かべるだけでもいくつかの小説の名前がすぐに出てきます。なかでも『それから』は、三角関係にさらには姦通小説の性格（友人の妻と恋愛関係になる）も加わって、ドロドロ度が増しています。間違っても高校までの教科書に掲載されることのない小説といえるでしょう。

主人公の長井代助は現在三〇歳。帝国大学を出ても就職することがなく、月に一度実家から金をもらって生活をしている「高等遊民」[*4]といわれる存在です。実家は明治維新で一気に時流に乗った実業家で、現在父親は代助の兄の家族とともに青山あたりに住んでいる。屋敷にはヘクターという「英国産の大きな犬」がいて、「西洋間」にはピアノが据えられています。その経済状態はといえば、たとえば義姉の梅子が代助に自分のへそくりから工面、用立てした金額が二〇〇円、一万倍というのが目安ですから、現在だとざっと二〇〇万円になります。一人の主婦がへそくりで二〇〇万円を貯め、それを気安く義弟に与えることのできる資産が代助の背後にはあります。無職の代助の自宅に賄いの小母さんと書生までもがいるのもうなずける訳です。

もちろん代助の気ままな生活を可能にしているのは、代助に対する実家の愛から、というわけではありません。物語の進行で明らかになるのは、代助を有力な家の娘と結婚させようという実家の思惑です。代助は何度かの見合いの話を断っているようですし、兄のはかりごとで佐川という資産家の娘と見合いをさせられる。次の引用は、佐川の娘と結婚させたい父と、何とかそれを逃れようとする代助のやりとりです。

> 代助は次に、独立の出来るだけの財産が欲しくはないかと聞かれた。代助は無論欲しいと答えた。すると、父が、では佐川の娘を貰ったら好かろうと云う条件を付けた。その財産は佐川の娘が持って来るのか、又は父がくれるのか甚だ曖昧であった。（略）
>
> 次に、一層洋行する気はないかと云われた。代助は好いでしょうと云って賛成した。けれども、これにも、やっぱり結婚が先決問題として出て来た。

＊4　大学などの高等教育機関を卒業しながら、一定の職に就かず、読書などをして過ごしている人のこと。代助のほかに、『こころ』の先生も該当します。

「そんなに佐川の娘を貰う必要があるんですか」と代助が仕舞に聞いた。すると父の顔が赤くなった。（九）

このように小説は、実家の求める結婚と、自分の好きな相手との恋愛をめぐる主人公の葛藤が、一つの大きなテーマとなっています。

さて『それから』は、代助のもとに友人の平岡常次郎から、妻の三千代とともに東京に戻る由の郵便が届くことから物語は始まるのでした。平岡は大学時代の親友で、三年前に代助の周旋により二人の友人であった菅沼の妹の三千代と結婚したのち、勤め先である銀行の京阪方面の支店に転勤となっていました。ところが、部下が会計に穴を開けたことから責任をとり、今回東京に帰ってきたのでした。

語り手が三千代について、はじめて読者にまとまった報告をするのは、彼女が代助の家を一人で訪ねた際のことです。

平岡の細君は、色の白い割に髪の黒い、細面に眉毛の判然映る女である。（略）三千代は美くしい線を綺麗に重ねた鮮かな二重瞼を持っている。眼の恰好は細長い方であるが、瞳を据えて凝と物を見るときに、それが何かの具合で大変大きく見える。（略）三千代の顔を頭の中に浮べようとすると、顔の輪郭が、まだ出来上らないうちに、この黒い、湿んだ様に暈された眼が、ぽっと出て来る。（四）

引用からわかるように、語り手、そし代助は三千代の眼とその周りに注目しています。その人の顔を想像すると、「顔の輪郭」よりも「黒い、湿んだ様に暈された眼」が浮かんでくる、という表現などはさすが漱石です。

平岡と三千代は、翌日に引っ越しを控えていました。新居の貸家があるのは、おそらくは現在の文京区小石川三丁目、あるいは四丁目あたりでしょうか。平岡夫妻の家には、「伝通院[*5]の焼跡の前に出た。大きな木が、左右から被さっている間を左りへ抜けて」（一四）辿り着くという記述が見られます。小説発表の前年に火事で焼失した伝通院は、若いときに漱石が下宿していた尼寺の宝蔵院がすぐその裏にあります。漱石にとって、地理的に馴染みのある場所に二人は住まわされるのです。代助はというと、「神楽坂」さらには「藁店」といった表記からこちらもある程度想像することができます。JR飯田橋駅から神楽坂を上

写真　現在の伝通院　平岡と三千代は、この裏手に住んでいました。

＊5　一四一五年開山の浄土宗の寺。芝にある増上寺に次ぐ徳川将軍家の菩提寺です。『それから』連載前年の明治四一年（一九〇八）に本堂が焼失していました。

がり、毘沙門天を過ぎて間もなくの地蔵坂を左に入った先のあたり、現在の新宿区袋町といったところでしょう。こちらもまた、漱石が一時期住んでいた家の付近です。そこから若い漱石は、神楽坂を一度下り、今度は坂を上って九段坂上を経由して、当時はまだ漢学塾だった二松学舎に通っていたようです。

　今回、代助の家と平岡夫妻の家を地図で眺めていて、坂について考えさせられました。というのは、たとえば代助が平岡夫妻の家を自宅から訪ねるとき、神楽坂の坂を北に下りて江戸川沿いを少し歩き、今度は小石川の坂道を上っていく、という道筋をたどっているからです。坂を下りてまた坂を上るという歩調が、たとえば代助の心中の隠喩として用いられている、そのようにいえるのではないでしょうか。おそらく小説発表時の東京の読者は、坂を一歩ずつ上っていく代助を想像し、その歩みから彼の意志までをも読みとったはずなのです。『それから』において記憶される場面の一つが、代助の家を訪ねた三千代が鈴蘭の生けてある水をすくって飲むそれであることに異論はないでしょうが、彼女ののどの渇きも、坂を上るという設定が導き出したものといえるのです。

　このような設定は、現在の私たちが想像するしかない明治四二年の、東京の一風景を映し出してもくれます。代助は、たびたび電車に乗り、あるいは徒歩で東京を移動します。それはあたかも、明治四二年の東京を、代助が読者に案内してくれるかのようです。

　津守を下りた時、日は暮れ掛かった。士官学校[*6]の前を真直に濠端へ出て、二三町来ると砂土原町へ曲がるべき所を、代助はわざと電車路に付いて歩いた。彼は例の如くに宅へ帰って、一夜を安閑と、書斎の中で暮すに堪えなかったのである。濠を隔てて高い土手の松が、眼のつづ

＊6　一八七四年に市ヶ谷に開校した陸軍士官学校。現在は防衛省が置かれています。

く限り黒く並んでいる底の方を、電車がしきりに通った。代助は軽い箱が、軌道の上を、苦もなく滑って行っては、又滑って帰る迅速な手際に、軽快の感じを得た。その代り自分と同じ路を容赦なく往来する外濠線の車を、常よりは騒々しく悪んだ。牛込見附[*7]まで来た時、遠くの小石川の森に数点の灯影を認めた。代助は夕飯を食う考もなく、三千代のいる方角へ向いて歩いて行った。（一四）

高速道路によって東京の空の景色が一変したことはしばしば指摘されますが、この引用からも、そのことがうかがわれます。義姉の梅子に「姉さん、私は好いた女があるんです」と告白し、「一歩も後へ引けない」状態になった代助は実家からの帰りに濠端を歩くのですが、代助は自宅へと抜ける砂土原町の坂道を上ることが出来ません。そのまま現在の飯田橋まで歩いてしまいます。そして「灯影」を見つけて歩き出し、「安藤坂を上って」行く。そこに読み取れるのは、代助の欲望ともいうべきものだったのです。

しかし現在飯田橋の駅に立っても、高速道路とビルが邪魔をして、小石川を見ることはできません。でもだからこそ、代助のあとを追ってみるために、可能であれば私たちも、そこから「小石川の森」を歩いて上ることがあってもいい。小説であらわされるのは、作家の想像力と現実のあわいに成立する「幻影の町」（前田愛）ともいうべき空間です。小説『それから』における恋の理解のためには、当時の地図を片手に読むのが一番なのかもしれません。

＊7　一六三六年に建設された江戸城外郭門の一つ。現在のＪＲ飯田橋駅西口のすぐ近くです。

3 映画の恋——表情をめぐって

今回、映画『それから』について調べようと公開当時の雑誌を繰っていて、映画作りの大変さ、というものにあらためて気づかされました。たとえば三千代役の藤谷美和子は、いつも藍色や紫といった青味の入った着物をまとっています。そういったことは最終的には監督がきめるのでしょうが、たとえば美術担当の今村力は、「そうすると彼女の家のおひつにかかっているふきんの色も藍染めのものにしたくなる」というコメントを残していました。さっそく家に戻ってDVDで確認したところ、たしかに小林薫[*8]演ずる平岡との朝食の際に、おひつには藍染めのふきんが映っていたのでした。すべてが映ってしまう映画だからこそ、細部にまで手を抜けない、というところでしょう。

だからでしょうか、映画『それから』においては、東京の町並みが映る場面が少ない。映画が制作された一九八五年には、CGはまだまだ一般的に使われることはありませんでした。映画は代助の自宅、彼の実家、平岡と三千代の貸家といった、おもに室内でのやりとりを中心に進行していきます。もちろん飯田橋の駅前や、そこから見える小石川の「灯影」の光景が映し出されることはないのです。

その代わりに映画は、代助＝松田優作と三千代＝藤谷美和子の表情をじつに丁寧に映しています。回想の雨のシーンで二人の顔がアップになるときは、「ハイスピード」という方法がとられており、通常よりも動きの遅くなるそのアップは、表情のわずかな変化さえも逃すことはありません。いまでは観ることのできない二人の、ある瞬間の「美しさ」といったものが映画から溢れてい

＊8　俳優。唐十郎主催の劇団「状況劇場」で注目を集めます。出演映画として一九七七年の『はなれ瞽女おりん』のほか近年では『ゲド戦記』、『深夜食堂』など。一九五一〜。

るのです。そんな二人、とくにヒロインの表情に関する描写を、二つほど小説から引用したいと思います。『それから』の大きなクライマックスの一つ、代助が自らの気持ちを三千代に告白し、「仕様がない。覚悟を極めましょう」という、読む者を震撼させる台詞を三千代が口にする場面です。

色は不断の通り好くなかったが、座敷の入口で、代助と顔を合せた時、眼も眉も口もぴたりと活動を中止した様に固くなった。（一四）

「三千代さん、正直に云って御覧。貴方は平岡を愛しているんですか」

三千代は答えなかった。見るうちに、顔の色が蒼くなった。眼も口も固くなった。凡てが苦痛の表情であった。（一四）

本当にささやかな違いなのですが、気づかれたでしょうか。前者では「眼も眉も口もぴたりと活動を中止した様に固くなった」と描写される三千代の表情が、後者では「眼も口も固くなった」となっています。つまり、二つにおいて三千代は「眉」だけが違う表情をしているはずです。眉だけが違う――？　この二つの表情はどう違うのでしょう。前述したように、三千代の顔は何よりも眼のまわりが注目されていたのですから、眉の扱いはどうしたって気になるところです。

じつをいうと、この着眼点のネタ元は私ではありません。昨年（二〇一五年）夏のゼミ合宿での、学部三年生のT君の発表によります。T君の発表を聞きながら、私は内心で（やられたなあ……）と正直思っていました。近代文学の研究者として、漱石の小説は、もちろん『それから』もいままでに一〇回ほどは読み返しているはずです。しかし私はその指摘にいままで気づくことがなかった。二つ目の引用は「では、平岡は貴方を愛しているんですか」という印象深い台詞に続くので、そちらばかりに目がいっていたのでしょう。

このような指摘に対して、「漱石はそれを意識して書いたのだろうか?」という疑問はありえるし、「漱石はおそらく意識していなかった」と想像するのは簡単です。しかし、事実として小説にはそのように記されている、そのことは重要です。これは小説に限ったことではないのですが、書いたものには書いた人が意図した以上のものがあらわされている、このような認識が広く支持を得るようになっています。つまり読者は、作者が書こうとしたものや作家の意図といったもの以上の意味を、書かれたものから読みとってしまうという訳です。漱石が意図しようとしまいと、『それから』という小説には三千代の二つの表情が違うものとして描かれており、読者にはその違いを想像したり、意味づける権利があるのです。

この場面もまた、自宅に戻ってDVDを見返すことになりました。

雨の中、向かいに出た書生の門野と三千代を乗せた二台の人力車が走ってきて、歌舞伎か何かの所作のようにガラリと門野が代助の家の玄関を開けます。カメラはそれを家の中、正面から捉えており、続いて玄関いっぱいに三千代の雨傘が広がります。もちろん、雨傘は三千代の色である「青」です。入ってくる三千代は、やはり青を基調とした着物を着ています。そして、約八分に及ぶ二人だけの濃密な時間が流れます。しかも、それが一カットで描かれているのです。この稿を書くにあたり数回観なおしたのですが、求愛を描いた日本映画でも、ベストテンに入る場面ではないでしょうか。ぜひ一度DVD、出来れば実際の映画館で御覧になりますよう。

映画は、代助が実家から絶縁され、向かい風の中を歩く場面で終わります。ところで、代助が実家を訪れる前に、一〇数秒ほど、三千代が正座をしている姿が挿入されています。三千代が来ているのはそれまでの青系ではなく、ピンク色の着物です。そんな一コマにも、映画『それから』が丁寧につくられた映画であることがうかがえるはずです。あなたなら、この着物の色の変化を、どのように意味づけますか？

読書案内

◉小森陽一『漱石を読みなおす』（ちくま新書、一九九五年）
新書ですが、入門書というよりも、漱石の小説を何冊か読んで目を通すのがよいでしょう。小説読みの巧者による解説で、目から鱗が落ちること請け合いです。

◉武田勝彦『漱石の東京』（早稲田大学出版部、一九九七年）
漱石の小説の舞台を、自身の記憶もあわせ丁寧に追った本。小説や地図と一緒にバッグに入れ、東京の散歩に出るのもいいかもしれません。

◉森田芳光『森田芳光組』（キネマ旬報社、二〇〇三年）
森田組が撮った映画をそれぞれ解説しています。気になる映画を選び、ＤＶＤを借りて観ることが楽しみです。映画にまつわるエピソードもたっぷり。

◉森田芳光『夢の時間』（角川書店、二〇一二年）
森田監督自身の手による唯一のエッセイ集です。映画はもちろん、全国各地に関する切り込みにも、監督らしさがあらわれています。

休憩室

恋するカードゲーム――五井信

ここ何年か、学食の片隅に男子学生たち数人が集まり、何やらカードを使ったゲームをしている姿を見かけるようになりました。カードには少女のイラストが描かれており、彼らはいかにもな雰囲気を漂わせています。当初「大学生までなって…」と毛嫌い！していた私ですが、自分の専攻の一つがカルチュラル・スタディーズといってサブカルなども積極的に取り入れる領域ということもあり、少々話を聞いてみることにしました。

私が勝手にイメージしていた彼らの姿は、生身の人間に恋することができず、二次元の世界に逃避する「オタク集団」というものでした。ところが、彼らの何人かは高校時代にスポーツ部で活躍していたり、なかにはつい先日まで恋人がいた学生もいました。想像とは大違いです。ゲームに関する私の理解能力の乏しさを覚った彼らの心やさしい説明によると、カードゲームには「ゲーム」と「収集」という両面があるのだとか。後者に関していえば、たしかに彼らの多くはキャラクターに「恋して」いるようです。しかしこのゲーム、当初の予想よりははるかにいろいろなことを考えさせてくれました。

私がなにより大事だと思ったのは、カードゲームが、直接に顔と顔を合わせる相手がいないと成立しないリアルなゲームである、ということです。ネットでも遊べる一時期があっても、それはすぐに廃れたそう。その意味では、半世紀ほど前の子供たちが熱中した、メンコやベーゴマに近いゲームといえるでしょう。実際に相手と顔を突き合わせてのゲームと収集、これです。ネットやスマホがこれだけ行きわたり、バーチャルな状況に慣れたはずの学生たちが最終的に「恋した」のがリアルなゲームであったこと。これは、ともすると息苦しい現代社会での「息抜き」なのでしょうか。それともまた、現代社会に対する彼らなりの「反乱」でしょうか？　少々大袈裟ですが、そんなことを考えたのでした。

瀧田 浩
TAKITA Hiroshi

おめでたい失恋の理由

三角関係をこえて

扉……マックス・クリンガー「熊と妖精」（調布市武者小路実篤記念館所蔵の『おめでたき人』口絵）

武者小路実篤は青年時代から晩年まで、美術を愛し続けました。今では日本でとても有名なゴッホを日本で最初に発見・紹介したのは、実篤だとも言われます。『おめでたき人』の序文にあるように、この絵はマックス・クリンガー（実篤は「クリンゲル」と書いていますが）によるエッチング集「インテルメチー」（間奏曲の意味）の最初の絵ですが、明治四一年（一九〇八）に書かれた実篤の日記には、「インテルメチー」を注文したり、クリンガーの絵を見る夢をみたりするなどの言及が数多くあり、『おめでたき人』を出版する三年くらい前から、実篤がクリンガーに強い関心をもっていたことがわかります。

1　はじめに

今から一〇〇年ぐらい前に、日本の文学史に残る愚かな失恋男を描いた小説が生まれました。武者小路実篤[*1]の「お目出たき人」です。小説「お目出たき人」は他の五つの付録作品とともに単行本『おめでたき人』に収録され、単行本は明治四四年（一九一一）二月、洛陽堂から出版されました（以下、「お目出たき人」は小説のタイトル、『おめでたき人』は他の作品を含んだ単行本のタイトルと考えてください[*2]）。名前が明かされない主人公「自分」は、好きな相手に何度求婚して断られても（結末で相手は結婚さえしてしまうのですが、それでも）、「相手は本当は自分を好きなのだ」と信じ続けます。

最初は主人公「自分」の純粋さに微笑みながら読んでいた読者も、途中からは彼の愚かさにため息をつくようになり、次第に冷たい笑いを浮かべるようになるのではないでしょうか。また、この小説の主人公であり、語り手でもある「自分」を作者である実篤と直結させ、「作者も主人公みたいにおめでたい人間なんだろうな」と想像する人も少なくないでしょう。

ここで扉に掲げた絵を見てください。マックス・クリンガー[*3]が描いた「熊と妖精」で、『おめでたき人』の口絵です。表紙をめくるとまず現れる、美しい妖精に追いすがる野暮ったい熊の絵は、美しいヒロイン鶴に主人公「自分」が憧れ続ける小説のイメージと重なります[*4]。「お目出たき人」を書いた実篤は、単行本を作るにあたって多くの工夫をしていますが、単行本の編集に方針や意図が確かに存在することは、五編の付録作品が始まる扉の頁に「(「お目出たき人」の主人公の書けるも

＊1　明治一八年（一八八五）〜昭和五一年（一九七六）。辞書・事典では「むしゃのこうじ・さねあつ」と読み方が示されていることが多いですが、本人は「むしゃこうじ・さねあつ」としか言わなかったそうで、正しい読み方は後者です。

＊2　単行本のタイトルは、巻末にある奥付の表記にしたがったものです。ちなみに表紙には「お免でたき人」とあります。この微妙なタイトルの違いについて実篤は特に説明していません。

＊3　ドイツ表現派の版画家、画家、彫刻家。一八五七〜一九二〇。

＊4　口絵以外にも、友人の有島壬生馬に描いてもらった不思議な表紙の絵や、付録作品の内容についても説明したいのですが、紙幅に余裕が無いので割愛します。関心がある人は大学の図書館にも所蔵している復刻版をぜひ手にとってください。

図版『おめでたき人』表紙（調布市武者小路実篤記念館所蔵本）

のとして見られたし）」という一文が付されていることでわかります。主人公の〈おめでたさ〉は小説だけでも読者に充分伝わるのに、絵による相乗効果を使ってまで〈おめでたさ〉を強調しようとしているのです。[*5]

読者から尊敬される登場人物を生み出そうとするのではなく、読者に軽んじられる〈おめでたい〉人物を意図的に生み出そうとするのはなぜでしょうか。この文章では、その過程と理由について、いろいろな角度から考察・論証していきたいと思います。

2 三角関係を漱石に学ぶ

〈おめでたい〉失恋男の誕生を説明するためには、実篤が三角関係の物語に触れ、それを小説を書くための有効な方法として取り込むところから見てゆく必要があります。三角関係について、作田啓一は『個人主義の運命――近代小説と社会学――』[*6]の中で、次のように述べています。

　小説や演劇や映画の中だけではなく、実際の人生においても、いわゆる三角関係を含む三者関係は、社会的存在としての人間が経験する悩みの最も普遍的な源泉の一つであると言ってよ

＊5　こういうことに気づくためにも、文学作品を研究する時は、文庫本や全集だけでなく、復刻版でもよいので初版本を手に取る習慣をつけましょう。

＊6　岩波新書、一九八一年。

いでしょう。そして、この種の悩みは、どんな社会体制のもとでも、人間が免れることのできない悩みであることを、私たちは直観的に知っています。

「A君がBさんを好きで、BさんもA君を好きだった」だけで終わる物語を、きっと読者は喜ばないでしょう（数分で終わる歌や、人から聞く噂話でさえそうかもしれません）。その点、三角関係は悩ましい人間関係の縮図と言え、奥行きと陰影のある現実的な物語を紡ぐのに適しています。ルネ・ジラールは『欲望の現象学　ロマンティークの虚偽とロマネスクの真実』[*7]で、三角関係の持つ不思議な力について次のように述べています。[*8]

一見、直線的に見える欲望の上には、主体と対象に同時に光を放射している媒体が存在するのである。こうした三重の関係を表現するにふさわしい立体的な譬喩といえば、あきらかに三角形である。

単純な例で説明してみましょう。A君がBさんを好きになるのは、単にBさんの強い魅力を感じたというだけではなく、第三者であるC君のBさんへの熱い視線に気づいたり、D君から「Bさんて可愛いよね」と言われたりした場合、つまり、A君とBさんだけの二者関係だけでなく、第三者が何らかのかたちで媒介した場合なのだ、というわけです。逆に、第三者からBさんの悪い噂や印象を聞いた場合、Bさんに悪い所はなくても悪いイメージを払拭することは困難でしょう。一筋縄ではいかず、時に不条理な人間関係の実相をとらえた鋭い見方だと思います。

＊7　法政大学出版会、一九七一年。新装版は二〇一〇年。

＊8　実は、前出の作田啓一の本はジラールの理論に基づいたものです。ジラールのこの理論は一般に「欲望の三角形」と呼ばれています。

『荒野』[*9]という人生論的な要素が強い単行本を初めて自分で出版したあと、自分の書きたいことと書くための方法がわからなくなった実篤は、夏目漱石が書いた小説「それから」を読み、三角関係の有効性に気づき、すぐに自身の小説に取り込みます。「それから」は、典型的な三角関係の悲劇と呼べそうな小説です。主人公の長井代助が友人の平岡に好きだった三千代を譲って、平岡と三千代は結婚するも、子どもは流産。三千代に冷たくあたる平岡を目の当たりにし、三千代との愛情を再確認した代助は、父や兄（家族）・平岡（友人）からの強い反対を振り払って、三千代との愛を貫こうとします。しかし、結末からは悲惨な未来しか見えてきません。

3　奇妙な三角関係の物語を書く

実篤は後年、有名な三角関係小説「友情」を書きますが[*10]、最初の三角関係ものは「生れ来る子の為に」です（三角関係ものを厳密に定義するのは難しいですが）。作品自体は短く[*11]、有名でもないのですが、越智治雄・井上百合子・山田俊治という有名な研究者が、「それから」からの影響関係を指摘しています。しかし、「それから」が発表された時期と「生れ来る子の為に」が執筆された時期を調べてみると、そう簡単に影響関係を指摘できるのか、気になる点もあるので、整理してみましょう。

a、明治四二年（一九〇九）六月二七日から一〇月一四日まで「それから」が新聞に連載される。[*12]

b、同年七月二八日（まで）に、実篤が「それから」を読む。[*13]

c、同年七月末日までに、実篤が「生れ来る子の為に」を書き上げる。[*14]

＊9　明治四一年（一九〇八）四月、警醒社書店から発行。

＊10　発表は『大阪毎日新聞』大正八年（一九一九）一〇月一六日〜一二月一一日。

＊11　明治四三年（一九一〇）八月の『白樺』掲載時に一一頁。

＊12　なお、単行本は翌年の元旦に春陽堂から出版されます。漱石が朝日新聞社の社員になってからは、漱石の新作小説はまず『東京朝日新聞』と『大阪朝日新聞』で毎日連載されたあと、単行本にまとめるのが基本パターンでした。

＊13　実篤が志賀直哉に「今木のから借りて来た夏目さんの『それから』を読んだ　さすがにうまい、感心した」と書いた七月二八日付の葉書が残っています。

実篤は七月二八日に「それから」を読んだと書いていますが、「それから」は三か月半ぐらい続く連載のうちまだ一か月しか経っていないので、せいぜい三分の一程度しか読むことはできません。「生れ来る子の為に」を書いたのは七月ですが、二八日のあとの七月はわずか三日だけです。問題は、三分の一ほどしか進んでいないのに本当に影響を受けることができるのか、影響を認められるにしても、わずか三日で「生れ来る子の為に」を書き上げられるのか、の二点です。

結論から言ってしまえば、私は二点ともクリアできると考えています。実際に新聞の七月二八日分連載分まで読むと、平岡が妻の三千代に冷たいこと、代助と三千代がお互いに牽かれ合っていることは見えてきて、「それから」が三角関係の物語だということは読者にわかります。実篤は構想がまとまると一気呵成に書く速筆型でもあり、三日で書くことは、ほとんど問題になりません。

実篤は「それから」の中盤から終盤にかけての物語を知らないまま、三角関係を含めた初期設定に強くインスパイアされ、自分なりの「それから」としての「生れ来る子の為に」を書いたと考えるのが妥当でしょう。さて、「生れ来る子の為に」に入りましょう。語り手の「自分」と松子は、血縁のない従兄妹です。二人とも既婚者でしたが、松子が離婚した後、「自分」と松子は関係し、「自分」の妻の出産直後に、松子が「自分」の子を身ごもっていることがわかります。ここまでだけを見ると悲劇の定番のような設定ですが、驚くべきことに、この物語はハッピーエンドなのです。妻は「自分」と松子を許し、妻と松子と「自分」は最後に調和的な関係をつくってしまうのです。先に名前を出した山田俊治は次のように述べています。[*15]

確かに、妻子ある主人公が、夫のある従兄妹の松子と関係して社会の指弾を受けるという物

＊14　上記三人の研究者は言及していないのですが、「生れ来る子の為に」が書かれたのは明治四二年（一九〇九）七月です。大正一三年（一九二四）七月に新潮社から発行された『真昼の人々』に収録された「生れ来る子の為に」の末尾に書かれています。

＊15　山田俊治「『それから』という鏡――初期『白樺』の一断面――」（『国文学研究』一一三、一九九四年）

語は、『それから』を想起させる。

三千代の子供を殺した『それから』に反発するかのように、武者小路は「自然」の摂理として生み出された命を待ち望む主人公を描き、主人公の恋を「自然」に従ったものとして肯定的に物語って、批判するようなことはない。

山田の正確な指摘に従いましょう。二作品のつなぎ目を一つに絞り込むとすれば、それは子どもの誕生です。「それから」では愛情の通っていない平岡と三千代の間の子が流産しましたし、三千代と代助と間にも子どもが生まれる気配はありません。一方、タイトルでも明確に子どもに焦点が当てられている「生れ来る子の為に」では、妻との子がすでに生まれている上に、松子との子も無事生まれようとしています。「それから」の結末は、心の〈自然〉に従い愛に生きようとしたものの、子どもは生まれず、社会的な破滅に向かう悲劇ですが、「生れ来る子の為に」は心の〈自然〉に従い愛に生きて、別々の女性との間にほぼ同時に子どもをもうけ、なおかつ社会的にも破滅しない荒唐無稽な喜劇です。三角関係小説のはずなのに、三角関係の特性をほとんど持っていない奇妙な小説を実篤は書いたのです。

4 自然の巨人を作る

実篤は、「生れ来る子の為に」を書いた三ヶ月後に、もうひとつ三角関係らしくない三角関係の物語を書いています。「ある家庭」という戯曲です。[*16] あらすじは、小間使いの藤を好きな山田次郎

＊16　発表は『白樺』明治四三年（一九一〇）五月。現在と違って明治の終わりから大正にかけての時代は、多くの文学者が戯曲を書いていますが、特に実篤は小説より戯曲を書く方に自信があり、有名な作品を多く残しています。

＊17　発表は、明治四三年（一九一〇）四月の『白樺』創刊号。

が、洋行する直前の兄の太郎から藤との秘めた恋愛を聞かされ、さらに洋行している三年間、ふたりの手紙を仲介する役を依頼され、これを誠実に果たすというものです。

「生れ来る子の為に」では妻と松子とのあいだに生まれるべき強い摩擦や葛藤が発生しないため、三角関係の緊張感が生まれなかったのですが、「ある家庭」では逆に次郎があまりにも潔く身を引いてしまうため（もちろん次郎に葛藤はあるのですが、心の中で処理してしまいます）、やはり三角関係らしさが生まれません。「生れ来る子の為に」の「自分」と「ある家庭」の次郎は、反対の立場から、恋愛の絶対的な尊重を遂行していると考えればよいと思います。「自分」は恋愛の当事者として「自分」たちの恋愛を尊重し、その結果として（別々の相手から）ふたりの子どもを得ます。一方、次郎は恋愛の傍観者として、恋愛の当事者である兄と藤の恋愛を尊重しました。

実篤は「それから」から三角関係の構図を取り込みましたが、現実的な緊張感を物語に導いた上で、三角関係を越えるものを表現することの方に目的をもっていたようです。恋愛には〈自然〉の力がかかわっているというのが実篤の考えでした。現実の悩ましさの縮図といえる三角関係を、思いが通い合った恋愛が貫き越えてゆく物語をよんだ読者は、恋愛にその力をあたえた〈自然〉の力の価値を思う。物語の設定と主題を分析してゆくと、このような仕組みと流れが見えてきます。「お目出たき人」を読解する、あと一歩のところまで進んできました。

ここで、実篤による「それから」論である「「それから」に就て」[*17]を読んでみましょう。ここには、〈自然〉を表現する方法についての実篤の考えが具体的に記されています。[*18] 実篤が、「お目出たき人」を書き上げたのは明治四三年（一九一〇）二月[*19]で、「「それから」に就て」を書いたのは同年三月[*20]ですから、実篤は「お目出たき人」を書き上げた直後に、みずからの「お目出たき人」をモデ

＊18 〈自然〉についての言及は、全三章のうち、「二、技巧について」と「三、思想について、併せて思想の顕はし方について」でなされます。「二」の「それから」を運河に喩え、運河も自然の法則に従ってはいるが本当の自然ではない、と批判した部分は有名ですが（これを読んだ漱石本人が最も感心したのはここでした）、「三」はほとんどの部分が〈自然〉について述べられ、「お目出たき人」の〈自然〉を考えるにはこちらの方が重要です。

＊19 小説の末尾に「四十三年二月」とあります。

＊20 文章の末尾に「（三月）」とあり、「それから」発表時期と「「それから」に就て」発表時期を考えると、これは明治四三年（一九一〇）三月にしかあてはまりません。なお、この時点ではすでに単行本の『それから』も出版されており、文章の中でも実篤は単行本の頁数を示しながら論じています。この時点では実篤は全編を読んでいることがわかります。

ルとして「それから」を批評したわけです。実際に「『それから』に就て」を読むと、驚くほどに「お目出たき人」がよく見えてきます。少し長くなりますが、最も具体的に説明された部分を引用します。

自然の力を顕はす方法として恋が書かれてゐる。漱石氏は恋と情慾の区別を明かに知つて居られる。（略）細君が病気になつた為に遊びたくなるやうな恋はないと代助は思つてゐる。平岡の恋は自然派の云ふ恋である。情慾八分の恋である。代助の三千代に対する恋は八分愛である。漱石氏は代助の恋を通して自然の力を顕はさうとされた。さうして之によつて自然の力の強いことを顕はすことに成功してゐるとおもふ。しかし漱石氏はたゞ代助をして三千代に対して恋のみによつて行動をさせることを欲しなかつた。こゝに多くの道具立をされた。平岡と三千代の間の子を殺した。三千代を病気にさせた。平岡に道楽をさせた、さうして借金させた。このことによつて代助は偏に三千代を憐み、どうかして助けたいと思ひあせるやうになつた。之によつて読者は代助と三千代に強く同情することが出来た。しかし惜しい哉之によつて恋の力は弱められた（略）

恋が「自然の力を顕はす方法」であるという重要な点をまず確認した上で、その恋がどのようなものか、整理しましょう。恋は「情慾八分」になったり「八分愛」になったりするから、一言で説明するのは難しいのでしょうが、あるべき恋は「情慾」つまり性欲とは区別される、愛に近いものと考えてよいでしょう。ただし、相手が苦境にいるために生まれる同情は決して恋ではないと強調されているので、博愛や慈愛のたぐいでもありません。個人と個人が向かい合い、思いが通じ合った時に流動する純粋で肯定的な感情、といったところでしょうか。

しかし、世の中でこの恋を実現するのは相当難しいはずです。三角関係に着目したジラールの理論は、葛藤や嫉妬や競争相手に先駆けたい気持ちなどのネガティブな感情がまず起点となって、人間関係が作られていくという現実的な人間観に基づくことで説得力を得ていたわけです。三角関係を描いた「それから」が獲得したリアリティーも、代助と三千代の恋が第三者たちによって汚され、濁ってゆくことによって生まれていました。しかし、実篤は次のようにも書いています。

「それから」に顕はれてゐる人物の内で自然の命に全然従つて行動してゐる巨人はゐない、たゞ代助に恋を打開けてもらつたあとの三千代が自然の命に従つて慰安を得る例を示してゐる。

ふたりの間に生まれた恋を感じていることは同じでも、そこから一歩踏み込むことにためらい続ける代助よりも、覚悟を決めた三千代の方が、より〈自然〉の命に従っている人物なのだとされています。「それから」の中に「自然の命に全然従つて行動してゐる巨人はゐない」ことが、「それから」のリアリティーを保証しているのですが、実篤はこの点を評価せず、〈自然〉の力をさらに肯定的に表現することの方に向かいます。実篤は三千代よりもさらに「自然の命に全然従つて行動」する「巨人」を造形しようとして「お目出たき人」を書いたと考えられます。「お目出たき人」から引用します。「自分」は以下のように考えています。

> 自分は今迄下等なことをした。しかし自然の黙示には背かなかつたと思つてゐる。さうして近頃になつて自分は自然の黙示を幾分か解し得た心算でゐる。／されば自分はこの迷信してゐる黙示に従はないことを恐れてゐる（九）。

「自然の黙示」を「迷信」している「自分」という存在を、読者が「愚かだな」「本当におめでたいな」とため息をつきながら受け容れる、ここに実篤の狙いがあったと思います。そうなれば、（三角関係に象徴されるような）現実主義的な価値観を越える「自然の命に全然従つて行動してゐる巨人」を物語の中に定着させ、さらには読者の胸に、自然のままに純粋な恋をしよう、というメッセージを響かせることができるからです。

実は、「お目出たき人」もやはり歪んだ三角関係小説です。片想いの物語は、結末におけるヒロインの結婚により（相手は条件のよい、心身ともに健康な相手です）、三角関係の物語に変容し、「自分」は恋の敗北者になります。好きな相手の結婚を知らされても恋の火を消そうとしない「自分」に対して、読者は恐れや滑稽さを感じるかもしれませんが、重要な点は、「自分」が恋の敗北者となっても、三角関係に必然的にともなうとされる嫉妬や怒りなどの負の感情に染められていないことです。逆境に陥っても負の感情に染められない肯定的な意志を持つ者こそが「お目出たき人」であり、「自然の命に全然従つて行動してゐる巨人」なのだといえるでしょう。実篤にとって「お目出たき人」は、〈自然〉の命令に従って生きるという思想を、さりげなく小説の中で体現させ、世の中で流通させるための表現だったのです。

愚かで情けないだけの男に見える「自分」の恋を読み解き、調査することで、見かけとは異なる実篤の深謀遠慮と素顔のメッセージに触れることができたと思います。恋愛も文学も文学研究も、既成の世界観を更新する可能性があるからこそ、深い価値があるのです。ぜひみなさんも、恋愛と文学の世界に思い切って飛び込んでみてください。

〔補記〕

・本稿は、瀧田が過去に書いた論文三本から、大学一年生向けに平易な文体とわかりやすい論証で再構成したものです。元にした論文を発表順に記しておきます。

・「「お目出たき人」論の前提――〈主観〉の文壇・よそおいのイヒロマン――」（『語文論叢』二二、一九九四年）

・「武者小路実篤の「それから」受容と歪んだ三角関係――「生れ来る子の為に」と「ある家庭」をめぐって――」（『立教大学日本文学』九七、二〇〇六年）

・「『おめでたき人』という回路――仰視と俯瞰の技法――」（『二松学舎大学東アジア学術総合研究所集刊』三九、二〇〇九年）

読書案内

◉ルネ・ジラール著・吉田幸夫訳『欲望の現象学　ロマンティークの虚偽とロマネスクの真実』（法政大学出版会、一九七一年。新装版は二〇一〇年）

◉作田啓一『個人主義の運命――近代小説と社会学――』（岩波新書、一九八一年）

◉大津山国夫『武者小路実篤論――「新しき村」まで――』（東京大学出版会、一九七四年）

◉寺澤浩樹『武者小路実篤の研究――美と宗教の様式』（翰林書房、二〇一〇年）

休憩室

日本人に愛は可能か?——瀧田浩

日本人の多くが大事に思っている「愛」という言葉を辞書で調べてみると、中世にはすでに家族愛や仏教的な意味で使われ、近代になってからキリスト教的な無償・無限の愛や恋愛の意味で使われるように変わってきたことがわかります。日本人の多くがキリスト教結婚式を選ぶ理由は、永遠の愛というキリスト教的な価値観に共感するからでしょう。近代になって日本人の根本的な価値観は西洋的な方向に大きく変化したように見えます。

しかし、伊藤整は「近代日本における「愛」の虚偽」(『思想』四〇九、一九五八年)という評論で、これを「虚偽」だと強く批判しました。「我々は憐れみ、同情、手控え、躇《ため》いなどを他者に対して抱くが、しかし真実の愛を抱くことは不可能だと考え、抱く努力もしないのだ」、日本人にとって男女間の接触は「「惚れること」であり、「恋すること」、「慕うこと」である。しかし愛ではない」と。永い歴史の中で形成される文化や価値観がそう簡単に変わるはずはないので、私たちは伊藤の指摘に、一度しっかりと耳を傾ける必要があります。

日々、愛の歌を聴き、愛をめぐる物語に触れ、真に愛してくれるパートナーを探している現代人にとって、愛が虚偽だと言われても困ってしまいますね。しかし実際には、私たちは愛を心の底から信じていないのかもしれません。現代でも多くの読者が共感を寄せている太宰治は、「思案の敗北」(『文芸』五—一二、一九三七年)の中で、「まことの愛の実証は、この世の、人と人との仲に於いては、つひに、それと指定できないものなのかもしれない。人は、人を愛することなど、とても、できない相談ではないのか」と書きました。もしかしたら、このような愛にたいする葛藤や不信を含んだ表現を「リアルだ」と何十年にもわたって受容してきた私たちは、奇妙にねじれた独自の愛の文化をすでに形成しているのかもしれません。これが私たちにとって幸福なことか不幸なことかはわからないけれど……。

北條民雄日記の謎

荒井裕樹
ARAI Yuki

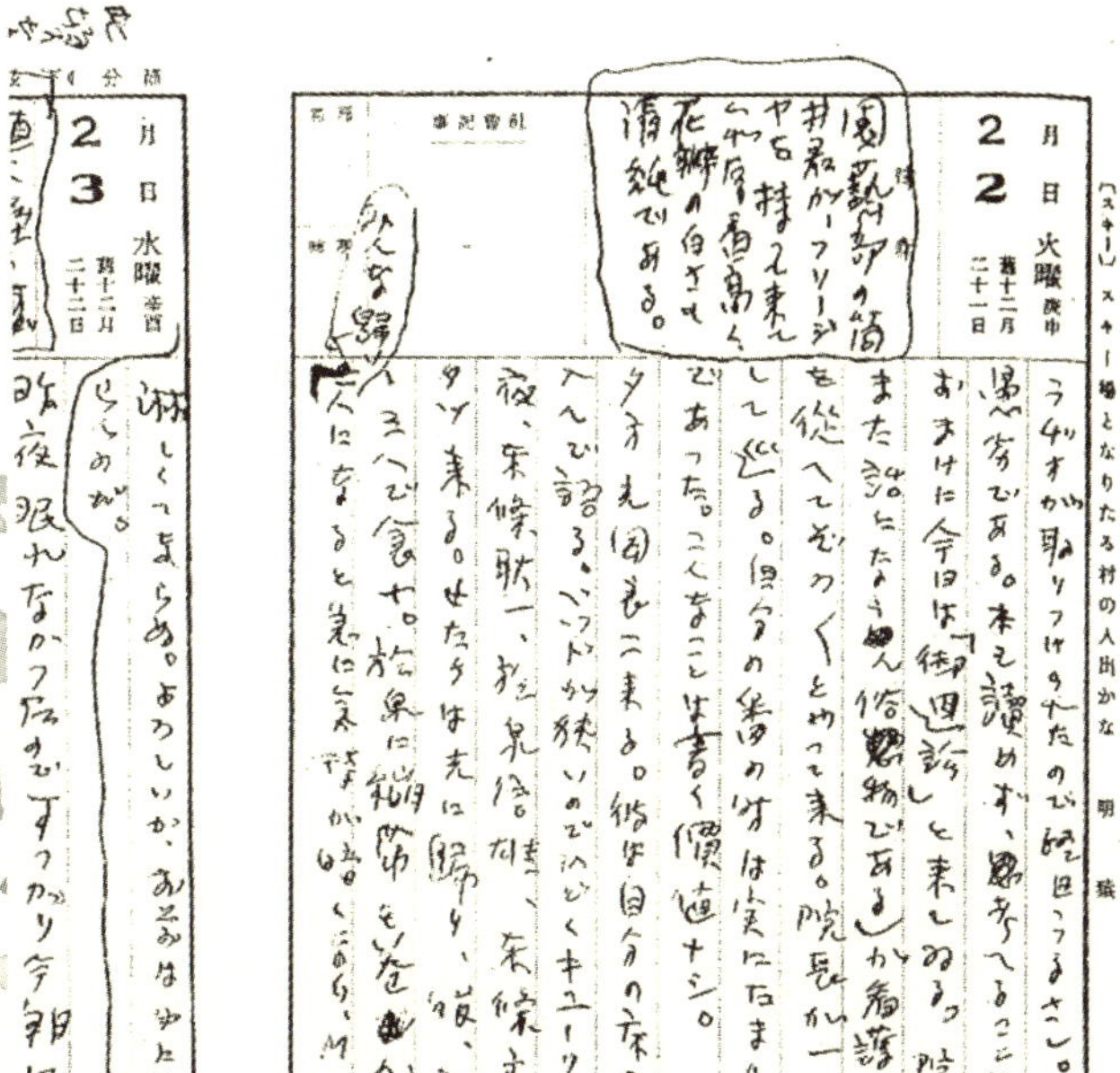

扉

…北條民雄の日記より、一九三七年一二月二日の記事（国立ハンセン病資料館蔵）

北條民雄（一九一四〜一九三七）の日記は、一九三四〜一九三七年の四年間分が全集に収められ、私たちも自由に読むことができます。彼は日記を毎日こまめに付けるというよりは、思い立った時に断続的に書きつけるタイプだったようで、場合によっては数ヶ月の空白がはさまることとあります。没年となる一九三七年の日記は、原稿の執筆や健康の悪化のために、それ以外の年と比べて記述日数・記述量ともに多くありませんが、それだけに短く凝縮した言葉で時々の感情が綴られており、読みごたえがあります。亡くなる最後の一ヶ月は、食事内容や体温が簡略に綴られるだけになってしまいます。言葉の情報量は少なくても、一人の人間が死に向かってゆく痛々しさを感じ取ることができます。

北條民雄はこの年の一二月五日、腸結核で亡くなりました。

1 はじめに

だれかを想う気持ちが高まり過ぎると、時に人は、よくわからないことをしでかしてしまうようです。ここでは、ある一人の作家と、その作家の全集を採りあげて、高まり過ぎた想いが後世の読者を惑わすことになった事件についてご紹介します。[*1]

北條民雄という作家をご存じでしょうか？　川端康成に才能を見出され、一九三〇年代後半に一世を風靡した小説家です。一九歳の時に「ハンセン病」を発症し、二〇歳の時に「第一区府県立全生病院」（現在の国立療養所多磨全生園・東京都東村山市）に隔離収容されました。

北條は一般社会から遠く隔てられた病院のなかで、まるで自らの寿命をペン先に灯すようにして創作に没頭し、二三歳という若さで没しました。代表作として、自身の入院時の体験を題材にした「いのちの初夜」（『文學界』一九三六年二月号）があります。

彼が発症した「ハンセン病」は、たいへん説明がむずかしい病気です。病気は医学的側面（原因や症状）だけでなく、社会的・文化的側面（差別や偏見）もあわせ持ちます。ハンセン病は特に後者に関して、日本社会のなかで非常に複雑で入り組んだ歴史を有しています。

紙数の都合上、詳しく説明する余裕がありませんので、ここでは次の点を指摘するに留めます。この病気がかつて「らい病（癩病）」と呼ばれ、長らく患者や家族は凄惨な差別や迫害を被ってきたこと。北條民雄が生きた時代には大規模な患者の隔離政策がとられていたこと。一九九六年、隔離政策の根拠法だった「らい予防法」が廃止され、その後、この政策が多大な人権侵害だったとして、病気の回復者たちが原告となり、国家賠償請求訴訟が提起されたこと。二〇〇一年、原告勝訴

＊1　本稿は読書案内に挙げた拙書『隔離の文学』第三章と一部重複する箇所があります。詳しくは拙書をご参照ください。

という画期的な判決が下されたこと（熊本地裁）。

文学史に名を刻む作家でありながら、北條民雄の本名「七條晃司」[*2]が公開されたのも、彼の死後七七年を経た二〇一四年のことでした。[*3]このこと一つを採り上げてみても、患者や家族に向けられた差別や偏見がどれほどすさまじいものだったのかがわかります。

2 二つの『北條民雄全集』

「個人の全集がある」というのは、作家のステイタスの一つです。あるいは、全集が組まれているような人のことを、私たちは「作家」と呼んでいるのかもしれません。

北條民雄には二種類の全集が存在します。一つは、彼の死の直後、師である川端康成によって編纂された『北條民雄全集』上下巻（一九三八年、創元社刊行、以下『全集』と表記）。もう一つは、川端の死後、娘婿である川端香男里によって再編纂された『定本 北條民雄全集』上下巻（一九八〇年、東京創元社刊行、以下『定本』と表記）です。

これらには、生前に発表された作品や随筆類だけでなく、未発表の遺稿や私的な日記・書簡も収録されました。北條民雄という人間の文学的想像力がどのようにして醸成されてきたのかを知る上で貴重な資料です。

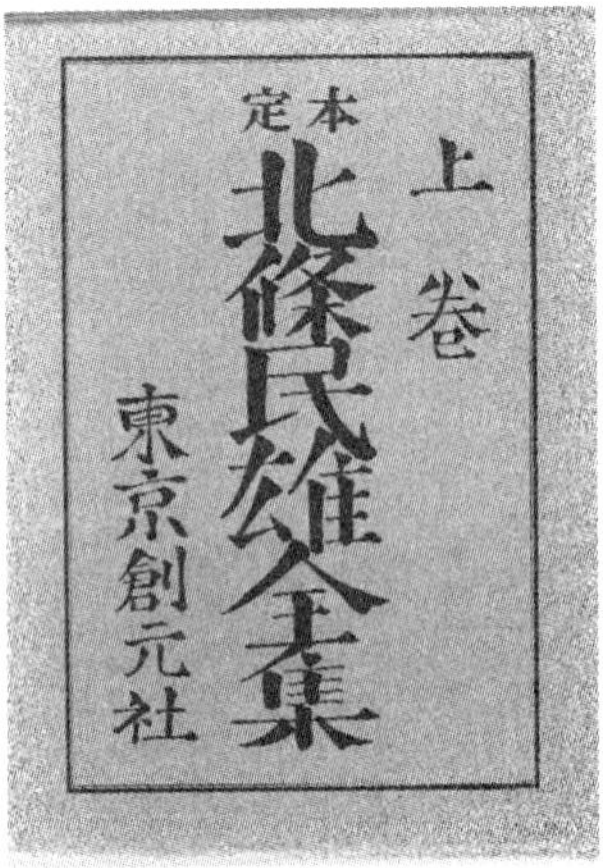

図版 『定本 北條民雄全集』外箱の表面

＊2 「晃司」は「てるじ」と読む可能性が高いことが以下の文章で紹介されています。計盛達也「文学特別展「北條民雄――いのちを見つめた作家」を開催して――」（『三田文学』第三期一二一号、二〇一五年）一三一～一三五頁。

＊3 『阿南市の先覚者たち【第一集】』阿南市文化協会、二〇一四年、一二七頁。

ちなみに一九八〇年に再編纂された『定本』ですが、この「定本」という言葉を『広辞苑』で引くと「異本を校合して誤謬・脱落などを検討・校正し、その書物の標準となるように本文を定めた書」という説明が出てきます。

実は『全集』が編纂された一九三八年当時、時代状況もあって「伏せ字」（特定の言葉を×や…などの記号で表記して読めないようにする処理）にせざるを得ない箇所がありました。具体的には、左翼的な政治思想が記された箇所や、日記などで特定の個人について記述されていてプライバシーの配慮が必要な箇所などが伏せられています。

『定本』ではこれらの伏せ字のうち、時代状況を考慮して開示できるものは復元するという方針がとられました。したがって『全集』よりも『定本』の方が「北條民雄が何を考えていたのか」について、より正確に、より多くの事柄を知ることができます。「定本」という言葉には、「この本が北條民雄を学ぶ上での基準になります」というメッセージが込められているわけです。

しかしながら、この『定本』について詳しく調べると、たいへん興味深い問題が見つかります。たとえば北條民雄の日記から、一九三七年二月二日の記述を採りあげてみましょう。まずは『定本』から該当箇所を引用します。

ラヂオが取りつけられたので終日うるさし。ラヂオは全く愚劣である。本も読めず、考へることも出来ぬ。おまけに今日は「………」と来てゐる。……（これがまた話にならん俗物である。）が………、……を従へてぞろぞろとやつて来る。……が一人々々…………る。自分の番の時は実にたまらなく不快であつた。こんなことは書く価値なし。

夕方、光岡良二来る。彼は私の床の中にもぐり込んで語る。ベッドが狭いのでひどく窮屈であつた。

夜、東條耿一、於泉信夫、H子、T子来る。女たちは先に帰り、後、うどんをうでて喰ふ。於泉に包帯を巻かせる。何といふ不様。彼は何をやらせても下手くそである。みんな帰り、ひとりになると急に気持が暗くなる。Mの姿など浮かび淋しくてならぬ。よろしいか、お前は女に惚れてはならぬ。（『定本』下巻、二六六～二六七頁）

こう読むと、伏せ字やイニシャル表記が目立ち、内容をよく理解することができません。この日記の記事を、北条民雄の直筆日記（扉図版）をもとに、私が文字起こししたのが次の引用です。あえて伏せ字やイニシャルも開示します。漢字も常用漢字に直します。

ラヂオが取りつけられたので終日うるさし。ラヂオは全く愚劣である。本も読めず、考へることも出来ぬ。おまけに今日は「御廻診」と来てゐる。院長（これがまた話にならん俗物である）が看護婦、医者を従へてぞろ〳〵とやつてくる。院長が一人々々診察して巡る。自分の番の時は実にたまらなく不快であつた。こんなことは書く価値ナシ。

夕方光岡良二来る。彼は自分の床の中にもぐり入ん《（ママ）》で語る。ベッドが狭いのでひどくキユークツであつた。夜、東條耿一、於泉信雄、東條文子、東條タツ来る。女たちは先に帰り、後、うどんをうでゝ、三人で食ふ。於泉に繃帯を巻かせる。みんな帰り一人になると急に気持が暗くなり、Mの姿浮び、淋しくてならぬ。よろしいか。お前は女に惚れてはならんのだ。

（日記枠外――引用者注）園芸部の筒井君が、フリージヤを持って来てくれた。香高く、花弁の白さも清純である。

二つの引用を一行ずつ対照しながら読むと、変な箇所があることに気付きませんか？　その点について、順番に整理しながら考えてみましょう。

3　直筆と活字の違い

伏せ字の箇所に書かれていたのは？

『定本』で伏せ字にされていた箇所には、「院長」への憤懣が綴られていました。「俗物」とまで書いています（実物の日記を確認すると、北條は一度「俗慾」と書き、「慾」を塗りつぶして「物」と書いています）。当時の全生病院院長は林芳信という医師で、一九三一年から院長職にありました。『定本』がこの箇所を伏せ字にしたのは、『全集』の表記をそのまま受け継いだものと考えられます。

北條の日記には、医療者への悪口がしばしば登場します。『全集』および『定本』では、悪口を書かれた医療者への配慮から伏せ字にされたものと思われます。加えて、北條が医療者への悪口を書いていたという事実が、これからも同じ病院で、同じ医療者のお世話にならなければならない彼の友人たち（日記に出てくる光岡良二、東條耿一、於泉信雄たち）に、予期せぬ不利益をもたらしてしまうのではないかとの懸念もあったことでしょう。

かつてのハンセン病療養所では、施設運営の不利益になるようなことが書いていないかどうか、患者の私信なども検閲されていました。北條も度々原稿を検閲されて憤慨しています。当時の患者管理の厳しさを知ると、医療者への配慮というよりも、むしろ、こちらの理由の方が大きいようにも思われます。

イニシャル「M」とはだれか?

『定本』で「H子」「T子」と表記されていた人物は、それぞれ「東條文子」「東條タツ子」という名前であることがわかりました。先にも述べたとおり、かつてハンセン病患者たちは厳しい差別や迫害を被っていました。ですから、名前を記された人物のプライバシーに配慮して、編纂者の判断によってイニシャルに代えられたのです。

ただ、かつての患者は療養所に入所する際、出自につながる本名を捨て、偽名(「園名」と言います)を名乗る習慣がありました。したがって、これらの人物たちも全員「園名」です。私がイニシャルを開示したところで個人の同定には至りませんのでご安心下さい。

ちなみに、「東條文子」は「東條耿一」の妻(当時のハンセン病療養所では、患者同士が結婚することがありました)。「東條タツ子」は「耿一」の実妹です。この「東條耿一」という人物は、北條が「いのちの友」とまで呼んだ親友で、あとで重要なキーパーソンとして再登場します。

このようにイニシャルを復元してみたのですが、まだイニシャルの人物がいますね。最後に出てくる「M」という女性です。この人物は一体、何者でしょう? 実は、この前日(二月一日)の日記に気になる記述があります。

朝、レコードをS・M子君に返す。彼女は某看護手と二人でゐた。このことに自分は奇妙な不快を覚え、更にさういふことに不快を感じてゐる自分が不快であつた。

自分は女を愛してはならぬのである。恋をしてはならぬのである。青春の血を空しく時間の中に埋めねばならぬのである。（『定本』下巻、二六六頁）

『定本』では「S・M子」と表記されているこの人物は、北條の直筆日記には実名が記載されています。どうやら彼がひそかに想いを寄せていた看護婦である可能性が高いようです。ちなみに、ここに出てくる「看護手」というのは、重症患者の世話をする軽症患者のことです。当時のハンセン病療養所は極端に医療者が少なく、人手不足を補うために患者の奉仕活動が制度化されていました。つまり北條は、気になっていた看護婦が自分以外の患者と二人きりでいるところに出くわして、ひどく動揺したというわけです。

おそらく、二月二日の日記で「M」と表記された人物は、この女性であると思われます。それにしても、私的な日記のなかでも「M」としか表記できないというのはすごいですね。北條は彼女の名前を書くことさえためらわれるほどショックを受けたのでしょう。

そうすると、二月二日の記事ではイニシャルの人物が三名いることになります。先ほど述べたとおり、「H子」「T子」というのは、『全集』および『定本』の編纂者が、書かれた人物のプライバシーに配慮して施した処理でした。対して「M」は、北條自身があえてイニシャルで表記しました。つまり、この「M」だけは北條にとっての重みがまったく異なるはずなのですが、残念ながら、ここでは「H子」「T子」と同列になってしまい、その重みを読み取ることができません。

「於泉信雄」の悪口を書いたのはだれか？

『定本』のなかに、なんとも不可解な記述があります。七行目「於泉に繃帯を巻かせる」に続く「何といふ不様。彼は何をやらせても下手くそである。」という文言です。この文言、扉画像の北條直筆の日記には存在しません。これは一体、どういうことでしょうか？

もとの原稿にあった文言が、雑誌や本に掲載される際になくなってしまうということはしばしば起こります。作者が考え直して消してしまったり、場合によっては編集者が独自の判断で削除してしまったり、ごく希な事例ですが、印刷所の職人が間違って落としてしまったり、ということもあります。

しかしながら、ここでは原稿にない文言が『定本』に書き込まれているのです。もちろん、北條があとから書き加えることなどできません。では、この文言は、どうして『定本』のなかに存在しているのでしょうか？　ここにはたいへん込み入った事情がありますので、節をあらためて考察してみましょう。

4　川端康成についた嘘

『全集』および『定本』には、北條民雄が全生病院に入院した一九三四年から、同病院で亡くなる一九三七年までの四年間の日記が収録されています。しかしながら、これらの日記のうち、本稿が取り上げて来た一九三七年分については本人の直筆ではありません。

この経緯について、『定本』編纂に携わった川端香男里は「一九三七年度の日記は、原日記が汚れていたため東條耿一氏の手で浄書されて川端康成のもとに送られて来たが、この部分だけは没収をおそれて病院の検閲を受けずに、外部の友人の手を通じて発送されている」と述べています（『定本』下巻、四六〇～四六一頁）。

事実関係を整理すると次のようになります。北條の没年となった一九三七年の日記は、現物が汚れていたので、親友の東條耿一が清書して川端康成に送った。川端は東條が清書してくれた日記をもとに『全集』を編纂し、それを引き継いで『定本』が再編纂された。

肝心の北條直筆の日記はどうなったかというと、東條耿一の手から実妹の「タツ子」（その後結婚されて「渡辺立子」と名乗られていました）に託され、いくつかの変遷を経て、現在は国立ハンセン病資料館に保管されています。[*4] 実物は博文館から出ていた「当用日記」という小さな日記帳で、扉には「柊の垣にかこまれて」というタイトルが北條の自筆で書きこまれています。

その直筆日記を、同資料館の許諾を得て特別に撮影させてもらったのが本章の扉図版です。ご覧になっていかがでしょうか？「汚れていた」から浄書した、というわりにはきれいだと思いませんか？　そう、現存する直筆日記は一部破損している（意図的に破棄されている？）部分もありますが、保存状態はたいへん良好なのです。

つまり東條耿一という人物は、川端康成に嘘をついたようです。親友の最後の日記を川端のもとに送ってしまえば、おそらく二度と戻ってくることはない。『全集』の刊行には協力したいが、日記は形見としてとっておきたい。そのような心情が、筆写本を作って送るという行動に表れたのだと思います。

＊4　この日記の経緯については、髙山文彦『火花――北条民雄の生涯――』（角川文庫、二〇〇三年）三五〇～三五三頁に詳しく書かれています。

加えて、東條は療養所当局の検閲を恐れたのでしょう。先に見たとおり、北條の日記には医療者への憤懣が赤裸々に綴られ、当時最大のタブーであった天皇批判が記された箇所もあります。川端香男里の言うとおり、没収や廃棄をおそれたことも事実でしょう。それにしても、東條はよほど慌てて筆写したのでしょう。日記の枠外に記された文言などは、多くの場合書き落とされています。

ここで東條が、北條の日記を一字一句正確に筆写してくれていたら後世の読者も困らなかったはずなのですが、彼はいくつかの箇所に手を加えてしまいました。場合によっては、丸々違う内容に書き換えられている日もあります。今回問題として採り上げている文言「何といふ不様。彼は何をやらせても下手くそである。」も、東條が書き加えたものと思われます。では、どうして彼はこのような文言を書き入れてしまったのでしょう？

私は、東條が例の文言を書き入れてしまった動機を次のように推測します。

みなさんは先の日記を読んで、だれが北條と一番仲の良い友人だと思いましたか？「ベッド」に潜り込んできた光岡良二でしょうか？「繃帯」を巻いてくれた於泉信雄でしょうか？おそらく東條は、『全集』の読者のことを気にしていたのだと思います。より正確にいうと、『全集』読者の目に映る自分と北條との距離感を気にしていたのです。

悪口を書かれてしまった於泉信雄というのは、彼ら文学仲間の最年少で、弟分にあたる人物です（東條は「信夫」、北條は「信雄」と表記しています）。わざわざ北條が彼を指名して「繃帯」を巻かせているという様子が記されているのを見て、東條の胸に嫉妬心のようなものが芽生えたのでしょう。

東條には「自分こそ北條の一番の親友だ」という自負心があったはずです。そして『全集』の読者にも、そのことを伝えたかったのだと思います。その嫉妬心と自負心の高まりが、北條の日記に独自の文言を書き入れるという行動に走らせたのでしょう。

あるいは、事態はもっと混沌としていたのかも……。東條が一心不乱に北條の日記を書き写しているうちに、二人の間の境目が溶けてなくなり、東條と北條の言葉の区別がなくなってしまうような、極限的な友情の境地に至っていたのかもしれません。

事実関係をどんなに丹念に調べても、どうしても埋らない空白というものは存在します。そんな時は「ここからここまでは空白です」と、まずは空白が存在することを指摘し、その重要性を考察するに留めることが「客観的な知」を追求する研究者としてのあるべき姿なのかもしれません。ただ、私はどうしても、その空白を埋めたい衝動に駆られます。可能な限り合理的な推測によって、人間という非合理な存在が作り出したミッシング・リンクを埋めていくことも、文学研究の醍醐味だと思うからです。

5 おわりに

東條の実妹・渡辺立子さんの証言によると、東條は北條の遺骨の一部を密かに持ち続けていたようです(園名も「北條」「東條」と似ていますね)[*5]。ある閉ざされた世界のなかで、異性(=女性)の入る余地などないような強烈な友情関係が醸成されていたということでしょう(このような密着度の高い男同士のつながりは、旧制高校のエリート青年たちのなかにもしばしば見られました)。

それはともかく、最後に一つ、重要な問題について考えておきたいと思います。それは「『定本

＊5　前掲注4、髙山文彦『火花——北条民雄の生涯——』(角川文庫、二〇〇三年)三四七頁参照。

北條民雄全集』が、一部分とはいえ、北條民雄の自筆ではない資料に基づき、他人の創作的記述が含まれた文章を「定本」と銘打ってしまっている」という問題です。

誤解を招かないように補足しておくと、私は「『定本』には資料的価値がない」ということを指摘したいわけではありません。東條の書き入れをそのまま反映した日記が多くの読者に読み継がれてきたという事実そのものが、一つの文学史的事件だと思うからです。

私が伝えたいのは、むしろ私たちが何らかの資料を読む時の態度についてです。『定本』の一九三七年の日記を読んで、「北條民雄って、こういう人だったんだ」と素朴な感慨を抱いた人は少なくないと思います。しかしながら、この資料では、北條民雄の正確な人間像へとたどりつくことはできません。

私たちが読んでいる言葉は、だれが、どのように手を入れたものなのか？　そもそも、私たちは何を読んでいるのか？（もう少し強い表現すると、何を読まされているのか？）何かを「読む」という行為は、あまりにも当たり前すぎて、普段は深く顧みることがありません。しかし、そのような根本的な事柄を疑うところから、「研究」という営みはスタートするのだと思います。

読書案内

◉荒井裕樹『隔離の文学――ハンセン病療養所の自己表現史――』（書肆アルス、二〇一一年）
◉高山文彦『火花――北条民雄の生涯――』（飛鳥新社、一九九八年。二〇〇三年に角川文庫化、二〇一二年に七つ森書店から再刊）
◉北條民雄『北條民雄　小説随筆書簡集』（講談社文芸文庫、二〇一五年）

＊増刷にあたっての追記

実は、この『恋する人文学』の初版第一刷が刊行された直後、北條民雄に関する新資料が公開されました。徳島県立文学書道館の研究紀要『水脈』第一三号（二〇一六年）に、北條の没後、彼の友人たちと川端康成との間で交わされた書簡（四四通）が公開されたのです（計盛達也「北條民雄没後の書簡――院内の友人たちと川端康成」）。その新資料の中には、本稿一八五頁で書いたような「筆写」の経緯が詳しく書かれたものがありました。

本稿一八二～一八三頁では、日記内の個人名をイニシャルに書き換えたのは「編纂者の判断」だと記述しました。しかし新資料には、日記が川端に送られる前に、北條の友人たちによって書き換えられたことが記されていました。新たな研究成果によって、私の記述が誤りであったことが判りましたので、新資料を公開してくださった方々への感謝の意も込めて、ここに追記しておきます。

民俗学成立の動機

柳田國男の「恋」と結婚習俗の研究

谷口 貢
TANIGUCHI Mitsugi

扉…河童伝承のある「カッパ淵」と常堅寺の「カッパ狛犬」（岩手県遠野市土淵町）

柳田國男が明治四三年（一九一〇）に刊行した『遠野物語』は、岩手県遠野郷（現遠野市）の人々が語り伝える神々や妖怪、家の盛衰、動物、年中行事などの伝承を、地元出身の佐々木喜善《きぜん》から柳田が聞き書きをして一一九話にまとめたものです。五五話の冒頭は「川には河童多く住めり」という書き出しではじまり、五九話まで数種の河童話が紹介されています。写真の「カッパ淵」の話は、川の中に馬を引き込もうとした河童が、逆に馬に厩《うまや》まで引きずられて、村人に見つかってしまい、河童は悪戯《いたずら》をしないという約束をして許されるという話です。河童駒引《こまひき》譚といわれるタイプの話で、少し間抜けな河童話になっています。「カッパ淵」のすぐ近くにある常堅寺には、狛犬《こまいぬ》としては珍しい「カッパ狛犬」があります。

民俗学成立の動機——柳田國男の「恋」と結婚習俗の研究

谷口貢

1　はじめに

民俗学は生活文化を研究対象とし、世代を超えて伝えられてきた民間伝承に焦点を当てて生活文化の変遷や構造を明らかにする学問として発展してきました。伝承という語は、伝達継承の略語とみられ、前の世代から次の世代へと受け継がれてきた文化であり、民間伝承は伝承文化ともいわれます。この伝承文化は、「ならわし」や「しきたり」といってもよいもので、制度・信仰・習俗・口碑・伝説などの総体を意味しています。

私たちが営んでいる現在の生活文化は、近年に成立したものばかりではなく、過去に形成された生活文化が時代の経過とともに変化し、さらに新たな文化が蓄積されたり、新旧の文化が複合または融合を遂げたりして、現在に至っているものです。したがって、生活文化を詳しく調べ、掘り下げていくことによって、私たちは現在の生活文化の成り立ちを追究することができるとともに、現在の生活文化は先人たちが築き上げてきた文化の延長上に生み出されたものであることを知ることができます。このことは、現代の社会を生きる私たちの生活文化を相対化して見る視点をもつことでもあります。

本稿では、日本民俗学の基礎を築いた柳田國男《やなぎたくにお》の青年期における恋愛体験を取り上げて、それが後年の結婚習俗の研究とどのように結びついているのか、さらに民俗学成立の動機とどのように関わっていたのかについて若干の問題提起を行うことにしたいと思います。

2 柳田國男の経歴

柳田國男は明治八年（一八七五）七月に兵庫県神東郡田原村辻川（現福崎町）に生まれ、昭和三七年（一九六二）八月に東京都世田谷区成城の自宅で逝去しました。松岡家の八人兄弟の六男として生まれ、明治三四年（一九〇一）に柳田家の養嗣子《ようしし》[*1]として入籍する手続きが行われ、三年後の満二九歳のときに柳田直平の四女孝と結婚しました。彼の姓は「松岡」から「柳田」に変わっています。柳田は明治・大正・昭和の激動の時代を生き抜き、日本社会が高度経済成長に入った時期に、その最期を迎えました。享年八八でした。柳田は民俗学者として知られていますが、文学者、農政学者、官僚、ジャーナリストといった多彩な顔をもっており、さらに貴族院書記官長、国際連盟委任統治委員、東京朝日新聞論説委員、枢密顧問官などの要職を歴任しています。柳田は膨大な著作を残し、人文学の業績を中心に多方面の分野に影響を及ぼしており、日本を代表する知識人の一人であることはまちがいないでしょう[*2]。

平成二七年（二〇一五）の秋には、柳田の生誕一四〇年を記念して、横浜市にある県立神奈川近代文学館において、「柳田國男展　日本人を戦慄せしめよ――「遠野物語」から「海上の道」まで」という特別展が開催されました。柳田の全体像を俯瞰できる大がかりな企画展は、今回が初めてのことでした。特別展の開催趣旨には、以下のよう書かれていました。

「若き日、文学に親しみ、抒情詩人として高い評価を得るものの、柳田は文学者としての道

*1　旧民法で家督相続人となる養子のことです。

*2　これまで柳田國男の業績を集成したものには、『定本柳田國男集』（全三五巻）、文庫版の『柳田國男全集』（全三二巻）、『柳田國男全集』（全三七巻、刊行中）があり、いずれも筑摩書房から出版されています。

を選ばず、幼少時に体験した飢饉などの社会問題に立ち向かうため官僚を志しました。全国の山村を視察するなかで、その土地土地に根ざし、育まれた文化や風習に触れ、やがて民俗学という新しい学問を体系化していくこととなります。一九一〇年（明治四十三）に刊行した『遠野物語』は、岩手県遠野に伝わる説話などを記録したものですが、その詩情にみちた文章から文学作品としての評価も高く、時代を超え、今も広く読み継がれています。／柳田の思考の根底には、常に貧困や差別などを内包する社会への問題意識がありました。それは、現代社会が抱える課題にも通じ、その時どきに発せられた柳田の言葉は、今を生きる我々にも大きな示唆を与えます。／本展では、柳田民俗学の出発点ともなった原体験から、日本人の源流を考究した最晩年の著「海上の道」へと至る八十七年の生涯を概観するとともに、幅広い読書経験、深い学識に支えられた著作の魅力を探り、その現

写真　柳田國男の著書（文庫本）

代性を見つめ直します。」

柳田國男の生涯において、いくつかの転機がみられますが、そうした転機がなぜ起きたのかをめぐっては、さまざまな議論が展開されてきました。例えば、文学青年から農政学者への転換、柳田家に婿養子に入った経緯、農政学者から民俗学者への転換、山人などの漂泊者の研究から定住稲作農耕民の研究への転換、貴族院書記官長の突然の辞任、等々です。これらの疑問点については、柳田國男に関心を持つ多くの研究者によって、具体的な資料の掘り起こしに基づく詳細な伝記研究が進められ、かなり見通しが付くようになってきています。[*3]

3 柳田國男の新体詩

本稿との関連でいえば、柳田（当時は松岡姓）は文学に打ち込んだ青年期に、「野辺のゆきゝ」や「野辺の小草」などの新体詩[*4]を約五〇篇も発表しており、その大半が恋愛を詠った詩であるのはなぜかという問題です。

この課題に本格的に取り組んだのは、岡谷公二氏の『柳田國男の恋』（二〇一二年）で、柳田の恋愛詩には実在のモデルが存在し、柳田自身の恋愛体験を表現したものであることを明らかにしています。[*5]柳田が新体詩を発表した時期は、明治二八年から三二年までの約五年間で、第一高等学校から東京帝国大学法科大学政治学科に在籍する学生時代でした。満二〇歳から二四歳までの多感な時期のことです。この頃、柳田は田山花袋をはじめ国木田独歩らとの交流があり、これらの文学仲間

＊3　柳田國男の伝記研究の成果としては、後藤総一郎監修・柳田国男研究会編『柳田国男伝』（三一書房、一九八八年）が最もまとまったものです。

＊4　明治初期に西欧の詩歌の形式と精神とを取り入れて創始された新しい詩型。それまで詩といえば、主に漢詩を指していたのに対していわれました。

＊5　岡谷公二『柳田國男の恋』（平凡社、二〇一二年）。この著書は『殺された詩人――柳田国男の恋と学問――』（新潮社、一九九六年）の増補改訂版として出されたものです。

で明治三〇年四月に新体詩の合同詩集『抒情詩』を刊行しています。[*6]

この詩集に、柳田は「野辺のゆき、」と題して、「序」と二〇数篇の新体詩を掲載しています。「序」の末尾に「あたりの事すべてかくはかなきと、我身の病多きとは、終に此集の世に出づる事を急がしめき」[*7]と記しています。柳田が詩集の刊行を急いだのは、明治二九年の七月と九月に両親が相次いで亡くなり、自らも肺尖《はいせん》カタルを患って療養しなければならないといった深刻な事情があったのですが、「あたりの事すべてかくはかなき」と思うような事態は他にもあったのです。それは、「我が恋成らずば我死なん」「我が恋やむは何時ならん」といった激しい恋情を新体詩に詠み込んだ恋愛体験でした。

兵庫県の生家の家計が苦しく、柳田は辻川の旧家三木家に食客として預けられたりしていましたが、明治二〇年（一八八七）一二歳のときに長兄松岡鼎が茨城県布川町（現利根町）に眼科医院を開業すると、上京して長兄宅に身を寄せました。その後、柳田は東京の次兄井上通泰宅に両親とともに同居しています。一方、長兄は利根川を挟んだ布川の対岸、千葉県布佐町（現我孫子市）に医院を移転しました。幼少年期における一家離散と漂泊に近い体験は、柳田の精神に陰影を与えたことはまちがいないでしょう。

4　柳田國男の「恋」

岡谷公二氏によると、柳田國男が思いを寄せた女性が住んでいたのは、千葉県布佐町の長兄の医院のすぐ近くでした。伊勢いね子（戸籍名いね）という名前で、柳田より七歳年下の明治一五年三

＊6　この『抒情詩』は、日夏耿之介編『日本現代詩大系　二』（河出書房新社、一九七二年）に全文収録されています。なお、『抒情詩』は宮崎八百吉（湖処子）編で、松岡國男・国木田独歩・田山花袋・太田玉茗・矢崎嵯峨之舎・宮崎湖処子の六名による合同詩集として、明治三〇年四月に雑誌『国民之友』を発刊していた民友社から刊行されました。

＊7　柳田國男「野辺のゆき、」（『柳田國男全集』二三、筑摩書房、二〇〇六年）一二頁。

月生まれでした。遺族の方々の話によると、「まれな美貌」であったといいます。彼女の家は魚屋を営んでおり、いね子は次女でした。[*8]

このように柳田の恋人の実名が明らかにされたのは、平成三年（一九九一）に田山花袋記念館を設置する館林市が『田山花袋宛柳田国男書簡集』を刊行したことが一つのきっかけになりました。[*9] 柳田が花袋に送った明治二五年から昭和五年までの書簡一一七通がまとめられており、二人の交流の親密さを知ることができます。明治二九年八月三日付の手紙には、「三年此かたの我恋のうたハ皆此母なきいね子が為によまれたる也　之も亦縁にや思へは彼女ハ幸なるものに候　されど彼女ハまだ僅かに十六にして至て罪なき也　切に君が誤解し給はざらんことを祈る　之ハかつてより君に告けむとして機なかりし事也」と述べています。[*10]

柳田は花袋に自らの恋を告白しており、相手がいね子であることを明かしているのです。そして、自分が三年の間に詠んできた恋愛詩は、すべて「母なきいね子」のためであったともいっています。いね子の母親は、明治二八年六月に亡くなっており、また父親も明治三〇年一〇月に妻の後を追っています。[*11] 柳田といね子は、親を失ったという点では同じ境遇にありました。

柳田の恋情は、片思いというわけではなかったようですが、その思いを相手に直接打ち明けることはしなかったのです。いね子は結核を患い、明治三三年三月に一八歳という若さで、この世を去りました。柳田の恋の終わりには複雑な事情が介在していたようですが、岡谷氏は「二人の思いがどうであれ、いね子の死のほぼ一年前、すなわち明治三十二年のおそらく前半までに破局を見た」と述べ、「そう断定する根拠は、明治三十二年の六月をもって國男が詩を放棄するからであり、ほぼ同時期に柳田家へ養子に入る決心を固めているからである」としています。[*12]

＊8　前掲注5、三七頁

＊9　館林市教育委員会文化振興課編『田山花袋宛柳田国男書簡集』館林市、一九九一年

＊10　前掲注9、三二八頁

＊11　前掲注5、三六頁

＊12　前掲注5、五七頁

柳田は『定本柳田國男集』（全三六巻）が編集される際、新体詩の収録を拒絶したといわれ、また最晩年の回想録『故郷七十年』（一九五九）の中で、「二十そこその若い者にさうたくさんの経験がある気遣いはない。それでいて歌はみな痛烈な恋愛を詠じているのだから、後になって子孫に誤解せられたりすると、かなり困ったことになる」とも語っていました。[*13] そうした経緯から、柳田没後においても青年期の恋愛体験については、久しく不問にされてきました。岡谷公二氏は、「柳田國男の恋」を取り上げる意図について、次のように述べています。

「私が柳田國男の恋愛について書くのは、決して伝記作家の立場からではない。もしその恋愛が、彼の青年期を彩るひとつの挿話にすぎないならば、その真相の如何など私にとってどうでもいいことである。私がこの一文を草するのは、彼にとって恋愛が、抜き差しならぬ、重くて大きい、人生観にさえ大きな影響を与えた経験であり、後年の彼の歩みと仕事に濃い影を落としていると考えるからである。[*14]」

柳田國男の著作を読み進めるに当たり、恋を詠った新体詩を踏まえて読むのと、民俗学の出発点とされる『遠野物語』以降の民俗学の業績を中心に読むのとでは、柳田に対する理解や印象に違いが生じる可能性は十分あり得ることといえるでしょう。ただし、柳田の新体詩における表現や内容等についての作品研究は、今後の課題となるのではないでしょうか。

*13　柳田國男『故郷七十年』（『柳田國男全集』二一、筑摩書房、二〇〇〇年）一三七頁

*14　前掲注5、七頁

5 結婚習俗の研究

柳田國男の結婚習俗研究は、昭和二三年（一九四八）に刊行された『婚姻の話』にまとめられています。収録されている一〇本の論考のうち、八本までが第二次大戦直後の昭和二一年から二二年にかけて執筆されたものです。それは、明治民法の改正が検討され、日本社会の民主化が叫ばれている中で、柳田は民俗学の立場から新しい結婚のあり方について提言を行おうとしたものでした。それまで主流を占めていた「見合い結婚」は封建的な結婚であり、「恋愛結婚」が民主的な結婚であるという考え方が支持を広げつつあったのです。しかし、そうした風潮に対して、柳田は「まだ世間で思ひ違いをして居ることは、日本の花嫁は親にきめられて、どんな処へでも遣られたといふ言い伝えである」と述べ、「いつの時代にもせよ、そういう事が果たしてできたろうか」と疑問を呈しています。[*15] 伝統的な地域社会においては、男女とも親しい友人や仲間たちの協力によって、本人同士の意思を尊重した結婚が行われたり、あるいは若者組[*16]や娘組[*17]が結婚の媒介機能をはたしたりしてきたことを、各地の民俗事例から追究しています。そして、こうした地域社会の結婚のあり方から学ぶことが大切であると説いています。

　同じ地域社会で生活する者同士が結婚する村内婚が中心であった段階においては、お互いに相手を知るなじみ同士の結婚が主流でしたが、見ず知らずの男女が仲人などの媒介者の紹介で結びつく「見合い結婚」（嫁入り婚）は、通婚圏の拡大による遠方婚の普及や家父長的な家意識の台頭によって新しくできた婚姻形態といえます。村内婚段階における「なじみ同士の結婚」を「恋愛結婚」と

＊15　柳田國男『婚姻の話』（『柳田國男全集』一七、筑摩書房、一九九九年）五八九頁

＊16　地域社会に組織された男子の年齢集団で、未婚青年中心の組織と壮年層を含む組織とがみられました。地域の警固・消防・祭礼等の仕事を分担し、若者宿に集まって親睦をはかりました。若い衆、若連中、二才（にせ）組等、各地で多様な呼称がみられました。

＊17　地域社会に組織された未婚の女子の年齢集団で、娘宿等に集まって仕事をしたり寝泊まりして親睦をはかっていました。

いえるかどうかは疑問ですが、柳田は伝統的な地域社会の中に本人同士の意思が尊重される結婚のあり方を見出していたのです。

6 「恋愛技術」の消長

柳田國男の『明治大正史 世相篇』（一九三一）は、「現代生活の横断面、即ち毎日我々の眼前に出ては消える事実のみに拠つて、立派に歴史は書ける」[*18]という立場から、明治から大正時代にかけて展開した日本社会の近代化の中で、人と人との関係のあり方や人々の意識がどのように変化したのかを捉えようとしました。柳田が構想する世相史は、何年何月の何日に何が起こったという具体的な出来事を時間軸に沿って記述するのではなく、生活の変化を促す人々の感覚や価値観の移り変わりを読み解こうとするものでした。全一五章で構成される章立ての中で、男女の出会い方の変化の問題を取り上げた第八章には、「恋愛技術の消長」という斬新な題が付けられています[*19]。

柳田は「何時の世の中でも青春の男女が迷はず、又過《あやま》たなかつた時代といふものは有るわけが無い」とし、「すこしでも自分の思慮と感情とを働かせようとすれば、是非とも何等かの修練方法と、指導の機関とが入要であつた」と述べています。そして、伝統的な地域社会においては、恋愛教育を行う機関として若者組や娘組が一定の役割を果たしていたので、「多くの似合ひの女夫《めおと》を作り得た」のだといいます。「村々に於いてよい娘と云ひ、またよい若者と謂つて居る評語の内容には、姿恰好応対振り、機転程合ひ・思い遣《や》りというが如き、列記しきれぬほどの細密な個条が含まれて居る」のをみると、配偶者選択においては「富が何でもするやうな時代でない限り、この異性の好み

＊18 柳田國男『明治大正史 世相篇』（『柳田國男全集』五、筑摩書房、一九九八年）三三七頁

＊19 前掲注18の「第八章 恋愛技術の消長」（四八九～五〇六頁）。以下の記述は、第八章の「三 恋愛教育の旧機関」（四九六～四九九頁）の論点を摘記してまとめたものです。

に合うと合わぬとは大変な事であつた」というのです。つまり、結婚しようとする男女は互いに選び合うので、自分にふさわしい配偶者を見出すためには「恋愛技術」をみがかなければならなかったのです。

柳田のいう「恋愛技術」は、「実例を言葉に引き当て、または言語でも描かれない表情法をもって、いちいち実施に解説する久しい経験の集積」として伝承されてきたものであり、地域社会の若者組や娘組はそうした伝承を教え、学ぶ機関でした。ところが若者組や娘組が解体するのに伴い、地域社会で培われてきた「恋愛技術」も衰退していきました。柳田は、伝統的な地域社会における配偶者選択のあり方に学ぶとともに、本人の自由意思に基づく配偶者選択を行うためには、若者の恋愛を育むための一定の社会機関が必要であることを説いています。

7 おわりに

柳田國男の「恋愛技術」という斬新な捉え方は、どのような背景からなされたのでしょうか。[*20] 先に引用した「何時の世の中でも青春の男女が迷はず、又過たなかつた時代といふものは有るわけが無い」という言い方には、青年期における恋愛体験への痛切な思いが込められているように思われます。そして、自らの「恋愛技術」が未熟であったことへの反省をみることができます。「恋愛技術」とは、男女のつきあい方において相手の姿や恰好、応対振り、機転、程合い、思いやりなどを総合的に判断できる能力を意味しており、そうした能力を身につけるためにはそれ相応の修練が必要であると、柳田は考えていました。この「恋愛技術」は「人生の最も精確に学ぶべきもの」であ

＊20　社会心理学者・精神分析学者として知られるエーリッヒ・フロム（一九〇〇～一九八〇）が、『愛するということ』（鈴木昌訳、紀伊國屋書店、一九九一年）で論じている「愛する技術」という考え方と共通しています。フロムは、「愛する技術」は先天的に備わっているものではなく、習得することで身につけられるものだとしています。この著書の初版は一九五六年ですので、柳田の方がそれより二〇数年ほど前に「恋愛技術」という言葉を使っていました。

るにもかかわらず、「如何なる種類の学校が立っても、現に是だけはまだ各自の自修に任せて居る」と述べています。[*21] 柳田は自らの恋愛体験を掘り下げることによって、伝統的な地域社会に育まれてきた「恋愛技術」を見出すことが出来たのではないでしょうか。

岡谷公二氏は、柳田の恋愛体験について「人生観にさえ大きな影響を与えた経験であり、後年の彼の歩みと仕事に濃い影を落としている」と述べています。柳田國男の結婚習俗の研究は、昭和四年（一九二九）に発表された「聟入考《むこいり》――史学対民俗学の一課題――」という論文によって本格的にはじめられました。そして、昭和六年の『明治大正史 世相篇』、昭和一二年の『婚姻習俗語彙』、昭和二三年の『婚姻の話』へと展開していきます。柳田の一連の結婚習俗研究は、彼の青年期における恋愛体験を踏まえて読み直すことによって、民俗学成立の動機の一端に新たな照明を与えることができるのではないでしょうか。

＊21 前掲注18、四九七頁

読書案内

日本における民俗学の基礎を築いた柳田國男の学問への導きとなる二冊、そして民俗学の研究成果に基づく結婚および若者をめぐる民俗を考察した二冊を紹介しておきます。前者では柳田の著作を実際に読んで、その魅力にふれてみて下さい。また後者では地域社会が育んできた豊かな民俗文化への理解を深めて下さい。

◉柳田国男『新版 遠野物語 付・遠野物語拾遺』（角川ソフィア文庫、二〇〇四年）
◉柳田国男『「小さきもの」の思想』（柄谷行人編、文春学藝ライブラリー、二〇一四年）
◉八木透『婚姻と家族の民俗的構造』（吉川弘文館、二〇〇一年）
◉飯島吉晴・宮前耕史・関沢まゆみ『日本の民俗7 成長と人生』（吉川弘文館、二〇〇九年）

山口直孝
YAMAGUCHI Tadayoshi

もてない名探偵金田一耕助

探偵小説と恋愛との微妙な関係

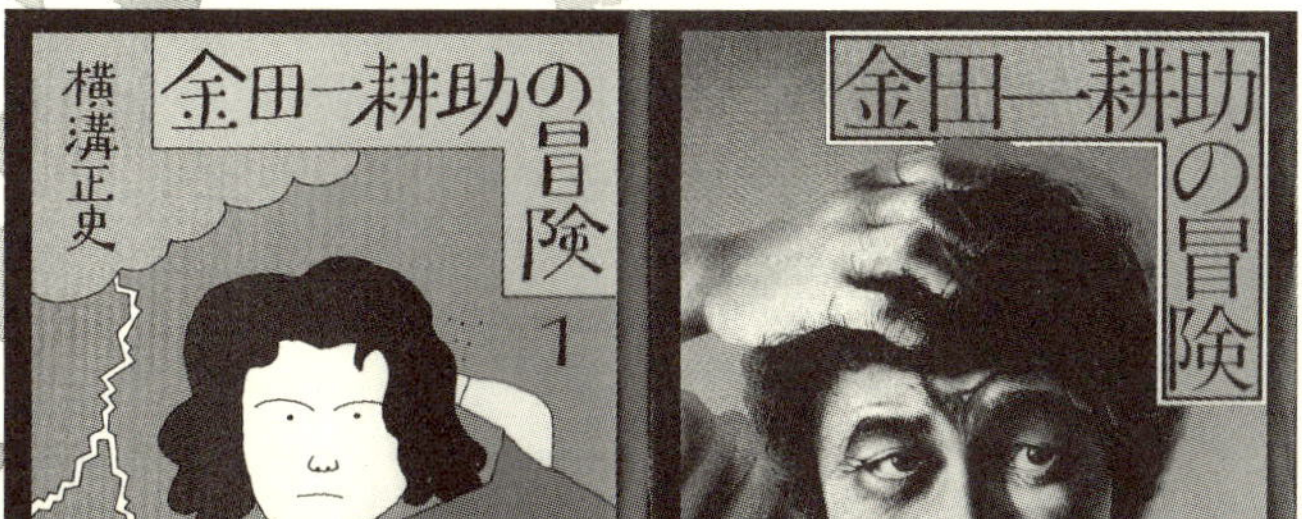

扉

…横溝正史『金田一耕助の冒険』（株式会社ＫＡＤＯＫＡＷＡ）表紙二種

日本を代表する名探偵金田一耕助は、さえない外見で有名です。よれよれの単衣に袴を着ていて、興奮するとやたらに頭をかきむしる癖を持っています。角川文庫『金田一耕助の冒険』の二つの表紙絵、杉本一文氏・和田誠氏のイラストは、かっこいいとは言えない金田一耕助の雰囲気をよく伝えています。そんな金田一耕助、女性にあまり縁がありませんが、もてない理由は必ずしも彼の人柄にだけ求められるものではなさそうです。恋愛との関わりから探偵小説の特徴を探ってみましょう。

1　私立探偵金田一耕助——最も名の知られた架空人物

金田一耕助の名前は、誰でも聞いたことがあるでしょう。架空の人物では、あるいは日本で一番の知名度を誇るかもしれません。彼の職業は、私立探偵。警察が手を焼く難事件を、調査と観察、そしてすぐれた推理によって見事に解いてみせます。

彼を産んだのは、横溝正史という小説家です。ミステリーが日本で本格的に作られ始める一九二〇年代から活躍し、時期ごとに作風を変えながら、息の長い創作活動を行いました。一九七〇年代後半には角川文庫に収録された作品が爆発的な売れ行きを示し、空前のブームが起きました。『犬神家の一族』（一九五一年）ほか多くの作品が映画やドラマになり、書籍との相乗効果でファンを増やしていったことは、本邦における最初のメディアミクス現象として評価されています。生涯現役で数多くの作品を残した横溝は、江戸川乱歩や松本清張と並ぶ、ミステリーの巨匠です。

金田一耕助は、その横溝正史のシリーズ・キャラクターで、『本陣殺人事件』（一九四六年）で初登場します。旧家の跡取り息子の婚礼が行われた夜に奇怪な密室殺人事件が起こり、謎を解くために関係者が呼んだのが金田一耕助でした。以後、『病院坂の首縊りの家』（一九七七年）の事件を解決した後、アメリカに渡って失踪するまで、彼は七七の作品[*1]で活躍をします。

金田一耕助は、名探偵の中でもかなり変わっています。小柄で顔つきは貧相、と説明されています。身なりを気にせず、来ているものはよれよれの単衣に袴、外出の時に被るのはくたびれたおかま帽です。興奮すると言葉を詰まらせ、頭をやたらにかきむしる癖を持っています。一言で言えば、

＊1　長編・短編をあわせた数で、一般的には七七作と言われています。ただし、横溝正史は短編を長編に書き改めることがしばしばあり、原型作品をどのように扱うかで数字は変わってきます。また、金田一耕助は、『大迷宮』（一九五一年）に始まる少年向けの作品でも活躍しますが、それらをここでは省いています。

彼は、かっこよくありません。整った容姿を持ち、おしゃれな探偵も少なくない中、金田一耕助のみすぼらしさはきわ立っています。金田一耕助は、世界的にも珍しい、さえない名探偵と言えるでしょう。けれども、金田一耕助の飾らない様子は、人なつこい性格と共に、周囲に癒しを与える効果を発揮していきます。事件を解決するだけでなく、傷ついた関係者の心を慰め、和ませる役割を、金田一耕助は果たしました。彼の根強い人気は、人をほっとさせる雰囲気にも理由があるようです。

愛すべきキャラクターである金田一耕助。しかし、そのことは必ずしも彼が女性から好かれた、ということを意味しません。気に入った事件しか引き受けず、謎解きに熱中するとほかのことはすべて意識から抜け落ちてしまう。生活能力のない金田一耕助は、およそもてない男であり、女性から告白されたことはありません。ある時からは彼は恋愛を自らに禁じたように見え、生涯独身を貫きます。犯罪に関わる危険から家族を作ることを避けた、という事情もあったかもしれませんが、そんな金田一耕助も女性に心を動かしたことがなかったわけではありません。ここでは、金田一耕助の恋愛事情について検討し、そこから探偵小説の特徴を探ってみます。

2 片思いに悩み苦しむ金田一耕助——短編『女怪』の珍しさ

金田一耕助が女性に思いを寄せた話は、二つあります。一つは、『獄門島』（『宝石』一九四七年一月号〜一九四八年一〇月号）で、シリーズ第二作にあたります。アジア太平洋戦争中、兵隊として南方戦線に送られた金田一耕助は、敗戦後引き上げ船の中で病死した友人鬼頭千万太《きとうちまた》の頼みで瀬戸内海の小島獄門島に向かいます。村の実力者の家の跡取りである千万太は、自分が生きて帰らないと三人の妹が殺されると訴え、金田一耕助に後を託したのでした。千万太の心配通り、妹たちは殺されていきます。しかも、梅の木にさかさまに吊るされるなど、俳句に見立てて彼女たちの死体は扱われていたのでした。なぜ、どのように彼女たちは殺されたのか。金田一耕助は、苦心の末、見事に真相にたどりつきます。意外な犯人を始めとして、『獄門島』はミステリーの面白さを存分に味わわせてくれる傑作で、日本のミステリーのベスト1にもしばしば選ばれます。読む楽しみを奪わないよう、ここでは作品の真相には立ち入りません。

金田一耕助が引かれたのは、千万太の従妹の早苗という人です。彼女は、当主が精神を患っているため、鬼頭家を一人で支えているしっかり者です。金田一耕助は、初対面の際「古めかしい網元の屋敷に、こんな美しい人がゐようとは、夢にも思ひまうけなかつた」と驚きに打たれています。愛嬌や温かみのある早苗の顔立ちに金田一耕助は好意を抱いたようです。事件が解決した後、彼は早苗に東京へ出る気はないかとたずねます。金田一耕助としては精一杯の誘いであったようですが、彼女は、「その言葉のうらにある意味を汲みとり」ながら、島に残って鬼頭家を守る決意を伝えます。申し出をさりげなく断られた金田一耕助は、一人で獄門島を去るのでした。

もう一つの話は、『オール讀物』一九五〇年九月号に発表された『女怪』という短編です。金田一耕助が生まれてから約四年半後、シリーズとして一一作目となる[*2]『女怪』の内容を、少し詳しく紹介しておきましょう。作品は、横溝正史本人を思わせる小説家の「私」という人物が語り手として登場し、金田一耕助と行動を共にしながら、語っていく形式を取っています。

金田一耕助の「記録係」である「私」は、「八つ墓村」の事件を解決して多額の謝礼を得た金田一耕助に誘われ、伊豆のN温泉に保養に出かけます。宿での探偵小説をめぐる議論に飽きたころ、

＊2　『車井戸はなぜ軋る』や『暗闇の中の猫』のように、当初単発の作品として発表され、後に金田一耕助ものに書き改められる作品があります。一一作目というのは、それらを除いた数字です。

二人は宿の女中から新興宗教の教祖狸穴《まみあな》の行者《ぎょうじゃ》（本名跡部通泰）の修行場が近くにあることを知らされます。狸穴の行者が持田電機社長の持田恭平の別荘を買い取って使っていることを教えられた金田一耕助は、驚きを隠せませんでした。それは、金田一耕助が夢中になっているバー「虹子の店」のマダム虹子の前の夫が持田恭平であったからです。「虹子の店」には、「私」も金田一耕助に旅行前に連れられて行き、虹子の魅力と金田一耕助の一途な思い、両方を強く感じているところでした。宿の女中から持田恭平が別荘滞在中に急死したことも教えられた金田一耕助と「私」とは、渓流を散策します。修行場を眺めた後、木の箱を抱えた狸穴の行者とすれ違った二人は、上流にある墓地で持田恭平の墓が荒らされていることを発見して不審に思います。

N温泉から戻りひと月が経ったころ、「私」は、金田一耕助から虹子の様子がおかしいことを告げられます。どうやら狸穴の行者から脅かされて、虹子は不安と恐怖の日々を送っているようです。金田一耕助は、虹子を救おうと、狸穴の行者の周辺を調べますが、彼が何を握っているかはわかりません。賀川春樹という立派な男性が虹子の恋人になったことを知った金田一耕助は、彼女の幸せのためにいよいよ努力しようとします。それからしばらく経ったある日、「私」は新聞で狸穴の行者が亡くなった記事を目にします。事件性を感じた「私」は、金田一耕助と連絡を取ろうとしますが、所在がつかめません。さらにひと月後、北海道をさすらう金田一耕助から分厚い手紙が「私」に届きます。「先生、御心配なさらないで下さい。ぼくは決して、自殺などしないから。」と断りのある手紙には、一連のできごとの真相が記されていました。ネタバレとならないよう、『獄門島』同様、謎解きの部分はやはり触れないでおきます。あいまいな説明で不満の方もいるでしょうが、未読の人の楽しむ権利を奪わない、というのがミステリーを語る時のルールですので、がまんしてください。ただ、金田一耕助の恋が実らなかったことだけは確認しておきましょう。

異色作と先に書いたのは、『女怪』は、一人の女性にひたすら思いを寄せる金田一耕助を描いているからです。『獄門島』の早苗さんに対する淡い好意などではなく、身を焦がすような気持ちに取りつかれた金田一耕助が登場するのは、これ一作だけです。これほど彼を一途にさせた虹子とはどのような女性でしょうか。バーでの初対面で「私」は、虹子が天勝《てんかつ》にちょっと似ていると思います。天勝とは、一時期圧倒的な人気を誇った奇術師松旭斎天勝《しょうきょくさいてんかつ》（一八八六〜一九四四）のことで、大柄で西洋人のような顔立ちをしていました。「天勝をもう少し細く、きやしやにして、天勝の持つてゐた精力的な俗つぽさのかはりに、近代的な知性をつけ加へたら、「虹子の店」のマダムが出来あがる」というのが「私」の見立てです。さらに次の描写が続きます。

> 彼女はほつそりと華奢でなまなまとして、どこかに頼りなげな、うつたへるやうな眼付きをしてゐた。しかし、それかといつて、決して弱々しいといふかんじではない。どうしてどうして、白い、透きとほるやうな肌の下に、強靭な意志と、沈潜した情熱をつゝんでゐるやうな女なのである。年齢はたぶん二十七八であらう。（二）

虹子は、清楚な鬼頭早苗と異なった雰囲気を持ち、知性や決断力も備えた女性であるようです。未亡人である彼女に金田一耕助が関心を寄せたことは、彼の好みを知る上で見逃せません。金田一耕助は虹子よりも年上ですが、彼女の前に出ると固くなってしまい、つまらないことを言うことしかできません。彼の年に似合わぬ純情さは、微笑ましく感じられます。

持田恭平の突然死に虹子が関わっており、何かの証拠を握られて狸穴の行者に脅迫されているのではないかと金田一耕助は疑います。それでも彼は、「ぼくはマダムに同情こそすれ、決して憎む気にはなれません」と探偵らしからぬ発言を行うほど、虹子に肩入れしていました。しかし、金田一耕助の熱情を知ってか知らずか、虹子は、元子爵の息子で、海軍中佐だった賀川春樹という男と付き合うようになります。それを知った時の金田一耕助のせりふが泣かせます。

「ぼくは、どうせ道化師ですよ。どうもわれながら変ですよ。マダムに恋人が出来たとわかると、急に安心したやうな気になつたんですからね。それでゐて、マダムが好きなことに変りはない。いや、好きで、たまらないんです。しかし、今度出来たマダムの恋人といふのと、自分を比較してみると……いや、比較するまでもなく、マダムの配偶者として、ぼくほど不適格者はないだらうといふことを、ぼくはちかごろ反省しはじめたんです。それで潔く引きさがることにしたんですが、しかし、それかといつて、マダムの幸福に指一本でも触れようとするやつがあつたら、やつぱりたゞではおきません。」(四)

相手と結ばれることがなくとも恨まず、自分を冷静に分析して納得する。彼女の幸福のために、なお陰で力を尽くそうとする。金田一耕助の心がけは、けなげであり、見返りを期待しない恋は、忍ぶ恋の典型と言えそうです。けれども、金田一耕助の誓いも空しく、虹子が幸福になることはありませんでした。先に金田一耕助が北海道をさすらうことに触れましたが、ふられたぐらいで動じるはずのない彼が旅に出ていることは、事態の深刻さを暗示しているでしょう。

3 名探偵の孤独――探偵小説の宿命

『女怪』は、謎解きの要素が弱く、探偵小説としてはよい作と言えません。本作は、やはり金田一耕助の恋を描いた異色作として楽しむのが適当でしょう。金田一耕助ものは、よく映画やドラマになっています。『女怪』も取り上げられており、二度ドラマ化されています。一度目は、一九九二年七月、TBS「金田一耕助シリーズ」の一編で古谷一行主演のもの（虹子役、丘みつ子）、二度目は、一九九六年四月、フジテレビ系列で放映された片岡鶴太郎主演のもの（虹子役、古手川祐子）です。また、大下けんという人が『虹子の夢』と題した、『女怪』を戯曲化した作品を発表しています（文芸社、二〇一三年一月）。傑作ではないものの、『女怪』は、金田一耕助の人間性がうかがえる特別の作品として、注目されているようです。

それにしても、なぜ金田一耕助はもてないのでしょうか。彼のルックスやキャラクターにも原因はあるのでしょうが、ここでは違う観点から考えてみます。手がかりにしたいのは、「私」の「およそ世界の探偵小説を読むに、探偵が恋をするなんてことはめつたにないが、探偵が恋をしたとて何故悪からう」（四）という感想です。探偵作家の「私」が名探偵と恋とが結びつきにくいととらえていることは、それなりに重みを持つ見解でしょう。金田一耕助がもてないのは、名探偵であるから、という仮説がそこから浮かび上がってきます。

名探偵と聞いてまず想起されるのは、コナン・ドイル（一八五九〜一九三〇）が創造したシャーロック・ホームズ[*3]でしょう。ホームズは、生涯独身を貫きました。エルキュール・ポアロ[*4]、ファイロ・

＊3 『緋色の研究』（一八八七年）で初登場し、六〇の長短編で活躍します。ホームズの経歴や私生活については不明の部分も多いですが、女性嫌いであるのは有名で、『四つの署名』（一八九〇年）には「女性というのは信用できない」という発言があります。

＊4 アガサ・クリスティー（一八九〇〜一九七六）の創造した名探偵。『スタイルズ荘の怪事件』（一九二〇年）で初登場。生涯独身を貫き、妻子はありません。

ヴァンス[*5]、エラリー・クイーン[*6]といった著名な名探偵も同じです。横溝正史が親しんだ、欧米の黄金時代の探偵小説に登場する名探偵の多くは、「私」が言うように、恋をめったにしないようです。もちろん、例外がないわけではありません。明智小五郎[*7]、神津恭介[*8]、金田一耕助は、日本三大名探偵と呼ばれますが、金田一以外の二人は、恋愛結婚をしています。ただし、明智小五郎の場合は、家庭の様子はほとんど描かれず、また神津恭介の場合は、相手が事故死してしまいます。家族が仲良く暮らす、なごやかな日々とは、明智や神津も無縁でした。結婚に至る経緯も不明であり、実質を欠いているという意味では、明智や神津も恋をしていない、と言えるでしょう。

恋愛や結婚は、個人的なできごとです。名探偵はどうやら、私人として時間を持つことが似つかわしくない、と思われているようです。名探偵は、血なまぐさい犯罪に関わり、不可解な

写真　『名探偵・金田一耕助シリーズ　女怪』（©TBSテレビ）VHSビデオパッケージ

＊5　ヴァン＝ダイン（一八八八〜一九三九）の創造した名探偵。『ベンスン殺人事件』（一九二六年）で初登場。ニューヨーク、マンハッタンの屋上庭園付き高級アパートで豪勢な一人暮らしをしています。

＊6　エラリー・クイーン（フレデリック・ダネイ〈一九〇五〜一九八二〉、マンフレッド・ベニントン・リー〈一九〇五〜一九七一〉の筆名）の創造した名探偵。『ローマ帽子の謎』（一九二九年）で初登場。女性秘書ニッキィ・ポーターを使っていましたが、結局最後まで結婚することはありませんでした。

＊7　江戸川乱歩（一八九四〜一九六五）の創造した名探偵。『D坂の殺人事件』（一九二四年）で初登場。『魔術師』（一九三〇年）で知り合った文代と結婚しますが、彼女は途中から病気になって高原で療養する身となり、作品に姿を現さないようになります。

謎を解き明かしていくことを仕事としています。そんな名探偵が普段の表情をのぞかせることは、物語の緊張をそぎかねません。フランスの文芸批評家ジャック・デュボアは、「存在としての探偵は、ただそれ自身で回り続ける巨大で美しい機械を象徴している。探偵とは、何にもまして独身者であり、子孫も領土も持たない」という、興味深い見解を述べています。[*9] 事件に関わるために、名探偵は、自分の領域を持たず、独身者であることを求められる。デュボアの言葉を参考にすると、金田一耕助がもてないのは、探偵小説というジャンルの要請であることが見えてきます。

人気のある探偵小説は、続編が求められ、次々と新作が書き継がれていくことになります。名探偵の活躍する話は一回限りで終わらず、「シリーズ化」（連作化）していきます。デュボアは、「シリーズ化」には、探偵が犯罪と日々向かい合っていることに真実味を与えるという内容的意義と書籍販売において固定した領域を確保するという実際的意義とがあるととらえています。[*10]「同型の物語を反復すること」で「ひとつの区画を確保すること」を目指すシリーズでは、型にはまっていることが大切です。謎めいた事件が起き、警察の捜査が行き詰ったところで名探偵が登場し、事件を見事に解いてみせる、といった読者が安心して読み進めるパターンがあることが、シリーズには求められます。決まり切った展開を持つというシリーズの特徴と恋愛とが相いれない、という事情も、金田一耕助がもてない背景にはあるようです。いつまでも活躍を続けるために、探偵の仕事に余分と判断されたことからは遠ざけられてしまう。探偵小説であるがゆえに、名探偵は女性と結ばれない孤独な宿命を背負わされていると言うことができます。

もう一つ、女性を低く見るまなざしが小説にある、という問題も指摘しておきます。日本の近代は、家父長に権限を集中させる旧民法に集約的に現われているように、男性上位の社会でした。小

＊8　高木彬光（一九二〇〜一九九五）の創造した名探偵。『刺青殺人事件』（一九四七年）で初登場。『成吉思汗の秘密』（一九五八年）で知り合った鎮子という女性と結婚したようですが、彼女は後に事故死したと語られています。

＊9　ジャック・デュボア、鈴木智之訳『探偵小説あるいはモデルニテ』（法政大学出版局、一九九八年）「第五章　登場人物のシステム」一三四頁。

＊10　前掲注9に同じ。「第四章　ジャンルの法則」八三〜八四頁。

説にも男性中心の発想は反映しており、書き手も主人公も、男性が過半を占めるという状態でした。恋愛が描かれても、女性に主体性は与えられず、二人の男性が一人の女性を争う三角関係の構図に典型的に現われているように、女性は奪う対象物であるかのように扱われがちです。女性は一段低く見られ、男性の地位が脅かされる場合には追い払われる存在でした。男性中心に作られた社会の単一的な価値のありようをイギリスの文芸批評家セジウィックは「ホモソーシャル」[*11]と呼んでいます。男性たちが自分たちの世界を維持するために女性を排除する、という展開は、日本の近代小説において顕著に見られ、探偵小説も例外ではありません。

『女怪』は、金田一耕助が恋をする話というだけではなく、金田一耕助と「記録係」の「私」との親密な関係を描いた話でもありました。語り部である「私」は、裏方のような存在で、作品に登場することは珍しく、あっても少し姿をのぞかせるだけです。ところが『女怪』では例外的に、「私」は、金田一耕助とずっと行動を共にして、虹子や狸穴の行者とも遭遇します。事件に介入することこそありませんが、「私」はまぎれもなく登場人物の一人になっています。虹子に引かれる金田一耕助を描きながら、「私」と金田一耕助との親密なつながりを強調した作品でもある『女怪』は、二つの顔を持っています。虹子との恋が実らず、傷心の旅に出ながら、金田一耕助は、自殺はしないと誓います。金田一耕助が名探偵でいる限り、「私」は語り部であり続けることができます。名探偵の心を揺さぶる女性が姿を消し、金田一耕助と「私」との関係が維持される結果となる『女怪』は、やはり「ホモソーシャル」な意識に支えられた小説にほかなりません。

金田一耕助はもてない。その責任のいくらかは、彼のだらしない性格にあります。けれども、本人はまったく自覚していないでしょうが、彼が女性と結ばれないのは、名探偵という役割を背負わ

＊11　イヴ・K・セジウィック、上原早苗・亀澤美由紀訳『男同士の絆——イギリス文学とホモソーシャルな欲望——』(名古屋大学出版会、二〇〇一年)

されているからであり、また、探偵小説の主人公からでもあったのです。

探偵小説に求められる意外な真相、というものを意識して、少しひねった結論を出してみましたが、どう受け止められたでしょうか。今回の考察で用いたのは、構造分析という方法です。登場人物の意識に即して追うだけでなく、作品全体を見渡し、直接書かれていないことも探っていく、そのような手続きによって大きな状況が見えてきます。小説の背後を透かして眺めることは、探偵の推理と似通うところがあります。応用すれば、探偵小説を別の角度から楽しむこともできるので、興味を持った方はぜひ試みてください。

読書案内

探偵小説とはどのような特徴を持った小説ジャンルなのか、ただ作品を楽しむだけでなく、客観的に考察した書籍を挙げておきます。ちょっと難しい本も含まれていますが、よい頭の訓練になるでしょう。拾い読みから初めてもらって構いません。

◉内田隆三『探偵小説の社会学』(岩波書店、二〇〇一年)
◉ジークフリート・クラカウアー、福本義憲訳『探偵小説の哲学』(法政大学出版局、二〇〇五年)
◉廣野由美子『ミステリーの人間学――英国古典探偵小説を読む――』(岩波書店、二〇〇九年)
◉アンドレ・ヴァノンシニ、太田浩一訳『ミステリ文学』(白水社、二〇一二年)

休憩室

恋愛できない漱石——山口直孝

「恋は罪悪ですよ」は、『こころ』の有名な言葉。「先生」と慕われている人が大学生の「私」にふと洩らす感慨です。「先生」には、現在の妻と結婚する際に友人を出し抜き、彼を自殺に追いやったという過去がありました。「先生」の発言には、体験に根ざした重みがあり、読み手に強い印象を残します。

夏目漱石は、恋愛が幸せをもたらさず、むしろ人間関係にひびを入れるきっかけとなる小説を何度も書いています。『それから』、『門』、『こころ』は、一人の女性をめぐる二人の男性の対立が話の軸となっています。くり返し三角関係を描いた漱石、さぞつらい体験をしたんだろうな、と想像してしまうかもしれませんが、実際は違います。漱石が友人の彼女を奪ったような事実はなく、鏡子夫人とはお見合い結婚でした。

これだけリアルに恋する苦しさを書けるのだから、きっと漱石には好きな人がいたにちがいない。そうした考えから、ひところ漱石の恋人探しが熱心に行われました。お兄さん和三郎直矩《わさぶろうなおただ》の奥さんで二四歳で亡くなった登《と》世《せ》に好意を抱いていたとか、友人大塚保治《やすじ》の妻で作家でもあった楠緒子《くすおこ》に思いを寄せていたなど、いろいろな見方が提出されています。花柳界《かりゅうかい》出身の女との失恋が、松山におもむく引き金であったという意見などは、伝記の空白を埋める仮説として、なかなか魅力的です。けれども、はっきりとした裏づけがないため、いずれも想像の域を出ないようです。確かなのは、漱石がせいぜい忍ぶ恋しかできなかった人である、ということでしょう。

自分の意思でつきあう相手を選ぶ、そのような自由恋愛の意識は、漱石が生まれた時の日本にはまだありませんでした。彼は、恋愛をヨーロッパの詩や小説などを通して学んでいきました。たとえて言えば、漱石にとって恋愛は、経験するものではなく、勉強するものであったのです。恋愛をしなかった、あるいはできなかった漱石。しかし、そんな彼が近代を代表する恋愛小説を書いているのですから、面白い。漱石の不思議、文学の不思議と言えるでしょう。

松本健太郎
MATSUMOTO Kentaro

デジタル時代の恋愛イメージを考察する

©2004 東宝／TBS／博報堂DYメディアパートナーズ／小学館／S・D・P／MBS

扉……『世界の中心で、愛をさけぶ』

行定勲監督の『世界の中心で、愛をさけぶ』は、恋愛の記憶をめぐるメディア論的な作品として解釈することができます。そこでは写真やカセットテープなどの記録メディアが登場し、主人公が初恋の相手を追憶する際に重要な役割を果たすのです。本章では、これらのアナログメディアに刻まれた恋愛の痕跡をとりあげながら、さらにそれとの比較のなかで、デジタル時代における恋愛イメージの変容を分析していくことになります。

デジタル時代の恋愛イメージを考察する

松本健太郎

1　はじめに――ディスコミュニケーションの場としての恋愛

恋愛をめぐるイメージや環境は、私たちが思っている以上に、昨今いちじるしく変容しつつあるといえるのではないでしょうか。

一方で「恋愛をめぐるイメージ」ということでいえば、それは日々たえまなく様々な形態の作品をつうじて量産されています。竹田青嗣が『恋愛論』で述べるように、「わたしたちの日常生活には、たとえば流行り歌、テレビドラマ、映画、読み物といったかたちでの恋愛『物語』が氾濫している。いまや人は、こういったものなしに大衆社会とその日常生活が成り立つことなど、想像することすらできないだろう」とさえといえるのです。[*1] ですがもちろん、それらをつうじて表象される恋愛模様、あるいは、それらの登場人物たちが抱く恋愛観は、たとえば平安の世に作品化された『源氏物語』におけるものと、平成の世に作品化された『花より男子』におけるものとでは、当然それぞれの時代背景を反映して異なってくるともいえるでしょう。

他方で「恋愛をめぐる環境」ということでいえば、私たちはその形成に関与するコミュニケーション手段の発達を無視することはできません。たとえば物理的な距離を超えて自らの心情を相手に伝達するための手段、すなわち通信メディアは、手紙でのやりとり、ポケベルの暗号、携帯電話での通話、ＬＩＮＥのスタンプと、デジタル／アナログを問わず、これまでに様々なものが流通してきました。そして現在、ＳｋｙｐｅやＦａｃｅＴｉｍｅのような「遠隔《テレ》―現前《プレゼンス》」の手段が多様化しつつあることにより、ますますコミュニケーションをめぐる状況は複雑になりつつあるのです

＊1　竹田青嗣『恋愛論』（筑摩書房、二〇一〇年）

（ちなみに恋愛コミュニケーションについて付言しておけば、それは各時代に普及していた媒介手段、言い換えれば「コミュニケーション・メディア」のあり方にある程度は縛られてきた、といいうるかもしれません）。

ともあれ、恋愛をめぐる現況を象徴的に反映していると考えられる事例、いわゆる恋愛シミュレーションゲームにしても、出会い系サイトにしても、それらはコミュニケーションを仲立ちする「媒介物・中間物」としてのメディア・テクノロジー、とりわけデジタルメディアやソーシャルメディアの技術的発展とともに台頭してきた、あたらしい表象形式であったり、あたらしいコミュニケーション形式であったりする、といえるでしょう。

「コミュニケーション」とは、もともとはラテン語の「共通の（ｃｏｍｍｕｎｉｓ）」あるいは「ほかの人びとと分かちあう（ｃｏｍｍｕｎｉｃａｒｅ）」といった言葉に由来しており、英語圏では一五世紀頃から使用されはじめたといわれています。もちろん一般的な認識からしても、コミュニケーションとは送信者と受信者とのあいだの伝達作用によって、メッセージの「共有化」をはかるプロセスとして捉えられることが多いといえるでしょう。しかし、コミュニケーションによって何かしらの「共有」が成し遂げられると、安易に想定することは果たして妥当でしょうか。ある同一の出来事に対して複数の人物が異質な解釈を展開するということは、私たちの生活においても日常茶飯事のはずです。そして、その場合に生じているのは、もはやメッセージの伝達とその共有ではなく、むしろ異なる視点から生じる解釈の差異であり、また、そこから派生する意味の創造だといえるのです。

ある話題を共有することで他者との理解が成立したと思われるまさにその瞬間においても、それは得てして〝錯覚〟であり、そこで成り立っているのは〝共有の幻想〟でしかない、ということが往々にしてありえます。「美女」や「イケメン」といった言葉によって喚起されるイメージが人によって異なるように、「私」がまさに参加しつつある会話において、ある言葉から「他者」が同じイメージを想起してくれている、と確信できる保証はどこにもないのです。そして、そのような〝共有〟の困難性や不可能性は、じつは恋愛をめぐるコミュニケーション状況において、もっとも顕著なかたちで現前する、といえるのかもしれません。

2 「恋愛リテラシー」概念を措定することは可能か

コミュニケーションをめぐる上記の問題を、ここで「リテラシー」概念を援用しながら考えてみましょう。補助線として導入しておきたいのは、マンガ研究者の吉村和真が語る「マンガ・リテラシー」概念です。[*2]

私たちのほとんどは「誰にならった記憶があるわけでもないのに、いつのまにかマンガが読めるようになっていた」という感覚をもっていることでしょう。これに関して吉村は月間学習誌（小学館が刊行する『めばえ』『小学一年生』『小学六年生』等）をとりあげ、それらに収録された子供向けのマンガ作品が「マンガ・リテラシー」、すなわちマンガを読み解く能力を獲得するための「窓口」として機能していると主張しています。たしかに、この種の媒体に掲載された作品では、たとえば「読む順番を迷わないように、すべてのコマごとに番号をつけて、初めてのコミックスでもスラスラ読みこなせます」等の、マンガ初心者向けの配慮がなされています。私たちは知らず知らずのうちに、

＊2　吉村和真「マンガ――その無自覚なまでの習得過程と影響力」（葉口英子＋河田学＋ウスビ・サコ編『知のリテラシー 文化』ナカニシヤ出版、二〇〇七年）

いのです。

子供の頃からそのような媒体に触れることで、無自覚なままに〝マンガの文法〟を理解し、〝マンガのリテラシー〟を獲得しているのであって、それらを生得的・本能的にそなえているわけではないのです。

ちなみに（識字能力を意味する）「リテラシー」という語は、昨今たとえば「デジタル・リテラシー」や「コンピュータ・リテラシー」やら、多メディア社会の進展にともない、様々な語と組み合わされて概念化される傾向にありますけれども、その延長線上で考えてみると、特定の媒体との接触がもたらすものとして、「恋愛リテラシー」なる概念を措定することもできるのかもしれません。ただし、ここで留意する必要があるのは、それが決して一枚岩ではありえない、ということです。恋愛表象や恋愛コミュニケーションを読み解く力、ここでの「恋愛リテラシー」とは、それをもつ人物の性別や世代の差異、あるいは、所属する社会や文化の差異に加えて、究極的にいえば、個人個人で異なる、ともいえるでしょう。

恋愛リテラシーを社会的に細分化する差異の総体のなかでも、とりわけ恋愛をめぐるディスコミュニケーションの源泉になりうるのは、性別ごとにアクセスする媒体に違いがある、という事実ではないでしょうか。私たちは幼少期から、「恋愛」風味に味付けされた各種の表象を浴び続けながら育っています。しかもマンガという媒体との組み合わせでいうならば、たとえば「少女マンガ」「BL」「レディースコミック」「少年マンガ」「青年コミック誌」などのジャンルがありうるように、女性向けの媒体と、男性向けの媒体とで、それぞれに表象される恋愛観や恋愛模様が著しく相違している可能性があるわけです。それだけではなく私たちは幼少期から、一般論としていえば、マンガだけでなくアニメやゲーム等も含めて、男女の性別ごとにターゲットを設定された恋愛表象を受容しながら、それぞれに異なる「恋愛リテラシー」を育む傾向にあった、いえるのではないでしょうか。そしてそのことは現在、恋愛をめぐるディスコミュニケーションを、あるいは〝共有〟の困難を私たちに突きつける原因になっていると思われるのです。

3 アナログメディアのなかの痕跡性——恋愛の「記憶」と「記録」

本稿では恋愛をめぐるコミュニケーションを「メディア」概念との関連のなかで考察していく予定ですが、以下でとりあげてみたいのは行定勲監督による恋愛映画、『世界の中心で、愛をさけぶ』(二〇〇四年)です。これは恋愛の「記憶」と「記録」を主題とするメディア論的な作品としても解釈することができますが、作中では写真やカセットテープなどの記録メディアが登場し、主人公が初恋の相手を追憶する際に重要な役割を果たすことになります。

簡単に、作品の概要を紹介しておきましょう。主人公の名は松本朔太郎。彼は高校時代の初恋の相手、広瀬亜紀が亡くなって以来、ひさしく彼女のことを思い出すことはありませんでした。しかし別の女性との結婚を間近にひかえて帰郷し、改めて亜紀との思い出に向きあおうとします。そして彼が記憶を取り戻していく過程で、実家の自室で発掘したのが(当時の二人がメッセージを交換するために吹き込んだ)カセットテープであり、また、ある地元の古びた写真屋で発見したのが(死を間近に控えた亜紀が自らの希望で撮影したウェディング・ドレス姿の)写真だったのです。聴覚メディアであるカセットテープにおさめられた声、そして視覚メディアである写真に収められた姿によって、朔太郎は初恋の少女の姿を再認することになるのです。

さて、本作品における主人公の回想はヒロインの「死」が契機となっているわけですが、より普遍的なレベルの話として、人間にとってコミュニケーションとは死に抵抗する営為であるといったら、皆さんはどう感じるでしょうか。実際、私たち人間は「時間の流れ」と、その先に待ちうける「死」とを避けることができない存在です。そして人間だけではなく、人間が創りだした物や秩序なども時間がたてば風化し、自然と失われていきます。しかし他方で、人間は最終的に死をもたらす時間の流れに抵抗するため、多種多様なコミュニケーション媒体を駆使しながら情報を保存したり、それによって文化を秩序化したりする――ようするに人間とは既得情報の離散に抗うことで、自らが生きる文化的環境をカオス（混沌・無秩序）から防御しようとする存在なのです。

ちなみに映画評論家のアンドレ・バザンは「写真映像の存在論」と題された論文で「ミイラコンプレックス」なる概念をもちだし、古代エジプトにおける屍体の防腐処理の風習に（絵画や彫刻など）造形芸術の起源を認めようとしています。[*3] 彼によると「死とは時間の勝利」だと表現されますが、古代のエジプト人たちは「死に対する抵抗」を目指し、ミイラ技術をつかい「肉体を物質的に永続させることによって、時間から身を守りたいという人間心理の基本的な欲求を満足させていた」と指摘されます。しかもその後、たとえ何らかの理由によって肉体が朽ちたとしても、それを象徴的に補うための手段として、肉体の代わりになるテラコッタの小像が置かれるようになったというのです。バザンはこの代理品に影像制作の起源を見いだし、また、これには「人間の生命をその外見の保存によって救うという機能」が担わされていたと説明します。比較するならば、やはり写真のような〝光の痕跡〟としての画像も、テラコッタの小像と同じく「外見の保存」を可能にする象徴的な代理物であり、それが指し示す対象（すなわち「指示対象」となる被写体）を代理的に

＊3　アンドレ・バザン『映画とは何かⅡ――映像言語の問題――』（美術出版社、一九七〇年）

表象する「記号」として位置づけることができるのです。

ともあれ『世界の中心で、愛をさけぶ』では、恋愛の記憶を再構成する手段として、写真やカセットテープなどの記録メディアが重要な役割を果たします。これら（初恋の相手の〝痕跡〟を視覚的な映像として、あるいは聴覚的な肉声としてとどめる）アナログメディアは、朔太郎にとっては、すでに失われた亜紀との〝架空のコミュニケーション〟を追認するための、リアリティの源泉にもなりうるのなのです。本作品が象徴的に表しているように、恋愛がある種の〝共有の困難性〟という脆さを孕んでいるからこそ、私たちは安定した記録媒体のうえに、そのリアリティを位置づけようとする欲望に駆られるのかもしれません。

4　世界把握のためのメディアとしての恋愛

観光社会学者の遠藤英樹は、かつて世界のリアリティにアクセスするための〝メディア〟として機能していた「恋愛」や「旅」の意味が現代において変質しつつあると指摘しています。彼は二〇世紀末の社会的状況をとりあげ、その当時を生きた人々が恋愛にウェイトをおくことになった証として、テレビドラマにおける内容の変化に目を向けるのです。

社会学者・見田宗介の時代区分にしたがうと「虚構の時代」[*4]とも位置づけられる一九八〇年代には、恋愛関係や友人関係を軽いタッチで描く「トレンディドラマ」（一九八六年の『男女7人夏物語』を筆頭とする）が数多く産出されたのに対して、バブル経済が崩壊する一九九〇年代には、むしろ一人の異性を愛しつづける「純愛ドラマ」（一九九一年の『東京ラブストーリー』を筆頭とする）が数多く産出

＊4　見田宗介は「現実」の反対語である「理想」「夢」「虚構」を軸として、「理想の時代（終戦〜一九六〇年）」、「夢の時代（一九六〇年〜一九七〇年代前半）」、「虚構の時代（一九七〇年代後半〜）」の三期からなる歴史観を提起しています。

された、と遠藤は指摘しています。なお、その純愛路線は二〇〇〇年代中頃まで続いたとされますが、片山恭一の小説『世界の中心で、愛をさけぶ』（二〇〇一年）と、それにつづく同作品の映画化、ドラマ化、舞台化によるメディアミックス的展開は、上記のような時代背景のなかで浮上した出来事だと位置づけることができるでしょう。

他方で遠藤は、数多くの若者たちが八〇年代後半から九〇年代にかけて、バックパッカーとして「自分探しの旅」を体験するようになった点に注目し、事後的に刊行された幾つかの旅行記のなかで、「『旅で自分を見つめ直すことができた』という言説」が反復されることになったと指摘してもいます。そしてさらに、若者たちに対して「恋愛」と「旅」が提供していた機能を次のように語るのです。

一九八〇年代後半から一九九〇年代にあって、旅は恋愛と同じく、世界を「聖なる天蓋」で包み、規範的な意味《コスモス》を与えてくれる機能を果たしていた。恋愛も旅も、「虚構の時代」におけるフラットな世界の果てで、それでもなお現実感覚《リアリティ》やアイデンティティにアクセスするための装置＝メディア（媒体）として機能していたのである。[*5]

遠藤によると、その頃の若者たちにとって、「恋愛」にしても「旅」にしても、それらは「生きる『意味』＝アイデンティティを付与する装置」として重要性をそなえていたと解釈されています。それらは、いわばリアリティ認識のための媒体として、世界を意味づけるための機会を付与したのです。

なお、このような視角から『世界の中心で、愛をさけぶ』を捉えなおしたときに、映画の終盤で、

＊5　遠藤英樹「恋愛と旅の機能的等価性――『虚構の時代の果て』における聖なる天蓋――」（遠藤英樹＋松本健太郎＋江藤茂博編『メディア文化論』ナカニシヤ出版、二〇一三年）

オーストラリアのある風景が朔太郎の目的地となっていることは、とても興味ぶかく感じられます。その風景とは、もともと朔太郎が亜紀とともに無人島を訪れたとき、偶然ひろったカメラに収められていたものです。フィルムを現像してみたところ、そこには先住民のアボリジニが「ウルル」と呼んで崇拝したエアーズロックの赤い岩肌が写しだされていました。その写真をみた朔太郎は、亜紀と二人でその地を訪れようと約束するのですが、結局その目標を果たせぬまま亜紀は亡くなってしまいます。その後、映画のラストの場面で朔太郎はこの地を訪れ、亜紀の遺骨を遺言にしたがって散骨することになるのです。つまり見知らぬ誰かが撮った写真の風景に、亜紀は自らの身体の証が行きつく先を見出す一方で、朔太郎は初恋の記憶を乗り越えるための場所を見出すのです。

このように朔太郎は記録メディアの媒介により、「過去の記憶」と「現在の現実」とを照合しながら（具体的には、カセットテープを聴きながら故郷の思い出の場所を訪れたり、あるいは写真を眺めながらアボリジニの聖地を訪れたりして）亜紀の死を受け入れ、新たな人生を歩みだそうとすることになります。そしてその過程のなかで、「恋愛」とその果てにある「旅」は彼の人生において、「生きる『意味』＝アイデンティティを付与する装置」として機能したといえるのではないでしょうか。

5 デジタルメディアがうみだす恋愛のシミュラークル

ちなみに遠藤の認識によると、既述のような「恋愛」と「旅」の機能は二〇一〇年代にはいって衰退したと捉えられています。つまり、それ以後の「現代人は、恋愛に対しても、あるいは旅に対しても、醒めた『再帰的＝自省的なまなざし』をもち、確かなアイデンティティ（というロマン主義的な幻想）よりも、日常性の中で最適化されたキャラをいかに身にまとうか（というリアリズム的な態度）を重視するようになったのではないか」と分析するのです。たしかに近年における恋愛観の変容に関しては、たとえば牛窪恵が「いまの若者にとって、恋愛は人生に欠かせない『必需品』ではない。あってもなくてもいい『嗜好品』、ＳＮＳやネットゲームと同じ単なる趣味の一つ」[*6]と指摘するなど、若年層の恋愛離れや〝絶食化〟、さらには恋愛至上主義の終焉を示唆する言説が流通しつつあります。

　すでに本稿では、そのような変化の背景にあるデジタルメディアやソーシャルメディアの技術的発展に言及してきました。たとえば写真という媒体をひとつ例にとってみても、それがデジタルになると加工・編集が容易になり、また（ＦａｃｅｂｏｏｋやＩｎｓｔａｇｒａｍなど）ソーシャルの回路を経由して拡散されるようになると、恋愛をめぐる新種のコミュニケーションやコミュニティを支えうるものとなりえます。もはやそのような現況においては、『世界の中心で、愛をさけぶ』で確認されたような、恋愛のリアリティを保証するような〝痕跡性〟は、写真からは失われつつあるようにも思われます。デジタル写真が時間よりも空間の隔たりを埋める媒体として認識されるとき、かつての純愛ドラマに見いだされるような「一人の異性を愛しつづける」といった時間軸は、後景に退いてしまうのかもしれません。

　ともあれ今日、恋愛は現実から遊離して記号化され、新しいテクノロジーをつうじて量産される「シミュラークル」[*7]と化した印象があります。そんなデジタル時代における恋愛のあり方を考えるとき、その考察の題材をゲームという媒体に求めてみることができるでしょう。

コンピュータゲームの主体は一人称的であると同時に三人称的である、としばしば指摘されま

＊6　牛窪恵『恋愛しない若者たち――コンビニ化する性とコスパ化する結婚――』（ディスカヴァー・トゥエンティワン、二〇一五年）

＊7　ジャン・ボードリヤールが提起した概念で、オリジナルなきコピーのこと。

す。ここで「一人称的」というのは、プレイヤーがコントローラを経由して特定のキャラクターになりきり、その主人公の視点から虚構世界を疑似体験するからであり、また「三人称的」というのは、画面をとおして虚構世界を見渡しながら、俯瞰的な視座を確保しつつ自らのアバターを操作するからです。

ゲーム的な主体の二重性は、その帰結として、プレイヤーに〝体験の二重性〟をもたらします。たとえばファーストパーソン・シューティングゲームをプレイ中に、「私」の代理物である主人公が死んでもプレイヤーは死ぬわけではありません。実際に主人公の死によって画面がブラックアウトした後も、その画面上の光景を凝視するプレイヤーは無傷で生き続けるのです。また恋愛シミュレーションゲームのなかで失恋を体験したとしても、それはあくまでも自分の出来事というよりは他人事、言い換えれば、三人称的な出来事に他なりません。このような主体の分裂的な構造を前提とするゲーム体験は、知らず知らずのうちに、私たちが世界を把握する方法に浸透し、私たちと世界との関係性を更新する可能性をもつのではないでしょうか。

ところで記号学者のロラン・バルトは「視線の歴史」なるものを提起し、「『写真』は、自分自身が他者として出現すること、自己同一性の意識がよじれた形で分裂することを意味する」と述べています。[*8] つまり写真という媒体が登場したことで、人々は自らを他者として視認する新たな回路を手に入れた、

写真　ロラン・バルト

＊8　ロラン・バルト『明るい部屋——写真についての覚書——』（みすず書房、一九九七年）

というわけです。そして、さらに彼が付言するところによると、人々が自己の分身をめぐる幻想（「自己像幻視」、いわゆるドッペルゲンガーです）について頻繁に言及していたのは、写真が出現する以前であったとも主張されるのです。

バルトが示唆するように、写真の普及が人間の自己認識の構造に影響を及ぼしたとするならば、デジタルメディアとしてのゲームが普及した現在、バルトのいう「視線の歴史」は新たな段階に移行しつつあるのかもしれません。恋愛シミュレーションにおいて、そのプレイヤーはタッチパネルの彼岸に表象される異性のキャラクターに恋をし、さらには失恋するという錯覚を手に入れることができます――そこでは〝体験の二重性〟に依拠して、「視線の歴史」を構成する視覚関係（みる／みられる）もより錯綜したものとなるのです。なぜ私たちはデジタルメディアのなかで、そのような恋愛体験のシミュラークルを獲得する必要があったのか、考えれば考えるほど興味深い〝謎〟だといえるでしょう。

読書案内

「メディア」と「コミュニケーション」について

◉池田理知子・松本健太郎編『メディア・コミュニケーション論』（ナカニシヤ出版、二〇一〇年）

「コンピュータゲーム」について

◉日本記号学会編『ゲーム化する世界――コンピュータゲームの記号論』（新曜社、二〇一三年）

「恋愛」について

◉ロラン・バルト『恋愛のディスクール・断章』（みすず書房、一九八〇年）

「ロラン・バルト」について

◉松本健太郎『ロラン・バルトにとって写真とは何か』（ナカニシヤ出版、二〇一四年）

江藤茂博
ETOH Shigehiro

映画「about love―上海」論

すれ違う恋心と異文化コミュニケーション

扉……東方明珠電視塔の写真が使われている二〇〇五年版の上海地図と観光案内ＤＶＤパッケージ

（上海の写真に写るテレビ塔）東方明珠電視塔は上海市浦東新区にあるテレビ塔で、一九九〇年着工し、一九九四年に完成しました。上海を象徴するタワーです。高さは四六七・九ｍで、黄浦江を始め上海の街を三六〇度眺めることができます。明珠は真珠の意味で、一一個の球体でデザインされていて、展望台は異なる高さの三つ（太空艙、上球体、下球体）に分かれています。二〇〇五年公開の映画「about love／関於愛」でも一瞬、東方明珠電視塔が見える場面があり、周辺の高層ビルとの位置関係から、この映画の舞台となった街を見つけることができます。

1 恋・恋愛・愛

恋とは、幻想です。そして恋する根拠がどこにもないからこそ、その幻想は膨らむことになります。もし根拠があるとすれば、恋する本人の知識総体によるものでしかありません。よく知る者こそ、その知るだけのスケールの恋をすることができるということです。言葉を知っている範囲で、人が世界を知ることができるのと同じことになります。また、もし恋の理由や根拠を並べたとしても、それ自体もやはりほとんどが一方的な幻想でしかないのでしょう。そして、幻想だからこそ恋はいつか終わることになります。

では、恋愛とは何でしょうか。その当事者の個人的な幻想である恋に加えて、その幻想を持つ対象との間に、そうした幻想だけでなく一定の共通理解が生まれたときの状態のことだと、ここでは考えます。相手を理解できる、あるいは理解するといった領域が生まれたのです。言い換えると、相互の幻想だけでなく、相互の理解が生まれたとき、恋愛という至福の時を迎えることになるのです。もちろん、相互に理解し、そして理解されているのだという状態、これもまたひとつの幻想に支えられることになるので、いずれにせよ理解と幻想とは切り離すことはできません。シニフィアンとシニフィエのようなものです。そうであっても、恋という幻想と恋愛という幻想とが大きく異なるのは、恋愛は当事者相互に理解しているといういわば確認のコミュニケーションが得られているということになります。相互理解のコミュニケーションを必要とする共同幻想がそこには成立しているのです。そして、この共同幻想がなければ、もちろん恋愛とは言えないし、至福の時間も手にすることはできません。

恋からこうした恋愛へとさらに進展すると、ロマンチストと称されるある種のひとたちは、自己幻想の揺らぎと共に幻滅さえも感じるかもしれませんが、逆にリアリストと称されるひとたちは現実社会との通路をそこで発見できるかもしれません。なぜなら、リアルを志向する要素を持つひとたちは、共同幻想を経験することで、つまりは他者との連帯性を持つことで、外部というさらなる他者性に向けての連帯の可能性が手に入るからです。繰り返すと、外部に対する内部という意識の確立は、たとえば小さな砦のように、最小単位の共同体の輪郭が恋愛によってそこに生まれ、外部とのいわば安定した連帯の構築が可能になるからです。

それに対してロマンチストは、それまでの勝手な幻想が滅びると同時に恋も消えてしまうかもしれません。あるいは、共同幻想を自分の物語のなかに取り込むことで、他者性を懐柔させた自己中心的な共同性を生きることになるのかもしれません。いずれにせよ、ロマンチストとは自己中心主義者でしかないのですから。

恋と恋愛に対して、愛は、相互理解あるいは相手に対する理解という幻想で満たされた状態のことです。ただ、恋や恋愛と同じように幻想がそれらを生むとしても、恋や恋愛の場合と違うのは、そこには何がしかの実体的な根拠を持つことではないでしょうか。もちろん根拠に客観性が必要なわけではなく、実体的という表現が可能な何かを根拠として持つということでしかありません。簡単にいうと、それぞれの幻想の審級には違いがあるという程度の話です。ただ、実体的という表現が可能な何かを持つことができるということでは、恋や恋愛とはやや異なる審級だということになります。まとめると、恋が根拠のない幻想性で満ちているものだとするならば、恋愛は相互性を持つという幻想性で満ちているものであり、愛は実体的な根拠を持つという幻想性で満ちているものなのでしょう。

恋・恋愛・愛についての私的なモノローグがやや冗長でしたが、私としては、恋の物語を表象した映像テクストに関する考察をこれから述べようとしているだけなのです。ただ、ここで扱う映像テクストの分析に先立ち、どのような恋概念での物語理解なのかということを説明するために、このような説明が続いてしまいました。

さて、登場する映像テクストはオムニバス映画「about love／関於愛」[*1]のなかの「上海」という作品です。東京・台北・上海を舞台にした、監督もキャストも異なる三つの物語によるこのオムニバス映画は、異なる言語と文化を持つ人たちの出会いとささやかな交流[*2]を描いていました。ここでは、その中の一つである、チャン・イーバイ監督の上海編を取り上げることにします。この映画が撮影された頃の上海は、まさに大きく都市の姿を変貌させていった時代でした。そして私自身、その頃に幾度となく訪れていて、いまでも愛着のある街です。ただ、ここに描かれるような「出逢い」に遭遇できなかったのはとても残念でした。

2 物語論

上海に語学長期留学にやって来た日本人修平は、母娘が営む雑貨店の二階で下宿生活を始めました。そして、その雑貨屋の娘ユンは、やがて修平に魅かれていくことになります。ユンは異邦人に対するどこか神秘的な魅力を彼に感じたのかもしれません。しかし、修平には雪子という日本人の

＊1　二〇〇五年公開　日本・中国合作　ムービーアイエンタテイメント配給　「上海／Shanghai 気づかない想い」の監督はチャン・イーバイ、脚本はシェン・ウエイ。

＊2　告知ポスターのコピーは「東京・台北・上海　アジアを舞台に紡がれる〝3つの出逢い〟〝一途な想い〟」でした。ここでは、そのひとつ「上海」の「一途な想い」をテクストとします。

恋人がいました。そしてこの留学生活が始まってすぐに、その恋人からの別れの手紙と修平にとって大切な思い出のボールが、上海の修平の元に届きます。ボールは、この修平と雪子の物語のさらにもうひとつ先に先行する物語でした。修平がかつて野球試合で活躍した時のボールなのでしょう。しかし雪子は、修平のこれからの夢にも付き合うことも、修平との記憶を共有することも、拒否したのです。そしてユンは、落ち込む修平をすごく心配しました。

すぐにユンはその雪子からの別れの手紙を手に入れました。その手紙は絵葉書で、修平の二階の部屋からちいさく破り捨てられたものです。日本語を学ぶ、ボールの投げ方を学ぶ、そして自転車の色をまねる、後にも触れますが髪形を雪子と同じようにする、といった繰り返されるユンの恋心が表明されます。それらに重ねられながら、物語は、この日本語で書かれた絵葉書の紙片をつなぎ合せて、ユンがそこに書かれてあった内容を理解していくことで進行します。

あえて外国を異界とするならば、そこに行くことだけでも異界訪問譚という古くからの物語構造を持っていることになります。そこでの出会いと別れという物語は、私たちの文化の古層から連続しているひとつの物語構図でもあるわけです。先取りした言い方をするならば、修平とユンの出逢いは、異界からの離脱がそのまま別れを意味するとはじめから想定する観客にとっては、この物語は異界訪問譚として縁どられることになりました。

修平からユンが学ぶこと、つまりはユンが習うことは、絵葉書の日本語であり、それは否定的な表現であってもやはり恋愛の言説でもあるわけです。しかし、彼らはまだ恋愛をしているわけではありません。恋するユンにとっては、修平から学ぶことがそのまま反転された恋愛感情のレッスンなのです。教えてもらうことが恋愛感情と重なるということに疑念を感じるひとは、森鷗外の『舞姫』でエリスが太田豊太郎からドイツ語を学ぶ場面を思い出してほしいと思います。[*3] あるいは、教師に恋心を動かされたひとはいないでしょうか。ここでは、絵葉書に表現されている恋愛のティスクールにユンの感情も重ねられていくのでした。

また、先にも指摘したように修平に対するユンの恋心は、さらに恋人雪子がまき毛だと聞いて、自分のヘアースタイルもまき毛にすることでも示されていました。[*4] そして母親からは叱られます。その幼さと一途さは、ユンの子供っぽい感情として観客に受け取られるのに効果的でした。なぜならば、この修平の異界訪問譚は、たとえ彼の夢への第一歩が、雪子からの別れを告げられたアクシデントと重ねられたにしても、留学という語学スキル獲得のステージであることで意味づけられているために、帰国という出口までは明確に異界での意味が縁取られていたからです。つまり、異界での経験値が語学力による修平のキャリア形成という、これは理解されやすい成長の物語でもあったのです。

3 映像論

映画「about love」が映像テクストとしての物語喚起力[*5]を持つのは、ユンが修平の自転車の色をまねて赤くすることや、髪形を巻き毛にして帰宅する場面、さらにはその巻き毛を母親がストレートに戻すときに修平を見つめるユンの表情でしょう。そこには、セリフとしての言葉はどこにも重ねられていません。ただ映像だけが、観客の解読を迫るのです。修平に向けるユンの感情を演技と画像とで表現していたのです。

＊3　森鷗外『舞姫』（一八九〇年）の登場人物エリスは、異邦人である太田豊太郎の恋人という設定です。

＊4　ユンの修平への関心はそのまま恋心として表現されています。特に雪子の髪形を修平から聞いて、同じまき毛にするという行為は、その髪形が修平の好みなのだという勝手な思い込みによるものなので、恋するということの幻想性が現れていると思います。

＊5　ここでの物語喚起力とは、すでに文化が持っているさまざまな物語を映像記号の受容者に想起させる力学のことです。

もちろん、映像表現の流れが生むリズムに対しては、ときどきそこに乱調を示すことで物語喚起力に強い刺激を与えます。具体的に指摘すると、自転車の赤い色も、ユンの巻き毛も、私たちの視覚的な常識あるいは日常を裏切る視覚的記号なのです。それから、それまでの通時的な物語展開のリズムに乱れを与えるものでした。またこれらの場面だけでなく、雪子が修平の元に送った小包をユンが無断で開けようとしている動作は、あえて書いてしまえばユンの修平に対する高い関心を示すものでしょうが、観客の常識もすこし揺らがされてしまいます。その揺らぎが、ユンの感情の揺らぎと重なり、恋の物語が喚起されることになりました。これが物語構造の力学とともに乱調が喚起させる物語の力学なのです。

さらに、ユンがグラスで修平に届いた雪子からの絵葉書を覗く場面があります。これも、ユンの修平への関心の高さが幼く表現されているのですが、観客にとってはその行為が観客の観るという覗く行為自体の持つうしろめたさも同時に照らし出されてしまうことになります。映画を観ることは、実は覗くことでもあるわけです。観客はそうした自身の覗くうしろめたさにやや戸惑いを感じ

図版　オムニバス映画「about love／関於愛」二〇〇五年公開　日本・中国合作　ムービーアイエンタテイメント配給のチラシ

ることになるかもしれないのです。この映像テクストは、ユンの行為を通した二重の覗きを示すことで、ユンの一連の行為と結びつきながらも、映像テクストの物語と観客のうしろめたさとが生む強度の高いユンの心情解読の力学を生んでしまうのです。

また、修平が下宿しているユンの家の屋上は洗濯物干し場でした。あるとき、二人がその物干し場で出会います。そして、風で飛ばされたシャツが、ユンの顔を覆います。薄い綿か何かのシャツの布で覆われたユンは、下宿の少女や受験生といった日常の属性を覆われて、少女としての身体性をさらすことになりました。それこそ、修平に向けた想いが、偶然にも映像で表出された瞬間かもしれません。あるいは、シャツ越しの表情で示された隠されたセクシャリティと解読することも可能でしょう。誰もがそうであるように、ユンにもいろいろな有り様を持ちます。これも映像表現が言葉を使わずに表現した、可能態[*6]としてのユンの姿なのです。映像表現の可能態は、言語表現の可能態に比べると、かなり饒舌なのです。

4 表現論

表現の文化史では、映像表現に言語表現が加わることで、つまりサイレント映画からトーキー映画の時代[*7]に移り変わることで、それまでのフィルム映画が、全く別の表現メディアに生まれ変わりました。トーキー映画は、サイレントのそれとは異なった表現ジャンルとして出発することになったのです。その後、テレビが登場し、フィルムによる光学的再現と電気信号による電子的再現とは別物として認知されていきます。しかし、記録・編集・再現の領域でほぼ互角の能力になった時点

＊6　可能態で考えると、言語表現では、たとえばひとつの言葉「家」は、さまざまな「家」の種類から「家」的なモノや関係性まで、その「家」の可能態の広がりが示されることになります。それに対して、映像表現では、たとえばひとつの映像「家」は、その示された「家」でしかなく、個別限定的です。古典的な映像論では、モンタージュによる抽象表現とその可能性が取り上げられてきました。しかし、場面のなかで、登場するシャツ＝モノによって抽象化されたユンは、言語表現的な可能態の広がりを示していると言えるでしょう。

＊7　映画の誕生がリュミエール兄弟のパリでの一般公開として、この一八九五年を映画史の始まりとするならば、それはサイレント映画の誕生でした。そしてトーキー映画の誕生は一九二七年の「ジャズシンガー」です。物語テクストとして考えるならば、サイレント映画は、「映像テクスト」の一種の誕生であるのに対して、トーキー映画は、「映像と言語のテクスト」の誕生ということになります。

で、そうした区別は意味をなさなくなりました。振り返るとトーキー映画以降は、映像と言語が相互性の力学のなかで、どのような視覚と言語による物語表現を生むのかが問われるようになっただけの話です。

修平が受け取った手紙＝言語表現が映像の物語に介入するとき、この物語は、自らの主題性を強く主張することになりました。ユンが手に入れた雪子が修平に書いた別れの絵葉書は、それがバラバラな紙片に千切られていましたが、彼女はそれを丁寧に修復させます。こうした行為だけならば、ユンの不可解な行動となりますが、すでに修平への関心の高さは映像表現で繰り返されていたのです。

繰り返しになりますが、ユンは、紙片を集めて、レンジで乾かし、一枚の絵葉書を修復します。そして、そこに書かれた修平に宛てた文面を解読しようとします。ユンは日本語を勉強していたわけではないのですが、日本語文に中国語訳を書き加えていきます。日本語の文章は漢字混ざり文なので、ユンの読解はアルファベットによる文章よりも手がかりはあったに違いない*8と思います。少しずつ文面の日本語の語や句が中国語に訳されていきます。修平に聞いたりした、またはひとり辞書を引きながらの翻訳文です。それはゆっくりとした中国語訳の作業でした。最初は、絵葉書が二階か降ってくる場面で始まり、ジグソーパズルでもあるかのように情報の紙片が再構築されて、さらに解き明かされた謎のように全文が翻訳されていきました。

こうしたユンの翻訳の作業のなかで、観客はユンと同じようにゆっくりと修平が受け取った雪子からの手紙の内容を知ることになります。しかし、物語はそれを示して十分だとするわけではありません。ユンは、文面を中国語に訳し終わったときに、修平の悲しみを理解することになります。もちろんそのことは、日本語の断片や、ユンが修平に教えてもらう日本語の語句から、すでに観客は

前者は写真テクストと同系列のそれであるのに対して、後者は言語を含む新しい映像テクストの登場ということになるのです。

＊8　漢字文化圏である日本と中国とでは、漢字が会意文字であるために、筆談が可能となります。それに対して、アルファベットは表音文字であるために、たとえば異言語文化コミュニケーションにおいては、音声や身振りが強調されることになると言えるでしょう。

おおよそのことは手に入れていました。しかし、もう一度それを、ユンの感情に重なるように修平の悲しみが観客に差し向けられるのです。修平の悲しみが再び繰り返されるのは、ユンが中国語で雪子の文面を読むからです。そして、そのユンの声を背景に、雨の中で自転車を走らせる彼女の姿は、あたかも彼女の悲しみを全身で現しているかのような、せつない場面となります。

なぜ彼女が雨の中で自転車を走らせたのかは、すぐにはわかりません。しかし物干し場に向うことで、私たち観客はその行動を理解することになります。突然に降りだした雨は、修平の悲しみ、それを理解した彼女の悲しみ、さらにそこに重なる修平との別れの悲しみを象徴するかのように、自転車に乗るユンを濡らしました。しかし、すぐに観客は悲しむユンが向かったのは、修平のシャツを取り込むためだということも知ります。幾重もの悲しみとそれらを忘れたいかのように、雨に濡れる修平の洗濯物という現実をユンは心配するのです。

再び、物語は視覚の記号性に寄り添った展開を示します。物干し場で、ユンは雨にぬれ始めた修平のシャツを抱きかかえていました。それはまた、ユンの恋の帰結でもあったのです。そして、修平の悲しみを知ったユンは、彼の幻影のようなシャツを抱きしめることしかできないのでした。

5 結び

修平とユンの別れの場面は、下宿に呼んだタクシーに乗り込む彼と、それを送るユンとの幾つかの外国語による「さよなら」のやりとりでした。日本語、英語、中国語と「さよなら」が応酬される、和やかで寂しげな場面です。去っていくものにとっては、次に待ち受けていることに対する期待と不安がありますが、残されるものにとっては不在の痕跡だけが目に付く日常が続くばかりです。ユンは、スペイン語の「さようなら」だということで、「テ・キエロ」という言葉を修平に向けました。そして、修平もその新しい言葉が気に入ったのか、「テ・キエロ」という言葉をユンに幾度も向けてタクシーで路地から去っていきました。残されたユンの寂しそうな表情を修平は知りません。

「上海/Shanghai 気づかない想い」は、この上海の路地での慌ただしげな彼らの別れの場面で終わらずに、さらにちいさなエピローグを付け加えていました。しばらくの後に、再び修平は上海を訪れたのです。二〇〇〇年代前半の上海は急速に街並みが変貌していきました。[*9] 街をタクシーで走る修平の驚きの言葉とは、そのにぎやかになった風景にまずは向けられたものです。そして場面は、前回の語学留学のときに親しくなったジョが経営するスペイン風居酒屋レストランでの、彼との再会を懐かしむ場面に接続します。

学生はいいよねといった、ありきたりの社会人ことばで回顧的な気分になっている修平とジョの前を、スペイン人留学生たちが通り過ぎます。修平は、ユンに教えてもらったスペイン語の「テ・キエロ」を口にしました。帰国するという留学生たちに「さようなら」と言ったつもりの修平でしたが、皆から笑われてしまいます。何故なら、「テ・キエロ」とは愛しているという意味だったからです。ジョからそれを教えられた修平は、このときはじめてユンの気持ちを知ることになりました。

場面は、下宿していた雑貨屋の辺り、以前にユンにボールの投げ方を教えた場所に立つ修平に移ります。ボールの壁打ちに使っていたレンガだけが残り、あとは取り崩されていました。土地は国家のものなので、都市開発は日本では考えられないくらい速いのです。瓦礫のなかで、彼はユンとの別れの場面を思い出していました。実は彼女は、幾度も修平に向かって愛していると繰り返して

＊9　中国の経済成長率について、二〇〇〇年代初頭には実質GDPが若干低迷しましたが、〇三年から〇六年までは一〇%を超えていました。

＊10　ここでいう、観客の特権性とは、解釈コードの入手という意味だけでありません。映像テクストが与える情報を統合する受容者である観客の位置という意味です。結末部で時間が再び修平とユンの別れの場面、それも修平が見ていない場面に戻るという、物語時間がこれまで強制されてきた通時性を大きく逸脱した場面を統合することが可能になるのだということを強調したいのです。

いたのです。

言葉の既知の意味が、別のコンテクストのなかでは変化することがあります。日常でも、また小説でも、コンテクストの変化で揺れる言葉の意味は、ひとの、あるいは読者のこころを躍らせてくれます。たとえば、恋人同士の甘いささやきは、当人以外では凡庸な言葉でしかない場合が多いようです。こうした解釈のコードの力学を、ここでは、ユンの嘘が時限爆弾のように機能していることで示していました。もちろん、いつかはユンのこの嘘が修平のこころを揺らすのかもしれないなどと、企んだわけではないと思います。彼女の恋の出口を、そんな嘘に求めたに過ぎないのでしょう。

映像のテクストは、半年前の修平とユンの別れをほんの少しだけ、しかし余分に語りだします。去っていったタクシーに取り残されたユンは、ひとりまだ修平に向かって「テ・キエロ」と幾度も言葉を繰り返していたのです。このことは、もちろん修平は知りません。しかし、すでに「テ・キエロ」の解釈コードを手に入れた観客は、いわば特権的[*10]にユンの悲しみを知ることになります。そして、観客がその悲しみに同調したとき、ユンを演じるリー・シャオルーの演技力は、恋が恋として終わるその切なさを十二分に表現していることになるのです。

参考文献
中国に関しては、日本経済研究センター編『中国ビジネス　これからの10年』（日本経済新聞社、二〇〇五年）、卜部正夫・孫根志華・中国ビジネス研究会編『中国ビジネス事情』（学文社、二〇〇八年）そのほかを参照しました。

言葉遊びのような補足
修平と別れた恋人は雪子という名前でした。別れには、融けていく雪のイメージが重なりはしないでしょうか。また、ユンは、雲です。どこかの空の下に流れていったということでしょうか。また、文字テロップなので日本人だけですが、「テ・キエロ」は、消えろという、いずれも日本語の視覚情報に重なります。

読書案内

◉田中純一郎『日本映画発達史』I～V（中公文庫、一九七六年）
◉志郎正宗『攻殻機動隊 THE GHOST IN THE SHELL』（講談社、一九九一年）
◉シーモア・チャットマン著・田中秀人訳『小説と映画の修辞学』（水声社、一九九八年）
◉江藤茂博『「時をかける少女」たち』（彩流社、二〇〇二年）
◉江藤茂博『20世紀メディア年表』（双文社出版、二〇〇九年）

休憩室

百に一回足りなかったプロポーズ――原 由来恵

その昔、「トレンディドラマ」というジャンルのドラマが流行りました。現実にほど遠い恋愛模様が描かれた様ですが、その一つに『101回目のプロポーズ』というものがありました。この男性主人公は、トラックの前に飛び出して「僕はしにましぇーん」と叫ぶのですが…。考えてみるとトラックの運転手さんのことを省みないひどい迷惑行為なのですが…。ともかく名台詞とされ、ドラマを見たことがなくても台詞を聞いたことがある人は多いかもしれません。

このドラマのタイトルは、なぜ101回だったのでしょう。真実は作家やプロデューサーのみぞ知るですが、確かなことは百を基準とした求愛は決して新しいものではないということです。古典にも百回の求愛をもとにした「百夜《ももよ》通《かよ》い」という伝説があります。「百夜通い」の基本は、男性が恋した女性に「百回通ってくれたら、その愛情を受け入れます」といわれ、毎夜通いますが、あと一日という時に何かが起こって通えないといった悲恋のパターンになります。有名なのは、平安時代の絶世の美女小野小町と深草少将の伝承です。これは観阿弥、世阿弥の親子が、『古今和歌集』巻一五「読み人知らず」歌「暁の鴫の羽がき百羽がき君が来ぬ夜は我ぞ数かく」を元にして作ったとされています。能の『卒都婆小町』では、深草少将が小野小町に恋をして、毎夜通いましたが、九九夜目に胸を患い、一夜足りずに亡くなってしまいました。その少将の霊が百歳になった老女の小野小町にとりついていることを、老女が旅の僧に語ります。その他『奥義抄』や『袖中抄』には異なる「百夜通い」が載りますし、男性ではなく女性が通う話もあります。また『ニューシネマパラダイス』では、あと一夜というところで終わってしまう恋の物語が劇中に引用されます。日本の「百夜通い」との比較も面白そうですね。

さて、京都には、小野小町ゆかりの随心院、深草少将の住まいと伝わる墨染欣浄寺があります。その間の距離は五km以上。いつの世にも恋する気持ちは、計り知れない力を発揮するのかも知れません。

塩田今日子
SHIODA Kyoko

韓国ドラマに見る恋愛論

扉…見つめあうドンミとエンリケ（ケグム）『となりの美男〈イケメン〉』（二〇一三 tvN）より

題名からすると一見軽そうなラブコメディでも、韓国ドラマにはそこここに恋愛の真実が隠れています。『となりの美男〈イケメン〉』の主人公ドンミ（パク・シネ）は、高校時代に深く傷ついたことにより心を閉ざし、長く引きこもりを続けてきましたが、運命の相手エンリケ（愛称ケグム）（ユン・シユン）と出会い、彼の率直で真摯なアプローチによって徐々に心を開きます。写真はついに二人が向き合って互いを見つめ合うシーンです。

韓国ドラマに見る恋愛論

塩田今日子

1　はじめに

『冬のソナタ』（二〇〇二　KBS）の爆発的なヒットに端を発した韓流ブームは、一時の勢いを失ってはいるものの着実に日本において定着しつつあります。韓国ドラマの主要なテーマである恋愛は、古今東西を問わず人類最大のテーマです。その中でも特に韓国ドラマがこれほど人々に受け入れられたのは、それだけ人を惹き付ける魅力があったからでしょう。見始めると止まらなくなるストーリー展開や、心の奥まで響く台詞の数々…心の奥に響くのは、そこに何がしかの真実が含まれている証拠です。韓国ドラマで語られる恋愛の真実とは一体何でしょうか？それをドラマの台詞を手がかりに探ってみましょう。

2　運命の相手

韓国の恋愛ドラマに決まって登場するのは、いわゆる「運命の相手」です。それは韓国の古典小説である『春香伝』[*1]にも登場します。主人公の春香は、どんなに過酷な状況下でも決してくじけずに、一度夫と定めた李夢龍を信じて待ち続けます。そんな春香が一途な思いを貫けたのは、李夢龍が「運命の相手」だったからでしょう。それは韓国語で「천생연분（天生縁分＝天が定めた縁）」とも呼ばれ、相性がぴったりで、周りにどんなに反対されても、本人がどんなに忘れようとしても、ときには死んでしまっても、生まれ変わってさえも、決してあきらめることも忘れることもできない、古代ギリシャのアンドロギュノス[*2]の片割れのような存在なのです。

＊1　李氏朝鮮時代の支配階級である両班の息子李夢龍と奴婢階級である妓生の娘春香の恋物語。パンソリという歌に載せた語りによって民間に広く流布しました。

＊2　古代ギリシャの哲学者プラトンの『饗宴』に出てくる男女が合体した人間。神により二つに分割されたため，互いにその片割れを求めるようになります。

ところでこのような運命の相手はだれにでも存在するのでしょうか。

韓国ドラマにはしばしば悟りを開いた僧や占い師のような存在が現れ、真理を説いたり、予言めいた発言をすることがあります。そんな存在の一人である『九家の書』（二〇一三　MBC）のソジョン法師は、「どうせ私はこのままひとりで老いて死んで行くんだから…」と嘆くヒロインのヨウルにこう声をかけます。

「わらじにも対があるのにどうして森羅万象の霊長である人間に相手がいないことがありましょう。」

ここで、「対」「相手」という意味で使われているのは同一の単語짝（チャク）で、これは「対をなすもの」または「片割れ」を指します。「わらじにも対がある」というのは古くからある諺で、「どんなにつまらない者にも対になる相手がいる」ということです。

もしもそうだとすれば、この世のすべての人は自分の運命の相手に出会って幸せになれるはずですが、世の中そう簡単にはいきません。ソジョン法師はこうも述べています。

「縁はだれにでもあるのだが本人の意志で選択しなければそこで終わってしまうのです。」

天が定めた縁はあるが、それを選ぶかどうかは各自の自由意志にまかされている、というのです。また、ヨウルの「片割れ」であるガンチのように、運命の相手に出会っても最初はそれと気づかない場合もあります。法師はそんな彼のことを「憐れみと縁の区別すらできない馬鹿者」であると言っています。では、運命の相手を正しく選択するにはどうしたらいいのでしょうか。

3　運命の相手とはどんな人か

『冬のソナタ』では、ヒロインのユジンが「婚約者を好きな理由」を並べたてるのを聞いたミニョンが、ユジンにこう質問します。

ミニョン：じゃあ私のことが好きな理由を挙げてみてください。
ユジン：え？
ミニョン：言えないでしょ？本当に好きなものは、こんなふうに理由が言えないものなんですよ。

運命の相手ならば、何の理由もなく、魂の奥底から好きなはずです。好きな理由があるというのは、その理由がなくなれば好きではない、つまり本当に好きなのではない、ということです。
次は『愛の群像』（一九九九 MBC）で主人公のジェホとシニョンが初めて二人きりで話をするときのジェホの台詞です。

ジェホ：僕と先生があまりにも違うような気がして。生きるのが面白い女と生きるのがつまらない男が二人で夕暮れの窓辺でお茶を飲む。面白いですね。

このように、運命の相手同士がある意味で「正反対」であるという描写はよく出てきます。正反対であれば、プラスとマイナスのように互いに引力を持つわけですから、運命の相手との偶然の出会いが起きるのもうなずけます。

しかし正反対でありながら、なぜか二人は通じ合える回路を持っています。『となりの美男〈イケメン〉』(二〇一三tvN)では、出会ったばかりの二人が不思議な会話をしています。

ドンミ:(だめ思い出しちゃ。答えちゃだめ、ドンミ)
エンリケ:おばさん、答えないつもりね?OK。(中略)
ドンミ:(どうしよう、どうしよう…)
エンリケ:どうしよう、どうしよう?(中略)
ドンミ:(私の部屋が恋しい。)
エンリケ:あ、家に帰りたい、なんて考えないでちょっと答えてみてくださいよ。
ドンミ:(あんた、私の言葉が聞こえるの?)

エンリケはまるでドンミの心の声が聞こえたかのように、彼女の言葉を繰り返します。この後一人になったエンリケはこうつぶやきます。

エンリケ:あーどうしてあのおばさん一言もしゃべらないの?なのにこの会話したような感覚は何?

とはいえ、運命の相手とは正反対ゆえにぶつかることも多いのです。ドンミとエンリケもたくさん言い争いをしますが、その様相は他の人とはちょっと違っています。

エンリケ:おばさんホントおかしいよ。わかる?他の人の前ではまともにしゃべれもしないのに、なぜ俺に対してだけ毒づくの？

ドンミは極度の引きこもりで他人とは滅多に話をしないのに、エンリケに対してだけは本音が出てしまいます。運命の相手はお互いの本音や真の姿を引き出す力を持っているのです。

さらに重要なのは、運命の相手同士だけがお互いの真の姿を百％受け入れることができるという点です。『九家の書』で、ガンチが「憐れみと縁の区別ができない」まま好きになった女性は、彼の真の姿（半神獣半人間）を受け入れることができませんでした。これに対し、運命の相手のヨウルは彼のすべてを受け入れます。

また、「時間」も二人にとっては特別です。二人の間には、知り合ってからの時間の長さとは関係なく永遠の時間が流れるのです。

エンリケ：このおばさん、生まれてから今までずっと知らずにいた人なのに、なんでこんなに全部知っているみたいな気がするんだろ？

『愛の群像』のシニョンも、ジェホに向かってこんなことを言っています。

シニョン：あなたなしで三十年近く生きて来たのに…おかしなことにあなたがいなかった時間がよく思い出せないわ。

さらに、運命の相手との愛は、単に二人だけの関係にとどまりません。結婚を両親に反対される展開はドラマの定番ですが、たいていの場合二人は愛の力でその困難を乗り越えていき、それが二人の周りの人々の関係にも変化を生じさせるのです。

『愛の群像』では結婚に反対していたシニョンの父が、ジェホと対面することで態度を軟化させます。

シニョン：あなたと父はおかしいわ。悪いことなの、いいことなの？

ジェホ：男同士、ちょっと何か通じたような気もするけど…

シニョンの父は、ジェホとのやり取りをきっかけにして、一度の過ちによりお互いを傷つけ合って心を閉ざしてきた妻（シニョンの母）に対しても心を開き、互いに許し合えるようになります。また、犬猿の仲だったシニョンの母とジェホのおばジンスクも、和解へと導かれていきます。

シニョン：あの…私の母がジェホさんと私の結婚を許してくれました。

ジンスク：お母さんも？

シニョン：はい。

ジンスク：本当によかったわ。じゃあ、シニョンのお母さんと私は仲直りできるのね？　生きているとこんなにいいこともあるものなのね。

このように、運命の相手との愛は周囲の人々の関係性にも肯定的な変化をもたらします。

4　選択を間違えた場合

ではもしも運命の相手から逃げてしまったら、あるいは他の人を選択したらどうなるのでしょうか。

『愛の群像』のシニョンは、最初は周りに気兼ねしてジェホを避けていましたが、ついに耐えきれなくなってジェホに告白をします。

シニョン：今までは…ヒョンス、ギルチン先輩、父、母…あなたを選ぶことによって彼らと喧嘩になるのが怖かった。けれども、もっと怖いことがあったのよ。あなたに会えないこと。あなたが私のそばにいないこと。自分自身に嘘をつくこと。

運命の相手に惹かれるのは魂の欲求なので、そこから逃げることは「自分に嘘をつく」ことであり、それが深いダメージを与えるのです。ジェホもまた、のちに止むに止まれぬ事情によりシニョンから逃げることを選択しますが、本当の自分を徹底的に押さえつけたために不治の病に冒されてしまいます。

一方、自分が選択を間違えたことに気づかない場合もあります。『愛の群像』でジェホを慕うヒョンスは、なんとかしてジェホを手に入れようと画策し、ギルチンにこう諭されます。

ギルチン：俺はお前を少しは知っている。お前はジェホを愛しているんじゃなく、所有したいだけだ。愛しているなら、行かせてやれ。

しかしヒョンスはその助言を聞き入れることができません。人はしばしば運命の相手でない人に執着しますが、それを手放すのは容易ではありません。ヒョンスもジェホが不治の病に冒されてはじめて、自分の過ちに気づくのです。

ヒョンスがジェホを手放すことを決めてシニョンに会う場面はとても美しいです。人が過ちを心から悔い改めれば、どんな過ちでも完全に許されるべきだと思わせてくれる感動的なシーンです。

ヒョンス：私も出来るところまではやってみようとしたの。でも、ジェホがそうさせてくれない。私のそばで死にたいんだって。私といたら死にたいかもしれないけれど、なぜかこう思うの。シニョン姉さんといたら、ひょっとしたら生きたいんじゃないかって。

人はしばしば世間の常識や条件、あるいは　倫理観などに縛られて選択を間違えます。『結婚の女神』（二〇一三　SBS）のヒョヌは、本当に愛する女性に婚約者（後にその男と結婚）がいたために彼女を諦め、セギョンを選択しました。しかし彼もまた、彼女をどうしても忘れられない自分に気づき、セギョンと別れる決意をします。

ヒョヌ：僕はセギョンを愛したんじゃなく便利だっただけなんです。

間違った選択は妥協の産物です。最初はそれが一番楽のように見えるのですが、それを維持するのは精神的にも肉体的にも大変辛いことなのです。さらに間違った選択は他人にまで悪影響を与えます。『初恋』（二〇〇三　SBS）では、長年執着していた男と結婚したソギョンに、彼女を愛するヒョンジュンがこんなことを言います。

ヒョンジュン：君がうっかり間違ってサイズの違う靴を持って来てしまったせいで、関係ない人までサイズが違う靴を買うはめになったじゃないか。でも、靴を間違えたぐらいだったら、返品するか履かなきゃいいけど…　愛する人を間違えたのはどうするんだ？どうやって責任を取るんだ？

ヒョンジュンは運命の相手を靴の片方（짝＝片割れ）に例えています。相手を間違えれば、他人の運命の相手を奪い、関係のない人に自分の運命の相手を押し付けることになるというわけです。ならば間違ってしまったものを正すにはどうすればいいのでしょうか。

『初恋』のソギョンの夫であるジュニもまた、運命の相手に出会ってしまい苦悩した末に、ソギョンの父に相談します。

ジュニ：お父さん、頭と心が違うときはどうしたらいいですか？　どちらに従うべきですか？

ソギョンの父：そうだな…どちらも痛みを伴うんじゃないか？両方とも代償を払うことになるだろう。あとで後悔をしない選択をしなければならないが、痛くとも後悔しないと言えるように。でも、それが頭なのか心なのか、わからん。難しいよ。（中略）ああ、俺はあの時心ではなく、頭に従った。それが正しいと思ったんだ。なぜなら、誰も俺に石を投げなかったから。でも、今までずっと後悔しながら生きているところを見ると、やはりあのとき俺は間違っていたようだ。

「頭と心が違うときには心に従うべき」だと言う義父の言葉には、自分の人生に対する後悔が滲み出ています。心に従うにはときに大きな勇気と覚悟が必要です。特に自分が既婚者でありながら運命の相手に出会ってしまった場合や、運命の相手が既婚者である場合はなおさらでしょう。『春香伝』の春香のように、諦めずに夫を待ち続ける場合は貞女として讃えられますが、このような場合は諦めなければ逆に不義不貞だと糾弾されます。それでもなお、この義父は婿の本当の幸せを後押ししたのです。それは間違った選択の代償の大きさを彼自身がだれよりもよく知っていたからでしょう。

結局ソギョンとジュニは離婚し、ソギョンはヒョンジュンの元に行くことになりますが、それでもしばらくの間ジュニを忘れることができません。そのソギョンも、ジュニから彼の運命の相手に対する率直な気持ちを聞いて、ようやく心の整理をつけます。

ソギョン：正直に言ってくれてありがとう。心の整理をするのに助けになるわ。

よく、自分に執着する相手に別れを告げるときには、相手を傷つけまいとして曖昧なことを言ったりします。しかし相手にとって最も助けになるのは、正直な言葉なのです。曖昧な優しさは結局「嘘」であり、嘘は人を救えません。韓国ドラマはこのように、魂の欲求に忠実であること、正直であることの大切さを常に説き続けています。

『結婚の女神』のヒョヌの運命の相手、ジヘも、夫テウクとの生活に耐えられなくなってしまいます。二人とも仲良く暮らそうと懸命に努力したが、どうしてもうまくいかなかったのです。二人は離婚手続きを済ませ、抱き合って泣きながら別れを惜しみます。正直になって、互いの本当の幸せを願うなら、こんな素敵な離婚もできるのだと思わせてくれるシーンです。

ジヘ：テウクさんごめんなさい。私があなたにとって良い女、良い妻になってあげられなくて、本当に本当にごめんなさい。ごめんなさい、テウクさん。

テウク：元気で暮らすんだよ、ジヘ。やりたいことをやって幸せに元気で暮らさなきゃだめだよ。わかったね？

5　運命の相手と宗教

韓国は最近無宗教の者が増加しているとは言え、キリスト教、仏教や固有の宗教を信じる人は過半数を占め、聖職者の道を選ぶ若者も多くいます。そのため、そんな若者が恋をして葛藤する姿がしばしばドラマや映画に登場します。『ラブレター』（二〇〇三　MBC）もその一つです。

主人公のウジン（洗礼名アンドレア）は不幸な家庭に生まれ叔父の神父に引き取られたために、自分も神父になろうとしますが、運命の相手ウナに出会ってしまいます。彼は神父になるか、神父を諦めてウナと生きるかに悩み続け、一時はウナを選ぼうとします。

アンドレア：いいえ。いいえ、おじさん。（神父の服には）着替えません。

僕はもう一人の人間を愛する一人の男に過ぎません。ウナと一緒にいました。神の意志がどうであれ。今度は本当にウナを受け入れます。

ところがウナはウジンが神父になろうとしていることにショックを受け、その邪魔をしてはいけないと悩んで病気になってしまいます。ウジンは、ウナが病気になったのは自分が神父を捨てたからではないかと考え、再び神父になることを決意して神にこう訴えます。

アンドレア：間違いをしでかしたのは僕なのに、どうしてウナを苦しめるのですか？　なぜですか？　どうしてですか！どうか助けてください。助けてくださるなら、何でもいたします。神父になります。神父になりますから、どうかお助けください。神父になります。

ところがウナの病状は一向に改善しません。行き詰まったウジンは司教に助けを求めます。

アンドレア：私は神に楯突きもしたし、懇願したりもしました。私が出来ることはすべてやりました。

司教：神に楯突くな。楯突くな、懇願もするな。ただ、お前が望むことをお話ししなさい。お前は神に本当に申し上げたいことがあるはずだ。そうではないのか？

この言葉を聞いて、ウジンははっと何かを悟ります。

アンドレア：もう本当にあなた（神）に望むことはありません。私が言いたかったことは、本当に言いたかったことは、あなたを愛しているということだけです。（中略）だからもうあなた（神）に私をすべてお任せします。私の意志ではなく、何でもあなた（神）の意のままにしてください。

驚いたことに、この後ウナは奇跡的な回復を見せるのです。しかしその後手術を受け、また昏睡状態に陥ります。ウジンは神父となってウナに付き添い、起きることのすべてを神の意志として受け入れようとします。

最後のシーンでウジンはこうウナに語りかけます。

「君が目覚めたら、僕たち、また愛し合おう。ね？」

するとなんとウナに変化が現れ、目を覚ましたではありませんか。ウジンが神にゆだねた答えがついに出ました。それは「二人は愛し合いなさい。」だったのです！

これは「神の意志」と「人の意志」の究極の関係を突いた、とても深いメッセージのように思われます。人が神に歯向ったり、媚びたり、懇願したりするのは、神に対する信頼の欠如を表しています。神を本当に信頼するなら、「自分の意志」を捨てて、すべてを神にゆだねるべきでしょう。しかしそれはとても恐ろしいことです。神は何を望むかわからないし、それは自分にとってひどく不都合なことであるかもしれません。でもその恐怖を乗り越えて、すべてを神にゆだねることができたとき、神の望みが実は自分の本当の望みと一致していたことを知ることになるというのです。神の望みは人が運命の相手と幸せになることだったのです！

このことは、運命の相手との愛が、周囲の人々の関係性も肯定的に変化させることとも関連があるように思われます。二人の幸せが、自分たちだけにとどまらず、周りも幸せにする力となって働くのだとすれば、それはすべての人の幸せを望む神の願いとも合致するはずです。運命の相手と幸せになる二人が増えれば、世界は確実に変わることでしょう。

そんな変化を予言するような台詞が『太陽を抱く月』（二〇一二　MBC）というドラマに登場する巫女によって語られます。

「あの世の扉を叩く音に太陽と月が出会い、人が引き裂いた縁を天が繋いでくれるだろうから、天変（천변）を経た後に万物は自らの居場所を見つけるだろう。」

運命の相手は天（神）が定めた縁であり、太陽（陽）と月（陰）の調和です。人はさまざまな打

算や妥協により、その縁を引き裂こうとしますが、結局二人は天によって再び結ばれ、万物は自らの居場所（運命の相手のところ）に還るというわけです。ただし、その前に「天変（천변）」があるというですがこれは一体何でしょうか。

韓国はその国旗（太極旗）*3に見られるように、陰と陽の調和に深い縁を持つ国です。南北に分断された国家は、本来一つであった運命の相手同士が陽（男）と陰（女）に分かれた姿にも似ています。南北が統一されるときには、それこそ天変にも似た激震を伴うに違いありません。あらゆる常識やしきたりが覆される必要があるからです。韓国の恋愛ドラマに見られる真実の愛や許しの根底には、南北分断による深い傷の痛みと、調和と統一への切実な願いが隠されているのかもしれません。『となりの美男〈イケメン〉』のドンミは、ついにエンリケ（ケグム）に心を開き、こう告白します。

「あなたは私にとっての世界だわ。」

最後はこの二人からのメッセージで締めくくることにします。

「一人の人間が世界を変えることはできない。でも一人の人間の世界になることはできる。温かく、明るく、平和な世界。すべての人がそんなふうに、たった一人のために明るく平和で良い世界になるなら、一人が十人になり、百人になり、そうやって良い世界が広がっていくだろう。ケグムの世界、ドンミ。ドンミの世界、ケグム。」

このような恋愛論は、所詮ドラマの中の理想論に過ぎないと思う人もいるかもしれません。でももしもだれにでも運命の相手が存在するのなら、それこそが世界を平和へと導くための最も確実で

*3　真ん中の円の赤と青は陽と陰を表し、四隅には易の卦（乾（天）、坤（地）、坎（月）、離（日））が配置されています。一九世紀末に作られ、一九四九年に大韓民国の国旗となりました。

現実的な方法となり得るのではないでしょうか。私たちは韓国ドラマを楽しみながら、知らず知らずのうちに真実の愛と許しを学ばされているのかもしれません。

「となりの美男＜イケメン＞」

DVD-BOX Ⅰ＆Ⅱ好評発売中
各 15200円（本体）＋税
発売元：カルチュア・パブリッシャーズ　販売元：アミューズソフトエンタテインメント

読書案内

◉後藤裕子『「愛の群像」の歩き方（上）（下）』（TOKIMEKIパブリッシング、二〇〇八年）。数ある韓国ドラマの中でも「愛とは何か」について最も深い示唆を与えてくれる『愛の群像』（原題：〝우리가 정말 사랑했을까〟私たちは本当に愛しただろうか）の解説書。その展開や台詞に込められた真の意味と「愛」「許し」「欲」などについて鋭く洞察しています。

◉木田元『偶然性と運命』（岩波新書、二〇〇一年）。人が「ただの偶然ではなく運命」と感じるのはなぜかについての哲学的な考察を試みています。

朝鮮王朝二七代王達の恋と結婚について

渡邊了好
WATANABE Akiyoshi

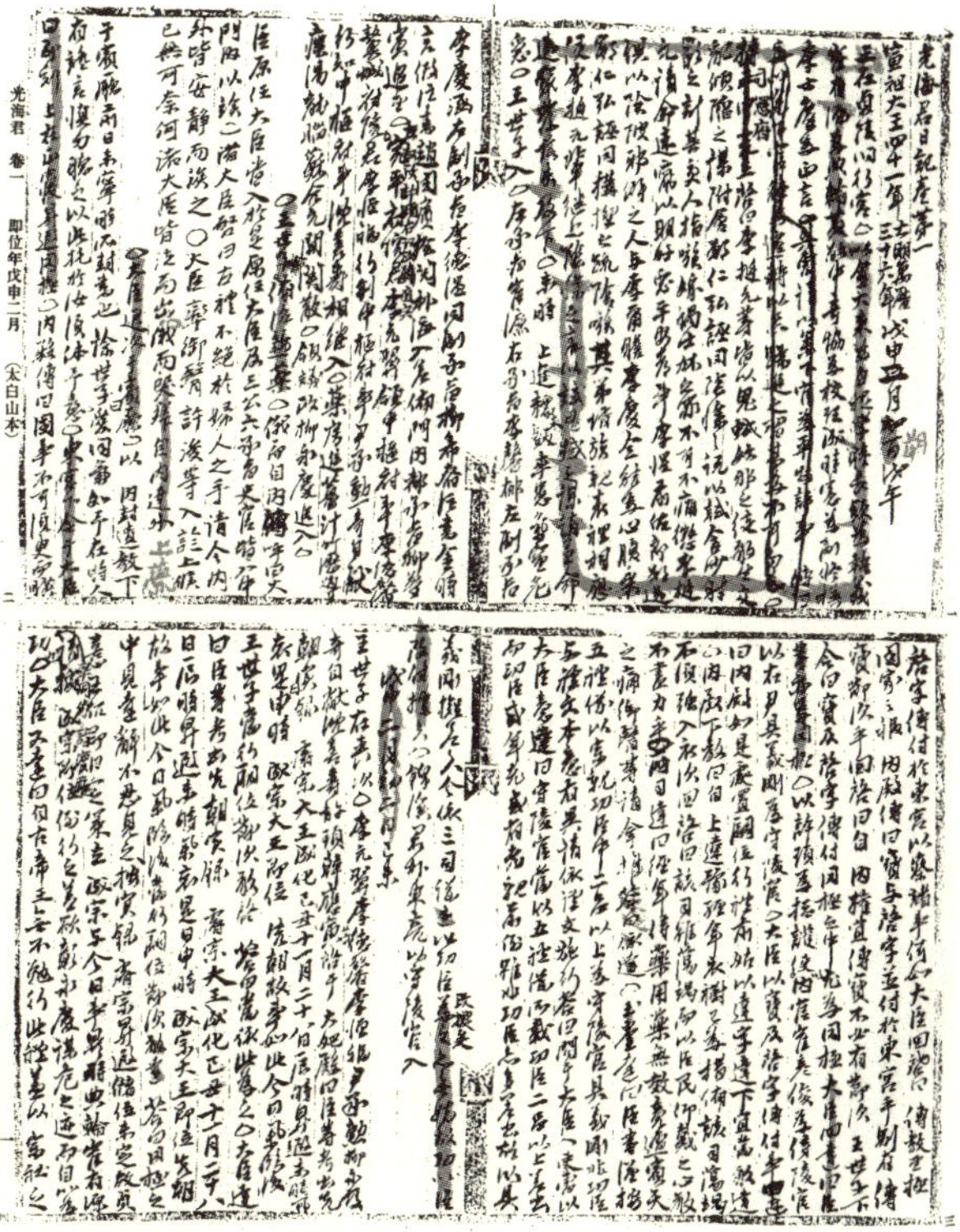

扉……『朝鮮王朝実録』「光海君日記《こうかいくんにっき》」より

「光海君日記」の冒頭です。実録の他の王に関する記述は全て活字となっていますが、光海君日記だけは手書きのそれも修正中のものだけが残されています。

一五代王光海君は日本が侵入した戦乱の中で活躍し、王となりました。合理主義者であり公平な税制を実施しようとして両班達の既得権を犯すことになりました。これは後のクーデターの大きな原因となりました。

朝鮮王朝二七代王達の恋と結婚について

渡邊了好

1　はじめに

朝鮮王朝二七代の王達の結婚と恋の実情を述べます、朝鮮王朝は儒教が国の隅々まで行き渡った時代ですから、王達の婚姻は儒教の規範に則っていました。そのあり方を、日本の文学や歴史に現れる、天皇や貴族、幕府の将軍達、の結婚の風習と対比すると、日本の特質が浮き上がると思います。日本の特質を浮き上がらせる補助線を引く、それがこの章の目的です。

以上の趣旨で、次の1から3の順序で述べて行こうと思います。

1、現在の半島の婚姻規範[*1]
2、半島における古代よりの婚姻規範の変遷
3、朝鮮王朝の王達の結婚と恋
（一）王達の結婚
（二）王達の恋

2　現在の半島の婚姻規範

初めて半島を訪れた日本人は、自分達と非常に似通った人々と似通った世界を発見して驚くのが普通です。ところが、しばらくすると底知れない異質の世界に触れて再度驚くのもよく有ることです。日本人にとっては、この異常なまでの「似よりと異質」が同居するのが半島です。婚姻に関す

＊1　韓国や朝鮮でなく半島としたのは、半島全体を時代を越えて指し示す名称がないからです。新羅、高句麗、百済、高麗、朝鮮、大韓民国などは、半島に成立した王朝や国家の名であって地域のみならず、過去から現在までの全体を包括的に指し示す名称ではありません。

る風習は、この大きな異質の一つです。団体客の名簿を見た時などに、朴さんの奥さんは朴さんではありませんから、どの男性とどの女性がご夫婦か分からないということがよくあります。日本でも最近は夫婦で別姓の場合もありますが、半島では全ての人がそうなのです。

同姓同本の婚姻の禁止

現在の半島に行われている婚姻の規範を一言でいえば、同一父系集団内での婚姻を許さないというものです。具体的に説明していきます。

「同姓不婚」という言葉を聞いたことがあるでしょうか。姓を同じくする男女は結婚ができないという婚姻の規範のことです。言い換えれば、父の血を同じくするもの同士の婚姻を禁ずるという掟です。例えば、姓が李さんという男性は、姓が李さんという女性とは結婚できないということです。半島ではここに「同本」という条件が一つ付きます。

「同姓同本の婚姻の禁止」というのが現在の半島での結婚の規範です。同本とは本貫を同じくする者という意味です。同じ姓であって、本貫を同じくする男女の結婚を許さないというものです。本貫というのは、その姓を持つ初代の先祖の出身地です。この規範が長く守られると核家族でも家族の中に異なる二つの姓が同居することになります。お父さんが金さんなら奥さんは金さん以外の姓の人になるからです。そして、子供達はお父さんの姓を継ぎますから必然的に子供達とお母さんは姓が異なることになるのです。[*2] また、祖父母と同居する世帯があれば、祖父と祖母の姓が違いますから、一緒に暮らす家族の中に三つの異なる姓が同居するのが正常な家庭であることになるのです。[*3]

＊2　同じ姓であっても本貫が異なれば結婚は可能なので両親が同じ姓で本貫が違う場合はありえます。例えば、金海を本貫とする金氏と慶州を本貫とする金氏であれば結婚は可能です。

＊3　「同姓同本の婚姻の禁止」を定めた民法の規程は一九九七年に憲法裁判所で無効となったので法律上は同姓同本でも結婚できるようになっています。ですが、儒教の定める婚姻制度は半島に住む人々の心を内面から支配していて、簡単に無くなるものではありません。現在の韓国社会で、同姓同本の結婚を望む人は例外中の例外と言ってよいでしょう。従って初めて出会った男女にとって姓名だけでなく本貫も重要な情報であるという状況は今も変わっていないといってよいでしょう。

3　半島における古代よりの婚姻制度の変遷

よく半島は儒教の国と言われますが、意外なことに、実際に儒教の規範が国の隅々に行き届くようになったのは一四世紀の末、李成桂が朝鮮王朝を開いてからのことです。日本との対比を考える上で大切なことなので少し詳しく触れておきます。

現在のような婚姻の規範に至る過程を、順次調べて行こうと思います。まずは、古代に遡って半島に、高句麗、百済、新羅の三国が並立していた時代の結婚がどのように行われていたかを述べましょう。

同姓同本の結婚が無ければ、当然いとこ同士の結婚もあり得ません。そういう現代の半島の人々から見ると、いとこ同士が結婚できる日本人の婚姻の風習が理解できません。日本の風習が儒教のタブーを犯しているからです。そこで、半島に行った多くの日本人が「日本人はいとこ同士結婚できるそうだな」といかにも野蛮だ！という優越感に満ちた表情で聞かれることになるのです。これは自分たちはそんな未開野蛮なことはしないという自負心の表明でもあります。また、「兄が死んだとき、残された兄嫁が夫の弟と結婚することがあると聞いたが本当か」という問もあります。弟が兄嫁と結婚する、これも儒教の規範からは許されないことです。いとこ同士の結婚、弟と兄嫁の結婚、に関する質問は、二つとも筆者が韓国で聞かれたことのある質問です。ところで、日本の婚姻の風習は、今の半島の感覚ではとんでもない野蛮な行為ですが、次に述べるようにこれらのことは儒教を受け入れる前の半島の人々の祖先達が皆、していたことなのです。

新羅の王と王妃の姓

『三国史記』[*4]に記された、四世紀半ばに登場する新羅王、奈勿尼師今[*5]の治世の事例を挙げます。この記述は現代韓国の同姓同本婚姻のタブーを前提として読まないと何が問題なのか分かりません。時は奈勿尼師今元年です。

まず、王の姓は金氏です。金閼智の血を引く慶州を本貫とする慶州金氏の出です。王の父の末仇の姓は当然金氏ですが、王の母の姓も金氏なのです。同じ金氏でも本貫が違えば良いのですが、王妃の父が金閼智の血を引き、慶州金氏から出た初めての新羅王である美雛尼師今なのです。王の父、金末仇と美雛尼師今は兄弟です。従って、奈勿尼師今と王妃の休礼夫人は同姓同本のいとこ同士ということになります。

このことの尋常でないことに気付くのは、後世（高麗の世に）『三国史記』を編んだ儒者、金富軾[*6]の感覚であって、新羅当時の人々にとっては当たり前の結婚でスキャンダルではなかったのです。このころの新羅では同姓の結婚は勿論、姪との結婚、いとこ同士の結婚も正当な婚姻でした。金富軾は同じ箇所で「妻を娶るとき同姓のものを娶らないのは夫婦の別を明らかにするためである。…中略…新羅では同姓のものを娶るのみならず、兄弟の子（姪）や父方母方の従姉妹をも妻として娶っている。たとえ外国の風俗が異なっていても中国の礼俗でこれを非難するのは間違いだ」と述べています。まるで「いとこ同士結婚できるそうだな」と言われた時の日本人の答えのようです。『三国史記』の記述通りなら、四世紀半ばの新羅の生活の根幹はまだまだ儒教化、中国化していなかったことになります。

＊4　『三国史記』高麗王朝、一一四五年に成立したとされ、儒者、金富軾が編纂しました。

＊5　新羅王の称号が中国式に王となる前には様々な王の称号があり「尼師今」もその一つです。

＊6　金富軾、『三国史記』を編纂した高麗の儒者。新羅の貴族の血を引くといいます。

高麗の王と王妃の姓

『高麗史』[*7] 世家巻第二八、忠烈王（一二七四〜一三〇八）元年（一二七四）に見られる高麗の婚姻の風習に関する記述を見ます。

高麗王朝の創始者は王建ですから忠烈王の姓は王氏で、文永の役のときの高麗王です。日本は鎌倉時代です。忠烈王元年（一二七四）には元と高麗の連合軍が壱岐対馬を犯し、筑紫に上陸しています。元と高麗の連合軍は艦船が壊滅して撤退し役は終わります。そんな時代のことです。

四世紀の新羅、奈勿尼師今の治世からは約九百年が過ぎています。元の皇帝は日本征伐の同盟国である高麗の忠烈王に王女を妃として送り結婚させるとともに、様々な干渉をします。[*8] その一つが中国式の婚姻規範の強要でした。

忠烈王、元年一二月に元の皇帝は忠烈王に使者を送り次のように伝えます。

「汝らの国は王家である王氏が皆同姓を娶っているが、これはどういう理由によるのか。既に中国と一家になっているのに、進んで婚姻の風を中国と同じくしないで、一家の義理を果たしたと言えようか」

この記述から一三世紀の半島は日本と共通する要素を残していたことが分かります。実はこの同姓不婚という近親婚に対する規制は高麗朝でも、中国化儒教化の過程で徐々に進んでいました。規制強化の原動力は中国皇帝の干渉でした。宣宗（一〇八三〜一〇九四）のときに同父異母の姉妹との婚姻が、毅宗（一一四六〜一一七〇）のときに父方のおばの娘、兄の孫娘との婚姻が禁じられ、忠烈王に至って母方の従姉妹との婚姻も禁じたとされています。

忠烈王の後もこの規制の強化は続き、恭愍王（一三八九〜一三九二）のとき、妻の死後、妻の姉妹と

＊7　『高麗史』朝鮮王朝の一五世紀半ばに完成した高麗（九一八〜一三九二）の歴史書。

＊8　これ以降、代々の高麗王妃には元の王女が送られることになります。

の婚姻を禁じています。徐々に現代の半島の婚姻規範に近づいているのが分かります。

高麗に発したこの変化こそ現代半島の婚姻規範の起源なのです。『三国史記』の成立は一一四五年とされていますから、編者金富軾は半島の婚姻規範が変わって行くただ中にいたはずですから、先の新羅王の同姓婚に対する弁護は高麗人の自己弁護でもあったのでしょう。このときの金富軾に現在の日本の婚姻の風習について批評を求めれば現代の半島人とは違って「たとえ外国の風俗が異なっていても中国の礼俗でこれを非難するのは間違いだ」と言ったはずなのです。

4 朝鮮王朝の王達[*9]の結婚と恋

婚姻の儒教化が完成したのが朝鮮王朝の時代です。婚姻の規範は、ほぼ現代と同じになります。二七代の王達には四〇人の王妃と約一二〇人の側室がいたとされていますが、朝鮮王朝の王達は現代と同じく同姓同本の禁を基本とする規範に従って、王妃を娶っていたのです。

王達の結婚

まず、王が王妃を娶る手続きから述べて行くことにします。

朝鮮王朝時代に王妃を選ぶことになったとき、その手続きを、揀擇[*10]と言います。揀擇というのは、最終的には、結婚の候補者を宮廷内に呼び集め、王を始め王族などが、直接見て決めるのですが、王妃選びの諸手続きと過程を指していると言ってよいでしょう。

王妃の候補者選びを始めるにはまず、禁婚令[*11]を公布して国中の婚姻を一時止めます。これは王妃候補を、有資格者の全てから選べるようにするためです。次に条件に適っている若い女性がいる家

＊9　この章に登場する王達　一〇代燕山君（一四九四〜一五〇六）、一四代宣祖（一五六七〜一六〇八）、光海君（一六〇八〜一六二三）、仁祖（一六二三〜一六四九）、二一代英祖（一七二四〜一七七六）

＊10　『韓国歴史大事典』（教学社、二〇一三）「揀擇」の項

＊11　『韓国歴史大事典』（教学社、二〇一三）「禁婚令」の項

からはその女性の身上書を集めます。その時の条件とは、まずは「李氏」でないこと。両班出身であること、父母が健在であること、王との歳の差、などです。そのようにして提出された身上書などによって残った三〇名程の中から初揀擇という一次選抜で五～七名を選び、その中から再揀擇とよばれる二次審査で三人を選び、三揀擇（最終審査）で一人を選びます。最終的に選ばれた女性は、そのまま家に帰ることなく、結婚式の日まで宮中にとどめられ、王妃となるための予備教育を受けます。揀擇の日は占によって定められ、候補者達はそれぞれの席の前に父親の名を書いた札を置いて審査を受けたと言います。

手続きは今述べた通りですが、王妃の揀擇が行われるのは稀なケースです。普通なら世子（王位継承者）の内に世子嬪（世子妃）の揀擇が行われ、世子が王位を継ぐと世子嬪が王妃となるからです。王妃の揀擇が行われるのは王妃が死ぬか、問題が有って廃妃となったかの場合でしょう。

王妃、世子嬪の揀擇が行われても、王や世子が気に入った女性を選べるわけではありません。最初に選抜される三〇名ほどに入るのは臣下の内の有力者の娘か縁続きの女性です。

王室の妃選びは朝廷とは一線を画した王室の私事です。しかし、娘が王妃になれば、その父や王妃の兄弟達、更に実家の一族は朝廷でそれにふさわしい待遇を受けることになります。王妃の一族が朝廷の要職を独占することもあります。一族から王妃を出すことは重大な事です。

一方でそのような個人の利益とは別に自分の属する党派の一員の娘が王妃になることは政治的に大きな意味が有ります。朝鮮王朝の党派は形の上では儒学の上の様々な解釈の相違点に基づいてできています。これは思想闘争なので妥協が難しく、負けると命の危険を伴います。政治的安全のためには朝廷の要職を自派の人物が占めている必要があります。そのための人事の第一歩が自派に有利な王妃を立てることです。その状況で行われるのが揀擇ですから、王の恋愛感情が作用するなどということはありません。

王達の恋

世子や王が恋した女性が世子嬪や王妃になることはありません。そして、王の義務は王妃となった女性との間に、王位を継ぐ男子をもうけ、王統を守ることです。臣下の側は政治的目的のために王妃を送り込みますが、王室の側はその王妃との間に男子が生まれなければ王統が絶えるのです。そこで、王妃に子供が生まれないと臣下と王室共に側室を置くことで利害が一致します。王妃選びのときと臣下の思惑は同じです。王妃に世嗣ぎが無い状態で側室が、王位に就く可能性のある男子を産めば、宮廷内での力は王妃を凌ぐこともあります。

王達は王妃でも側室でもない、宮廷内の身分の低い女性達との間に子供をもうけることも多々ありました。一四代宣祖は調理場で働いていた金氏という女性との間に一五代光海君をもうけました。王の男の子を生んだ女性は一躍、嬪という側室中の最高位に昇ります。粛宗も同じく調理場で働いていた崔氏という女性との間に後の二一代英祖をもうけます。崔氏も嬪となります。これらは恋でしょうか。王が気に入った女性との間に子をもうけただけで、王は男性として何の危険も犯していません。それは恋ではないでしょう。

正常な王に恋をしろというのは無理なのです。宮廷内での臣下との軋轢を調整して得られる利益より、女性に対する王自身の感情を優先させて王位を失ったと考えられる例を二つ挙げることにします。第一〇代燕山君と第一五代光海君です。

燕山君は狂気の暴君として悪名高い王ですが、光海君は秀吉の侵入に際して世子として軍を率い

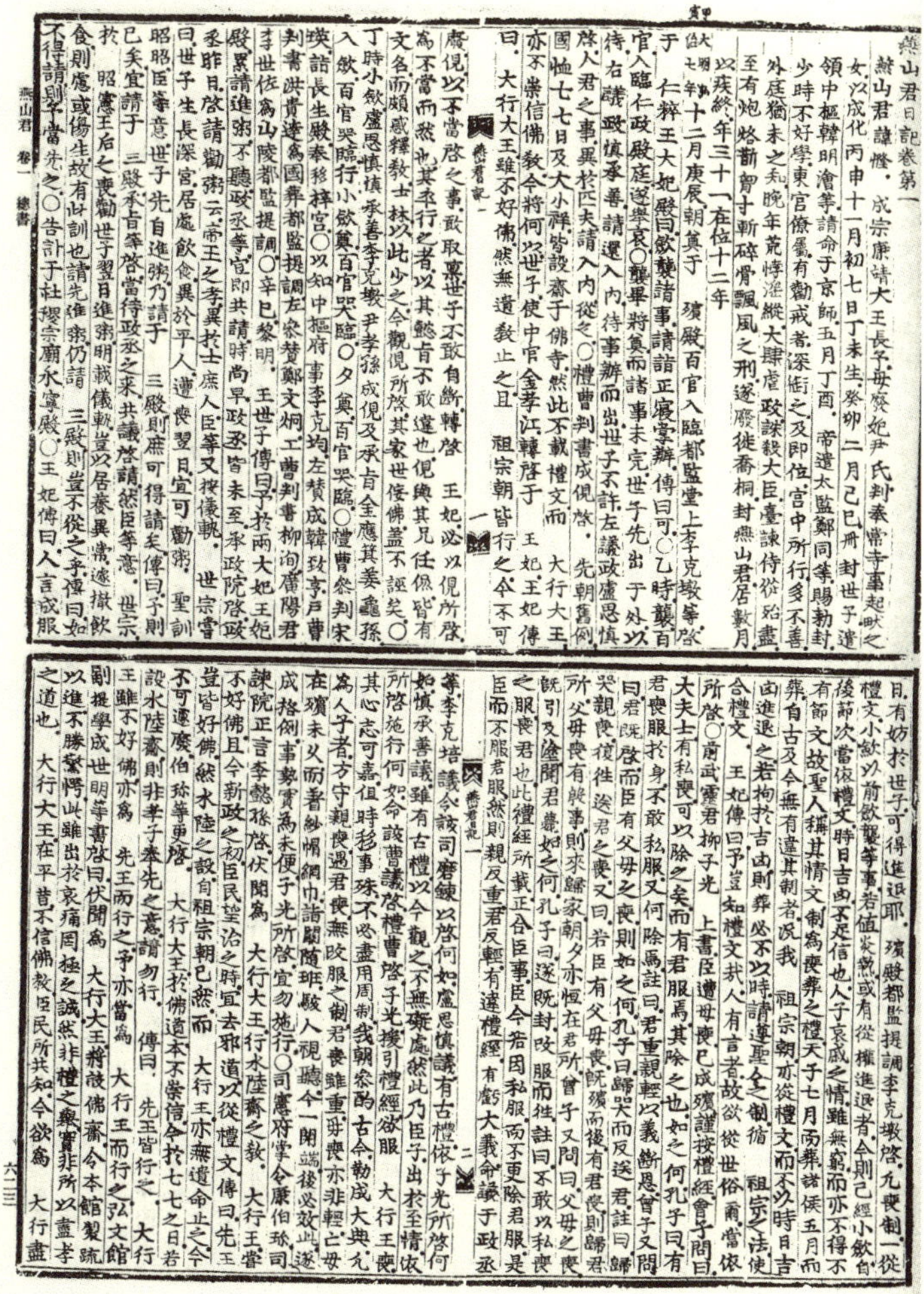

図版　『朝鮮王朝実録』「燕山君日記」より。

て戦い、名君との評も有る王です。燕山君の生母は死罪となりましたが元王妃であり、光海君の生母は身分の低い女性でした。この二人に共通するのは、幼くして死別した生母に対する度の過ぎた思慕の念でした。この二人は王にあるまじき「愛を求めて生きた王」であったのです。

二人共、死んだ母を王妃として待遇することに執着しました。燕山君にとっては母の名誉回復と復讐でした。王位を危うくする程の臣下達との軋轢を生みながらそれを実現しました。王妃でない母を持った王達は、皆同じように生母に王妃としての待遇を受けさせようとします。しかし、多くの王は王位を危うくするような臣下との軋轢は避けるという賢明な判断をして自分の感情を押さえ王位を守りました。一六代仁祖などその例でしょう。愛など求めなかったのです。誰かへの愛という私的な感情に囚われた王は治世を全うできません。燕山君は妖婦と呼ばれる張緑水という側室に最後まで狂い、光海君は金某という尚宮に特別な感情を最後まで持っていたと言われますが、金尚宮はクーデターを起こす側から賄賂を得ていたと言いますから、最後は金尚宮に裏切られたようです。[*12] 二人とも幻想であったでしょうが、母のような女性に惹かれていたというのが私の想像です。二人とも治世を全うできずに王位を追われます。

*12　この解釈は、韓明基『丙子胡乱』（プルンヨクサ、二〇一三年）によります。

読書案内

◉東亜大学校古典研究室編『譯註高麗史』（太学社、一九八七年）
◉金庠基『新編高麗時代史』（ソウル大学出版局、一九八五年）

「恋ふ」と「恋す」の日本語学

森野 崇
MORINO Takaki

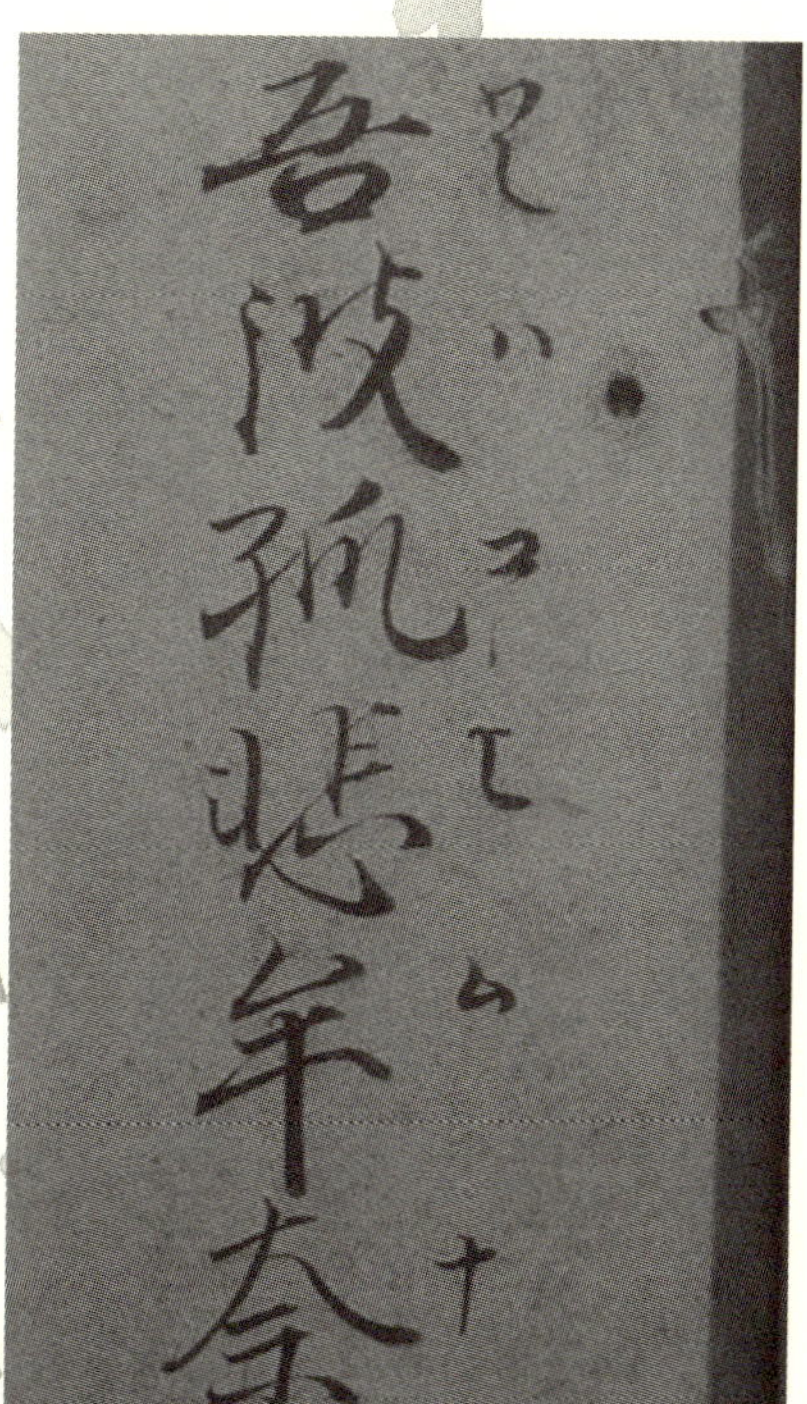

扉…西本願寺本『万葉集』（一般財団法人 石川武美記念図書館 所蔵）巻九・一七七八番歌。林勉監修『西本願寺本万葉集（普及版）』（主婦の友社、一九九四年）による。

もともと文字のなかった日本語ですが、古代の人々は、中国から伝来した漢字を活用して日本語を書き表すことを考えました。漢字の表す意味を捨ててその音や訓を生かし、表音文字として用いたのです。このような漢字の使用は『万葉集』にさまざまな形で見られるため、「万葉仮名」とも呼ばれています。本文中にも引いた『万葉集』巻九の一七七八番歌では、「我は恋ひむな」の「コヒ（恋ひ）」の表記に「孤」と「悲」の漢字が当てられています。万葉人の「恋」に対する思いが、ちょっと理解できるような漢字の使い方ですね。現代でも、「あっ、その気持ちわかる」という人が結構多いかもしれません。

森野 崇

1 はじめに

今、みなさんが手にしているこの本の表紙には、『恋する人文学——知をひらく22の扉——』と書かれています。書名にある「恋する」、この動詞を聞いたこともないという人は、まずいないでしょう。二〇一三年に大ヒットし、翌春の選抜高等学校野球大会の入場行進曲にも選ばれた歌のタイトルは『恋するフォーチュンクッキー』でしたし、二〇一五年に放送されたテレビ番組のタイトルには、『5→9〜私に恋したお坊さん〜』や『恋する百人一首』といったものもありました。

「恋する」は、「恋」という名詞に、中学校の国語でサ行変格活用と習った（はずの）動詞「する」が結合したもの（古くは「恋」＋サ変動詞「す」で「恋す」）です。では「恋」のなりたちはというと、古くからある動詞「恋ふ」（現代語では「恋う」）から生まれた語とみられています。動詞の連用形は、「読みが甘い」（「読む」の連用形）、「行きは新幹線、帰りは飛行機にした」（「行く」「帰る」の連用形）など、そのまま名詞にもなります。「恋」も、四段活用動詞「恋ふ」の連用形「恋ひ」が、そのまま名詞になったのですね。

「恋う」は、「恋する」ほど私たちになじみのある動詞ではないかもしれません。死語ではありませんが、現代語ではやや文語的な文章に出てきやすいようです。この語から「恋」が生じ、さらに「恋する」という動詞が生まれたのであれば、古い時代にはまず「恋ふ」が存在していたと考えられますね。ちなみに、現代語で「恋う」よりもごく普通に見られる「恋しい」という形容詞、これも「恋ふ」から生じた語（古代では「恋し」ですね）だと考えられています。本章では、現代語にも目を向けつつ、日本語をさかのぼって、古代の「恋ふ」「恋す」等を見ていこうと思います。

2 奈良時代の「恋ふ」と「恋す」

奈良時代の日本語については、『時代別国語大辞典　上代編』（三省堂）という、この時代の日本語を対象とした大型辞典が出版されているので、まずはこの辞典の記述を確認します。名詞の「恋」を引いてみると、「恋。恋心。恋フの名詞形。サ変動詞スを伴って用いられることも多い」とあり、『万葉集』などの例があがっています。「サ変動詞スを伴って用いられる」というのは「恋す」のことで、見出し語としては「恋す」は立っていません。「恋ふ」の方は、「思い慕う。眼前にないものに心惹かれることをいう。特に異性を思う場合に用いられることが多く、通常、格助詞ニに導かれる文節を受ける。相似た意味を表わすことのある思フが、ヲを受けるのと対照的である。形容詞コホシ・コヒシはこの語からの派生」と詳しく説かれており、用例掲出の後、【考】欄で「乞ふ」との関係について「乞フと恋フとは、意味的に関係がありそうにみえるが、コに甲乙の違いがある」と述べる等、より詳細な解説が展開されています。

この時代、サ行変格活用動詞「恋す」（現代語の「恋する」）は、「恋ふ」に比べてまだ例が少なく、『萬葉集索引』（塙書房）によれば、『万葉集』には、「恋ひわたる」「恋ひをり」のような複合した例を除いた単独の「恋ふ」が六二〇例近く認められるのに対し、同じく「うら恋す」「片恋す」等を除いた単独の「恋す」は十数例に留まります。念のため、複合したものを含めてカウントすると、この差はさらに大きくなります。

なお、この用例数は「恋ふ」「恋す」ともに、一字一音表記でない例も含めて集計した結果です。私たちが現在使っている平仮名や片仮名は、元々中国から伝わった漢字を母体として生み出された文字ですが、奈良時代にはまだ仮名が成立しておらず、当時はもっぱら漢字で日本語を書き表していました。例えば、

①紫のにほへる妹を憎くあらば人妻ゆゑに我恋ひめやも

（『万葉集』巻一・二一）

の場合、「恋ひめやも」のところは、当時の表記を伝える本文では「恋目八方」となっています。①では、「恋」という漢字がそのまま用いられていますが、別の漢字を当てて「こひ」「こふ」「こふる」などと読ませることも珍しくありません。少し例をあげましょう。（　）内が古写本の表記です。

②明日よりは我は恋ひむな（孤悲牟奈）名《な》欲《ほり》山《やま》石《いは》踏みならし君が越え去なば

（『万葉集』巻九・一七七八）

③常人の恋ふと言ふよりは（故布登伊敷欲利波）余りにて我は死ぬべくなりにたらずや

（『万葉集』巻一八・四〇八〇）

④我妹子に恋ふるに我は（古布流尓安礼波）たまきはる短き命も惜しけくもなし

（『万葉集』巻一五・三七四四）

中には、その語の読みに当たる漢字表記が欠けている例もあり、左の⑤では「恋ふる」の「ふ」「る」には、漢字が一音ずつ対応してはいません。

⑤ますらをもかく恋ひけるをたわやめの恋ふる心に（恋情尓）たぐひあらめやも
（『万葉集』巻四・五八二）

このように一字一音で漢字が対応していない場合でも、⑤では名詞に続く例なので連体形の「恋ふる」だと解せるといった種々の手がかりや、平安時代以降に付されてきた古い読み下しなどを参考に、読み方が推し量られてきました。「恋ふ」の六二〇例という数字は、右に述べたとおり、そのようなケースも含めたものですが、これらを除いても五〇〇を越える例が残りますから、やはり「恋す」を圧倒していますね。

「恋す」の方は名詞「恋」に動詞「す」が付いた語ですが、一語の「恋す」のようでそうではない……少々わかりにくい例も目につきます。

⑥夕《ゆふへ》置きて朝《あした》は消《け》ぬる白露の消ぬべき恋も（可消恋毛）我はするかも（吾者為鴨）
（『万葉集』巻一二・三〇三九）

⑦をみなへし佐紀沢に生ふる花かつみかつても知らぬ恋もするかも（都毛不知恋裳摺可聞）
（『万葉集』巻四・六七五）

⑧かほ鳥の間なくしば鳴く春の野の草根の繁き恋もするかも（草根乃繁恋毛為鴨）

⑨山川の瀧にまされる恋すとそ（瀧尓益流恋為登曽）人知りにける間なくし思へば

（『万葉集』巻一二・三〇一六）

（『万葉集』巻一〇・一八九八）

⑥は「恋」に助詞「も」が後接し、「する」の前にはその主語「我は」が置かれています。「恋」には波線を付した、かつて国語の時間に「連体修飾語」と教わっただろうものも見られます。名詞「恋」と動詞「す」とが、一つにまとまっていませんね。⑦⑧も「恋」と「す」の間に助詞「も」が介在し、「恋」には「かつても知らぬ」「草根の繋き」といった連体修飾のことばが加わっています。このような例が、『万葉集』にはめだちます。⑨は一見サ変動詞「恋す」にも見えますが、「【山川の瀧にまされる＋恋】（を）す」という構造で、やはり一語の「恋す」という動詞とは認められません。サ変動詞「恋す」と認めてよいのは、小杉商一「「恋ふ」と「恋す」と」が指摘するとおり、次の⑩のような例でしょう。

⑩我のみやかく恋すらむ（如是恋為良武）かきつはたにつらふ妹はいかにかあるらむ

（『万葉集』巻一〇・一九八六）

現代語の一語動詞化した「恋する」の場合も、ちょうど⑩のように、動詞・形容詞等の用言を修飾するはたらきをもつ連用修飾語を付加することは可能ですが、名詞・代名詞といった体言を修飾する連体修飾語は、当然用いることができません。「ひそかに恋する」は○、「ひそかな恋する」は

×というわけです。もちろん、「を」で「恋」を受けた「ひそかな恋をする」「大人の恋をする」などであれば成立しますが、これらは名詞「恋」が連体修飾語を受けていますよね。右の⑥⑦⑧は、このタイプに当たります。⑨のように、「恋」と「す」が直結したものに連体修飾が行われるといったタイプは、現代語では「恋する」がまとまった一語の動詞と解されるため、むずかしいでしょう。「ひそかな恋、する」（何かのキャッチコピーみたいですね）と、「恋」と「する」との間にポーズを置く形ならば可能でしょうが、これも結局「恋」と「する」が一語化せずに独立していることを知らせる形ですね。

3 「恋ふ」の意味・「恋す」の意味

さて、『時代別国語大辞典　上代編』は「恋ふ」について、「眼前にないものに心惹かれる」という特徴をあげていました。この点を、「恋す」などと比べながら考えてみましょう。用例を確認すると、確かに「恋ふ」には隔たった存在を思い、慕うケースが目につきます。

⑪旅にして妹に恋ふれば（伊毛尓古布礼婆）ほととぎす我が住む里にこよ鳴き渡る
（『万葉集』巻一五・三七八三）

⑫君に恋ひ（君尓恋）いたもすべなみ葦鶴《あしたづ》の音のみし泣かゆ朝夕にして
（『万葉集』巻三・四五六）

⑬朝霞止まずたなびく龍田山舟出しなむ日我恋ひむかも（吾将恋香聞）（『万葉集』巻七・一一八一）

⑪は旅先で愛する女性への思いを詠んだ歌、⑫は亡くなった主人への心情を吐露した従者の歌、⑬は旅立ちに際して抱くであろう、日頃見慣れた山を慕う気持ちを詠んだ歌で、いずれも離れてしまった対象に惹かれる思いが、「恋ふ」によって示されています。小杉商一「「恋ふ」と「恋す」と」は、この「恋ふ」の意味について、

「恋ふ」は「恋ヒコガレル」「恋ヒ慕フ」「恋シガル」等の義であって、安直に「恋ヲスル」の意ととってはならない。恋しい相手が、地理的に、または心理的に遠く離れてゐる場合にのみ「恋ふ」が用ゐられ、逢って恋をしてゐる時、あるいは恋が順調に進行してゐる場合には「恋ふ」は用ゐた例がない。（三〇一ページ）

と説いています。この小杉論文でも指摘していることですが、『万葉集』で名詞や動詞連用形の「こひ」を表記する際、「孤悲」という例がしばしば見出されるのも、「恋ふ」の意味と関係する現象でしょう。もちろん、「孤悲」なる表記は「こひ」という発音を表すために当てた漢字で、「故非」「故飛」等、他の漢字を当てた例も多いのですが、「恋ひ死ぬ」等の複合形を含めると三〇例ほどある「孤悲」には、当時の人々の「恋ひ」「恋ふ」に抱く意識が反映していると考えることができそうです。『時代別国語大辞典　上代編』の名詞「こひ」の項には、

この表記は恋《コヒ》というものがどう考えられていたかを端的に示している。それは相手が目の前にいないのを淋しく思い、求めしたう心である。人についていうことのほかに花や鳥、自然の景

物についていうことも多い。

という指摘があります。

右の『時代別国語大辞典　上代編』の記述の後半、人に対する思い以外にもこの語を用いるという点にも、注意しておきましょう。この辞典の「恋ふ」の項に「特に異性を思う場合に用いられることが多く」という記述がありましたが、これもそうでないケースもあることを含意したものとも解せますね。確かに、先の⑫も人に用いた「恋ふ」ではあるものの、恋愛感情とは異なるし、⑬は、龍田山に対する気持ちを「恋ふ」で表した例でした。現代語の「恋する」の場合、このような使い方はあまりないように思います。国立国語研究所が開発した『現代日本語書き言葉均衡コーパス　少納言』[*1]を用いて調べても、これらに類する例は見当たりません。奈良時代の「恋ふ」のこの側面は、現代語の「恋しい」を思い浮かべるとわかりやすいかもしれません。「恋しい」ならば、「ふるさとが恋しい」「暖かい布団の恋しい季節」「幼い頃に別れた父が恋しい」等、その対象は人とは限らないし、人が対象でも恋愛感情に限りませんね。

「恋し」にも、現代語の「恋しい」同様、恋愛感情以外の例、人以外に用いた例等が早くから見られますが、「恋す」はどうでしょうか。もともと「恋ふ」の連用形が組み込まれていることを思えば、「恋ふ」同様の意味・用法が予想されますが、『万葉集』の「恋す」は恋愛感情を意味するものに偏っていて、自分が仕える主人を敬愛して用いたり、景物を対象に用いたりした例は、見出せません。奈良時代の「恋す」は、恋しく思う人物をもっぱらその対象としていた可能性が高そうです。先の小杉論文は、奈良時代の「恋す」について、「恋ふ」と重なる「恋しく思う」「恋しがる」

＊1　「コーパス（corpus）」は、言語研究のために、実際に使用された文章や発話を大量に集めてデータ化したもので、『現代日本語書き言葉均衡コーパス』の場合、書籍・雑誌・新聞・ブログ・教科書等々から無作為に一億語以上の言語データを抽出して、データベース化しています。単純な文字列検索ならば、『少納言』というサイトにアクセスして、すぐに行えます。事前に登録（無償）を行うことで、より高度な検索が可能になるサイトも開設されています（こちらは『中納言』と名づけられています）。本章で示した現代語のデータは、本文中に記したとおり、『現代日本語書き言葉均衡コーパス　少納言』によっていますが、本文中では『少納言』と略称します。

「恋い慕う」という意味をもつ例があること、それとは別に「恋をする」意の例もあることを指摘しています。

⑭我のみやかく恋すらむ（如是恋為良武）かきつはたにつらふ妹はいかにかあるらむ
（『万葉集』巻一〇・一九八六）⑩再掲

⑮瑞垣の久しき時ゆ恋すれば（恋為者）我が帯緩ふ朝夕ごとに
（『万葉集』巻一三・三二六二）

⑯我ゆ後生まれむ人は我がごとく恋する道に（恋為道）あひこすなゆめ
（『万葉集』巻一一・二三七五）

⑰古ゆ言ひ継ぎけらく　恋すれば（恋為者）苦しきものと　玉の緒の継ぎては言へど……
（『万葉集』巻一三・三二五五）

小杉論文では、⑭⑮は前者の意に該当する「恋す」、⑯⑰は後者の意の「恋す」となっています。少々わかりにくいですが、後者の「恋す」は、特に時間や場所といった物理的な隔たり、あるいは心理的な隔たりが存在して会えない対象への思いということでなく、現代語の「恋する」同様、ともかく恋しい気持ちを抱く意を表しているものと解されます。ただ、⑯も恋の苦しさを詠んだ歌であることを思うと、この「恋す」も「恋ふ」同様の意を込めたもの、つまり前者の例とみることもできそうだし、⑰も、詠者自身の個人的体験ではありませんが、古来恋をすると苦しいものと言われてきたというのですから、前者の意の「恋す」と解する余地は残ります。もっとも、そもそも「恋ふ」にせよ「恋す」にせよ、恋の思いというものは、容易に叶わずに辛さを抱えることが多いのだとも言えるでしょう。そのような共通性を持ったうえで、特に何らかの意味で隔たった状況に置かれているときの気持ちの表出に偏るのが「恋ふ」、特定の状況に限らず、広く恋愛感情を意味するのが「恋す」だったのかもしれません。

4 「恋ふ」「恋す」と格助詞

本節では、「恋ふ」や「恋す」と助詞の関係を考えてみましょう。『時代別国語大辞典 上代編』は「恋ふ」が格助詞「に」を受けることを、似た意味を表す「思ふ」が「を」を受けることと対比しつつ述べていました。

⑱いにしへにありけむ人も我がごとか妹に恋ひつつ（妹尓恋乍）寝《い》ねかてずけむ

（『万葉集』巻四・四九七）

⑲我が背子に恋ひてすべなみ（吾背子尓恋而為便莫）春雨の降る別《わき》知らず出でて来しかも

（『万葉集』巻一〇・一九一五）

⑳出で立たむ力をなみと隠《こも》り居て君に恋ふるに（伎弥尓故布流尓）心利《こころど》もなし

（『万葉集』巻一七・三九七二）

「恋ふ」が格助詞「に」をとることは確かで、他にも多くの例が見られます。前節までのところでも、④⑪⑫はそれぞれ「我妹子に恋ふるに」「妹に恋ふれば」「君に恋ひ」と、「に」に接していましたね。『時代別国語大辞典　上代編』はこの特徴を「思ふ」と比較し、「相似た意味を表わすことのある思フが、ヲを受けるのと対照的である」と述べています。「恋ふ」が奈良時代には格助詞「に」に続く点に言及した辞典類は他にもありますが、中で『岩波古語辞典』（岩波書店）は、

> 「君に恋ひ」のように助詞ニをうけるのが奈良時代の普通の語法。これは古代人が「恋」を、「異性ヲ求める」ことでなく、「異性ニひかれる」受身のことと見ていたことを示す。平安時代からは「人を恋ふとて」「恋をし恋ひば」のように助詞ヲをうけるのが一般。心の中で相手ヲ求める点に意味の中心が移っていったために、語法も変ったものと思われる。（「恋ひ」の項）

と、これを受身の表現と結びつけて詳説しています。先行研究でも、この見方に通じる分析をしている論が見られます。

> 「恋ふ」は本来、受動的に相手に心を惹かれる意であり、それでニ格をとったのであらう。それに対して「恋す」の方が積極的に相手を「恋ひ慕ふ」の意であったために、「恋ヒ慕フ」の意の「恋す」が上代にはあったのであらう。それが次第に「恋ふ」がヲ格をとるやうになるにつれて、「恋す」がヲ格をとらなくなり、「恋ヒ慕フ」意味がなくなり、専ら「恋ヲスル」の意を表わすやうになったものと考へられる。（小杉商一「「恋ふ」と「恋す」と」三〇四ページ）

「に」や「を」は、主格表示の「が」などと同様、格助詞と呼ばれる助詞です。格助詞とは、簡

単にまとめれば、それが付いた名詞が文中でどのような役割を担っているのかを明確にするはたらきをもつ助詞と言えます。「小池さんがラーメンを食べる」で言えば、「が」は、前接の「小池さん」が「食べる」という動作をする主体であることを示し、「を」は、前接する「ラーメン」が「食べる」という動作の対象であることを示しているわけです。このはたらきは、「が」「を」のような役割を明示する力をもたない「は」と比べると、わかりやすいでしょう。「豚が食べる」ならば「豚」は主格だと判断できますが、「は」を使用した「豚は食べる」だと、「豚は（その餌を）食べる」のように豚が主格である解釈以外に、「（あの人は）豚は食べるけど、牛は食べない」といった、「豚」が動作の対象に立つケースも考えられ、文脈や場面の助けがないと、どちらの意味か特定できませんよね。このように、格助詞は前の名詞が文中の述語動詞に対してどういった役割かを明示する助詞であり、動詞ごとに対応する格助詞はあらかじめ定まっています。そのため、その動詞が要求しない格助詞を用いようとすると、変な文ができてしまいます。「小池さんがラーメンを食べる」の「を」を「に」に替えた「小池さんがラーメンに食べる」は、どうにも不自然ですね。

わずかに「を」を受けた例もあるものの、奈良時代の「恋ふ」と格助詞「に」との結びつきは間違いないものと思います。また、日本語の受身は「友だちに呼ばれる」「犬に吠えられる」等、実際に動作を行う主体（「犬に吠えられる」ならば、「吠える」動作を行うのは犬）を「に」で示し、「―に―れる／られる」という構文を作ります。これは受身の助動詞が「る」「らる」（より古くは「ゆ」「らゆ」）だった古代の日本語でも同様なので、受身文とのこの共通点に注意が払われ、「恋」が「異性ニひかれる」受身のことだとみられていたとか、「恋ふ」が「受動的に相手に心を惹かれる意」を表したといった分析がなされるのは、納得できるところもあります。ただ、「机の上に荷物がある」「京都に行く」「鰹を刺身にする」「先輩に教わる」「学生に勉強させる」「親に似る」等々、「に」という格助詞の担当する役割は結びつく動詞の意味に応じてかなり幅広く、古代語でもさまざまな役割の「に」が認められます。

㉑さ雄鹿の朝伏す小野の草若み隠らひかねて人に知らゆな（於人所知名）
（『万葉集』巻一〇・二二六七）

㉒釧《くしろ》つくたふしの崎に（手節乃埼二）今日もかも大宮人の玉藻刈るらむ
（『万葉集』巻一・四一）

㉓我がやどに（吾屋戸尓）咲きし秋萩散り過ぎて実になるまでに（実成及丹）君に逢はぬかも（於君不相鴨）
（『万葉集』巻一〇・二二八六）

㉔あしひきの山飛び越ゆる雁がねは都に行かば（美也故尓由加波）妹に逢ひて来ね（伊毛尓安比弖許祢）
（『万葉集』巻一五・三六八七）

㉕八百日《やほか》行く浜の砂《まなご》も我が恋に（吾恋二）あにまさらじか沖つ島守
（『万葉集』巻四・五九六）

㉖二上の山に隠れる（夜麻尓許母礼流）ほととぎす今も鳴かぬか君に聞かせむ（伎美尓伎可勢牟）
（『万葉集』巻一八・四〇六七）

㉑は受身文で、知られる側から見た「知る」側、つまり「知る」という行為を行う主体を表示した「に」、㉒は「玉藻を刈る」行為の行われる場所を表す「に」、㉓の「やどに」の「に」は「咲く」動きが実現した結果、秋萩が存在する場所を表すもの、「実になるまでに」の前者の「に」は「なる」と結びついて変化した結果を表すもの、後者の「に」は「まで」を伴って時間的な限界点を表すも

の、「君に」の「に」は「逢ふ」行為の向かう対象を表すもの、㉔の「都に」の「に」は「行く」行為の行き着く先を表すもの、「妹に」の「に」は⑲の「君に」同様、「逢ふ」行為の向かう対象を表すもの、㉕は「まさる」と関係して比較の基準を表す「に」、㉖の「山に」の「に」は「隠る」行為の目的地で、「君に」の「に」は使役の対象、「隠る」行為が実現した結果、ほととぎすが存在する場所を表すもの、㉓の「やどに」同様、「隠る」行為が実現した結果、ほととぎすが存在する場所を表すもの、「君に」の「に」は使役の対象、つまりこの使役文の中で実際に「聞く」という行為を行う主体を表すものと、ひとまず整理できそうですが、これらが古代の格助詞「に」の用法のすべてではなく、古語辞典では一〇を超える用法を立てるものも珍しくありません。受身文で動作の受け手から見た相手、実際の行為の主体を表示するのは、その多くの用法の一つで、㉖の「聞かせむ」等、使役文でも実際の動作・行為の主体を示すマーカーとして、「に」は使用されます。

このように「に」のはたらきをチェックしてくると、格助詞「に」をとるという点を重視して「恋ふ」の語性を受身文に重ねあわせることには、さらなる検討が必要に思えます。特に、受身文の「に」はあくまで受身の助動詞「る／らる」とセットで「―に―る／らる」構文を構成するものである点、「に」が組み込まれる構文は使役表現を形成する際も同様に見られる点などは、気になるところです。「恋ふ」と「に」との関係については、例えば「都に行く」のように、「恋ふ」思いが向かう先・行き着く先を表すために「に」が用いられるといった可能性も、考えられるのではないでしょうか。また、「妹に会ふ／妹と会ふ」等、動詞には相手の表示に「に」も「と」も使用できるものがあり、その場合、現代語の「友だちと相談する／友だちに相談する」のように、双方向的に動作を行う「と」と一方向の「に」といった差異が認められます。そのような「に」の性質も、自分から相手へと一方通行の矢印を発信する「恋ふ」との結びつきに、関与しているのかもしれません。

次に、「恋す」が関係する格助詞を調べてみましょう。現代語では「―を恋する」「―に恋する」いずれの例も見られ、『少納言』を用いて調べると、むしろ「に」の方がかなり多く使用されています。奈良時代にはサ変動詞化した「恋す」の例自体が少なく、その対象を格助詞付きで明示した例も容易には見つかりません。

㉗天離《あまざか》る鄙《ひな》の奴《やつこ》に（比奈能夜都故尓）天人しかく恋すらば（可久古非須良波）生ける験あり

（『万葉集』巻一八・四〇八二）

㉘何せむに命継ぎけむ我妹子に（吾妹）恋せぬ先に（不恋前）死なましものを

（『万葉集』巻一一・二三七七）

㉗は「恋すらば」という形が不自然で諸説ある例、㉘も「恋ひぬ先にも」「恋ひざる前《さき》に」など読み方に諸説ある例で、いずれも問題が残りますが、「に」と結びついています。小杉商一「「恋ふ」と「恋す」と」は、「「恋す」は「恋ヲす」で、「す」そのものが他動詞であり、「恋」がヲ格に立つのである」（三〇四ページ）と述べ、それゆえ「―を恋す」はないとしています。その構成に既に「を」が関わっているため、「を」を受けると「―を恋（を）す」となって、「を」格の重複が意識されてしまうということでしょうが、ただ、古代の日本語では、一つの動詞が二重に「を」を受けるケースは珍しくありません。「恋す」のとる格助詞の問題は、なお検討を加える必要があるでしょう。

ちなみに、現代語の「恋する」が受ける格助詞を『少納言』で確認すると、「に」が一三〇例以上と遥かに多いものの、「を」も二〇例程度見られます。小杉説に従えば、古語の「恋す」よりも一語動詞として把握され、「を」格が二重であるという意識が薄まったと捉えることもできそうですが、一般に「(彼を) 愛する」「(彼を) 慕う」「(彼を) 思う」「(彼を) 憎む」「(彼を) 恨む」等々、心情を表す動詞類は格助詞「を」を受けるので、それらの影響も考えられます。ただ、それでも多数を占めるのは「―に恋する」で、これは奈良時代の「恋ふ」が「に」を受けていたことを想起させますね。「恋する」と「に」の結びつきにも (あるいは古代の「恋す」と「に」の場合も)、向かう先・行き着く先を表す「に」のはたらきや、自分の意図と関係なく自分から相手へと一方通行的に向かっていく思いを表す「恋する」の語性が、関わっていると思われます。「愛される」「慕われる」「憎まれる」等、右にあげた動詞類がどれも容易に受身にできるのに対し、「恋する」の受身形「恋される」はあまり自然でないのか、『少納言』では六例 (「愛される」は千例以上) しか見つかりません。単純にヤフーやグーグル等で「恋され」を入力すると大量に表示されますが、『恋される女子になる 大人かわいいヌケ感メイク』『ブスの瞳が恋されて』『異世界の後宮で恋され愛され姫になりました』といった、特定の書名等が繰り返しヒットしており、使用実態を反映していると解するには不安が残るし、右の例からもうかがえるとおり、ややカジュアルな表現として使われる傾向も見てとれます。受身文が、動作の及ぶ側・何らかの影響を受ける側を主語に据えた文であることを考慮すると、この受身形の少なさも、「恋する」が「に」を受ける点に通じる理由、つまり、思いが一方的に向かっていく、その行き着く先として相手がいるだけで、動作の対象として捉えた相手を巻き込むとか相手に影響を及ぼすといった面を欠く、この語の性質によるのかもしれません。

5 「恋ふ」と「乞ふ」

奈良時代の「恋ふ」には、語源的に「乞ふ」と関連づける説が提示されています。このアプローチは近代以降いくつか見られますが、『時代別国語大辞典　上代編』は、「恋ふ」と「乞ふ」について「コに甲乙の違いがある」と述べていました。本節では、この「恋ふ」と「乞ふ」とを結びつける把握をめぐって考えてみます。

まずは、『時代別国語大辞典　上代編』の「コに甲乙の違いがある」という記述を解説しましょう。既に述べたとおり、仮名が成立していなかった奈良時代の日本人は、漢字を仮名のように表音文字としても活用しました（漢字は表意文字と呼ばれますが、このように用いるときは、意味を表す機能、つまり表意の側面はひとまず切り捨てたのですね）。この表音的な漢字使用のうち、「恋」「乞」のコヒの音を表したものを調査すると、「恋」を表す際に用いられる「古非・古飛・孤悲・故非・故悲」等は「乞」のコヒには全く用いられず、反対に「乞」のコヒを表す「許比・己比」は「恋」のコヒには使用されないといった、明確な使い分けが認められます。同様の書き分けは、他にキ・ヒ・ミ・ケ・へ・メ・ソ・ト・ノ・モ・ヨ・ロにもあり、これら一三の音節には、当時それぞれ異なる二つの音が存在したために、当てる漢字を書き分けたと考えられています。だとすると、「恋」と「乞」はもともと別の音で構成される語となり、「恋ふ」「乞ふ」同源説の成立は厳しくなりますよね。

同源説に対するこの反証は、小杉商一「「恋ふ」と「恋す」と」もあげており、さらに大野晋「「恋ふ」と「乞ふ」は、この事実に加えて、上二段活用動詞の「恋ふ」と四段活用動詞の「乞ふ」という、活用形式の違いも指摘しています。先に検討した格助詞との結びつきに目を向けても、「に」をとる「恋ふ」と「を」をとる「乞ふ」という相違が見られます。語源的に「恋ふ」を「乞ふ」と結びつけるのは、どうやらむずかしいようです。

ただ、「恋ふ」「乞ふ」同源説の不成立は、古代の人々がそのように考えていたことまで否定するものではありません。

㉙恋ふといふは（故敷等伊布波）えも名づけたり言ふすべのたづきもなきは我が身なりけり

（『万葉集』巻一八・四〇七八）

㉙は「恋ふ」について、「よくも名づけたものだ」とそのネーミングに感心していますが、これは「恋ふ」と響きが通う語を思い浮かべての感想とも読みとれます。そうであれば、「恋ふ」と重ねられた語としては、別音とはいえ平安時代には同音化するほど音が近く、意味的にも通う部分がある「乞ふ」が、やはり有力な候補になるのではないでしょうか。言語学的に同源でなくとも、万葉人が「恋ふ」を「乞ふ」から生じた語だと思っていた可能性は、大いにあるでしょう。それはまた、当時の人々の「恋ふ」に対する意識を知る手がかりにもなるはずです。

6 平安時代の「恋ふ」と「恋す」

ここまで奈良時代の「恋ふ」や「恋す」をとりあげて考えてきましたが、本節ではこれらの語が平安時代にどのように用いられていたかを、『源氏物語』等当時の文学作品から探ってみましょう。

まず使用頻度ですが、『源氏物語』中で一語動詞化した「恋す」の例は、次の㉚程度です。他の文学作品を調査しても、用例はあまり見あたりません。

㉚……、をかしげなる女絵どもの、恋する男の住まひなど描きまぜ、……（『源氏物語』総角）

㉛……、陰陽師、神巫《かむなぎ》呼びて、「恋せじ」といふ祓《はら》への具してなむ行きける。（『伊勢物語』六五段）

㉜……、千枝にわかれて、恋する人のためしに言はれたるこそ、誰かは数を知りて言ひはじめけむと思ふにをかしけれ。（『枕草子』花の木ならぬは）

一方、「恋ふ」の例は平安時代に入っても珍しくなく、『源氏物語』では「恋ひ悲しむ」「恋ひ忍ぶ」等の複合語を除いても、三〇例を上回る「恋ふ」が見出されます。奈良時代の場合、ことばの資料としては『万葉集』や記紀歌謡が中心になりますが、平安時代は歌に限らず物語や説話、随筆などの資料が揃うえに、地の文や会話文、さらに「〜と思ふ」等で括られる心中思惟の部分（「心話文」とも称されます）というように、それらの文章を分けて考えることも可能です。が、このように物語等の文章を分けてチェックしても、『源氏物語』を始め、当時の作品の「恋ふ」はやはり和歌に多く用いられています。木之下正雄『平安女流文学のことば』は『源氏物語』の「恋ふ」について、終止形「恋ふ」と連体形「恋ふる」が歌に偏在していて、地の文には連用形だけが見られることを指摘し、「恋フ・恋フル・恋フレは、古典的な感じで、歌語になっていたのであろう」（二〇六ページ）と述べています。終止形や連体形、あるいは已然形の使用状況からはそのような見方もできますが、連用形「恋ひ」は地の文のほか会話文の例も珍しくなく、「恋ふ」という動詞そのものが当時の人々にとって「古典的」「歌語」だったわけではないでしょう。『源氏物語』の例を、いくつかあげておきます。㉝㉞が地の文の連用形、㉟が和歌中の終止形、㊱が和歌中の連体形、㊲が会話文の連用形の例です。

㉝姫君は、なほ時々思ひ出できこえたまふ時、尼君を恋ひきこえたまふ折多かり。（『源氏物語』紅葉賀）
㉞姫君をぞたへがたく恋ひきこえたまへど、絶えて見せたてまつりたまはず。（『源氏物語』真木柱）
㉟色まさるまがきの菊も折々に袖うちかけし秋を恋ふらし（『源氏物語』藤裏葉）
㊱亡き人を恋ふる袂のひまなきに荒れたる軒のしづくさへ添ふ（『源氏物語』蓬生）
㊲「夜昼恋ひきこえたまふに、はかなきものも聞こしめさず」とて、……（『源氏物語』若紫）

また、奈良時代の「恋ふ」の特徴だった、隔たった存在に対する思いである点や恋愛感情に限らない点も、平安時代になっても変わっていないようです。例えば、右の㉝㊲は既にこの世にいない祖母に対する孫娘の思い、㉞は自分が妻以外の女性に夢中になった結果、対面もままならなくなった娘に会いたいという父の思いを表しています。「恋す」の方は、残念ながら数が少なく何とも言えませんが、先にあげた例を見る限り、描かれた絵の説明中の例である㉚等、思い慕う相手と物理的あるいは精神的に離れた状況にある特定の人物の思いといった具体的・個別的なケースではなく、ともかく恋愛感情を表すものになっています。

ちなみに、形容詞の「恋し」は、既に『万葉集』にも複合語を除いて四〇を超える例がありますが、『源氏物語』では一三〇例近く用いられており、盛行していたことがわかります。和歌や地の文のほか、会話や心中思惟の例も少なくなく、意味的にも、次のように相思相愛の甘い状況で相手の気持ちを確かめる例もあり、遠く離れた相手への切実な思いの表出に集中することはありません。

㊳「恋しとは思しなんや」とのたまへば、少しうなづきたまふさまも幼げなり。（『源氏物語』少女）

最後に、「恋ふ」「恋す」のとる格助詞を確かめましょう。「恋ふ」は奈良時代、基本的に「に」を受けていましたが、右の㉝㉞㉟㊱をもう一度見てください、すべて「を」を受けていますね。平安時代には、「恋ふ」のとる格助詞が「に」から「を」に交替しているのです。木之下正雄『平安女流文学のことば』は、『万葉集』中の「恋ふ」が「に」を受ける理由を、「逢ウという意味」の強さに求めたうえで、この期には「―を恋ふ」になる点について、「愛するという意味が万葉時代より多く感じられたのであろう」（二〇六ページ）と、「愛す」に重ねて理解していますが、どうでしょうか。もともと「を」と「に」は通じるところのある格助詞で、山田孝雄『日本文法論』は、「動的目標」を示す「を」と「静的目標」を示す「に」という把握をしています。「恋ふ」の場合は、自身の思いの向かう先を表すということで、行き着く先を明示するはたらきを備えた「に」を受けていたものの、先にふれたとおり、同じ心情的な意をもつ語である「憎む」「好む」などが「を」をとることもあり、行為の対象として積極的に相手を捉える意味を強めて「を」を受けるようになったとも、考えられるのではないでしょうか。

7 おわりに

本書のタイトル『恋する人文学』にちなみ、現代語の「恋する」に直結する「恋す」や古く盛んだった「恋ふ」という動詞について、現代語の「恋する」の使い方にも目を向けながら、あれこれ考えてきました。言語の考察のおもしろさを少しでも感じてもらえたなら、大変うれしく思います。実際に使われた例を集めてみると、思わぬ発見ができることも少なくないので、興味がわいてきた人は、ぜひことばの採集をしてみてください。

読書案内

ことばの史的研究のおもしろさを教えてくれる本を二冊、本文中でも出てきた「受身」についての刺激的な本を一冊、本文中で多くの例をあげた『万葉集』のことばのガイドとなる本を一冊。読んでみてください。

◉小松英雄『日本語の歴史　青信号はなぜアオなのか』（笠間書院、二〇〇一年）
◉小松英雄『日本語を動的に捉える　ことばは使い手が進化させる』（笠間書院、二〇一四年）
◉高見健一『受身と使役　その意味規則を探る』（開拓社、二〇一一年）
◉多田一臣（編）『万葉語誌』（筑摩書房、二〇一四年）

参考文献（本文でふれたもの）
大野晋「「恋ふ」と「乞ふ」」（『学習院大学上代文学研究』一二、一九八六年）
木之下正雄『平安女流文学のことば』（至文堂、一九六八年）
小杉商一「「恋ふ」と「恋す」と」（『東京外国語大学論集』二九、一九七九年）
山田孝雄『日本文法論』（宝文館、一九〇八年）

使用テクスト　『万葉集』＝『萬葉集本文編』（塙書房）、『伊勢物語』『枕草子』＝新編日本古典文学全集（小学館）、『源氏物語』＝『源氏物語大成』（中央公論社）。引用の際には、漢字、仮名遣い、句読点等、私意で改めたところがあります。

「恋」の類義語分析

林 謙太郎
HAYASHI Kentaro

扉

……国立国語研究所編『国立国語研究所資料集14　分類語彙表――増補改訂版』（大日本図書、二〇〇四年）

文章を書いているときに、ぴったりした語句を思い出せないとき、このような類義語彙集（辞典）からたどって、探し当てようというときに、絶大な力を発揮します。

さらに、その語句の運用について知りたいとき、確認したいときには、コロケーション辞典を使うとよいでしょう。

1 「恋愛」関連語彙にはどんなものがあるのだろうか

「恋愛」に関する語彙にはどんなものがあるでしょうか。それを知るためには、類義語などを分類、整理した語彙集、いわゆる「シソーラス」を見れば簡単にわかります。日本語シソーラスの代表的な書物である、国立国語研究所編二〇〇四を見てみましょう。そこでは、1、体の類（名詞類）2、用の類（動詞類） 3、相の類（形容詞類）のように三つに大別され、具体例が示されます。

1、好き、愛、恋愛・恋・ラブ・恋情・恋しさ・恋着、恋慕・懸想《ケソウ》・慕情・求愛、ほの字……

2、好む・好く、甘える、愛する・気に入る・かわいがる、恋う・恋する・恋しがる・恋愛する・恋着する、愛慕する・恋慕する・恋い慕う・思慕する・慕う・懸想する・思いを掛ける・求愛する・憧憬《ショウケイ》する・あこがれる、ほれる・ほれこむ、引かれる・食指が動く・気がある・ほればれする・焦がれる・思い焦がれる・恋い焦がれる・胸を焦がす……

3、好き・大好き・ぞっこん、いとしい・いとしの［～君］・いとおしい・恋しい・慕わしい・恋恋・ほればれ・ほの字・首っ丈、かわいい・かわいらしい・ラブリー・チャーミング・魅力的……

あらかじめお断りしておきますが、小稿では、「嫌い」「憎む」などのネガティブな語彙は扱いません。これらを基準に、他の類義語辞典なども参考しつつ随時増補しながら具体的に見ていきます。

2 類義語分析――位相的アプローチ

言語表現を成り立たせている人物（男女・年齢・職業・階層）や場面（地域・公的・私的・書きことば・話しことば）などの違いによって起こる、ことばの現れ方の違いを「位相」といいます。初めはこうした視点から「恋愛」関連語彙を見てみましょう。

「人」以外にも使えるか否か

「恋愛」関連語彙には、使う対象が「人」に限定されるものと「人」以外の物事にも使えるものとがあります。

まず、「人」にしか使えないものから。

いとしい・いとしがる・色恋《いろこい》・懸想・慕わしい・思慕・情愛・見初める・恋愛・恋情・恋慕・
ラブ・ロマンス

次に、「人」以外にも使えるもの。

愛・愛くるしい・愛情・愛する・愛慕する・愛らしい・憧れる・甘える・いとおしい・
いとおしむ・思い・可憐《カレン》・かわいい・かわいがる・かわいらしい・恋・恋しい・恋する・
恋う・焦がす・焦がれる・好む・慕う・偲《しの》ぶ・好き・好く・懐かしい・慕情・惚《ほ》れる

ここで注意されることの一つは、「いとしい」と「いとしい」の原形である「いとおしい」とが異なった使い方になっていることです。「どの子犬もいとおしく思う」「青春をいとおしむ」のような用例をそれぞれ「いとしく」「いとしがる」には置き替えようとしてもできないことからそれがわかります。また、「愛慕する」は小田純一郎訳一八七八~九『花柳春話』二四「英国の風を愛慕し」とあり、「慕情」も「ふるさとへの慕情」という言い方が確かに存在するので、「人」以外にも使えることがわかります。

動作主体・動作客体の上下関係

こうした語彙を使う主体とと客体との位置関係を考えると、〈主体→客体〉という位置関係が、〈上→下〉、〈下→上〉、〈フリー〉の三つの場合が想定されます。

〈上→下〉

愛くるしい・愛らしい・可憐・かわいい・かわいがる・かわいらしい

〈下→上〉

慕う・慕わしい・慕情

〈フリー〉

愛・愛情・愛する・愛慕・憧れる・甘える・いとおしい・いとしい・いとしがる・色恋・思い・気に入る・懸想・恋・恋しい・恋する・焦がす・焦がれる・好む・偲ぶ・思慕・情愛・好き・好く・懐かしい・惚れる・見初める・ラブ・恋愛・恋情・恋慕・ロマンス

文体上の違い

現在使われているこれらの語彙のなかには、いくつかやや古めかしいものが指摘できます。

色恋：「恋愛」のやや古い言い方。（小学館辞典編集部編、一九九四年）
懸想：古風な言い方。（藤原他編、一九八五年）
焦がれる：やや古風な用語。（藤原他編、一九八五年）
見染《ママ》める：やや古風な用語。（藤原他編、一九八五年）

次に、日常会話で普通に使われる語か硬い文章語かという視点で見ていきます。
日常語として使われるものには、

好きだ：日常語。（徳川・宮島編、一九七二年）
惚れる：やや俗語的な言い方。（藤原他編、一九八五年）、俗語的。（類語研究会編、一九九一年）

が指摘されていますが、「いとしい」については、

いとしい：「いとおしい」と同義の日常語。（藤原他編、一九八五年）
「かわいい・恋しい」の雅語的表現。（田他編、一九八八年）

のように評価が分かれています。林は、後者の田他編、一九八八の指摘に従いたいと思います。
文章語として使われるものを列挙してみましょう。

愛くるしい・愛する・愛らしい‥文章語的。（徳川・宮島編、一九七二年）
愛慕‥かたい文章語。（藤原他編、一九八五年）
いとおしい‥雅語的表現。（藤原他編、一九八五年）
いとしい‥「かわいい・恋しい」の雅語的表現。（田他編、一九八八年）
いとしがる‥「かわいがる」の雅語的表現。（藤原他編、一九八五年）
可憐‥文章語的。（類語研究会編、一九九一年）
慕わしい‥文章語。（田他編、一九八八年）
好む‥文章語的。（徳川・宮島編、一九七二年）
恋慕‥文章語。（小学館辞典編集部編、一九九四年）

3　類義語分析——文法的アプローチ

ここでは、これらの語彙の語形、品詞、誤用分析、格関係などの面に注目して見ていきたいと思います。

派生関係

〈名詞——動詞〉

愛——愛する、愛慕——愛慕する、あこがれ——あこがれる、求愛——求愛する、
懸想——懸想する、思慕——思慕する、憧憬——憧憬する、好き——好く、

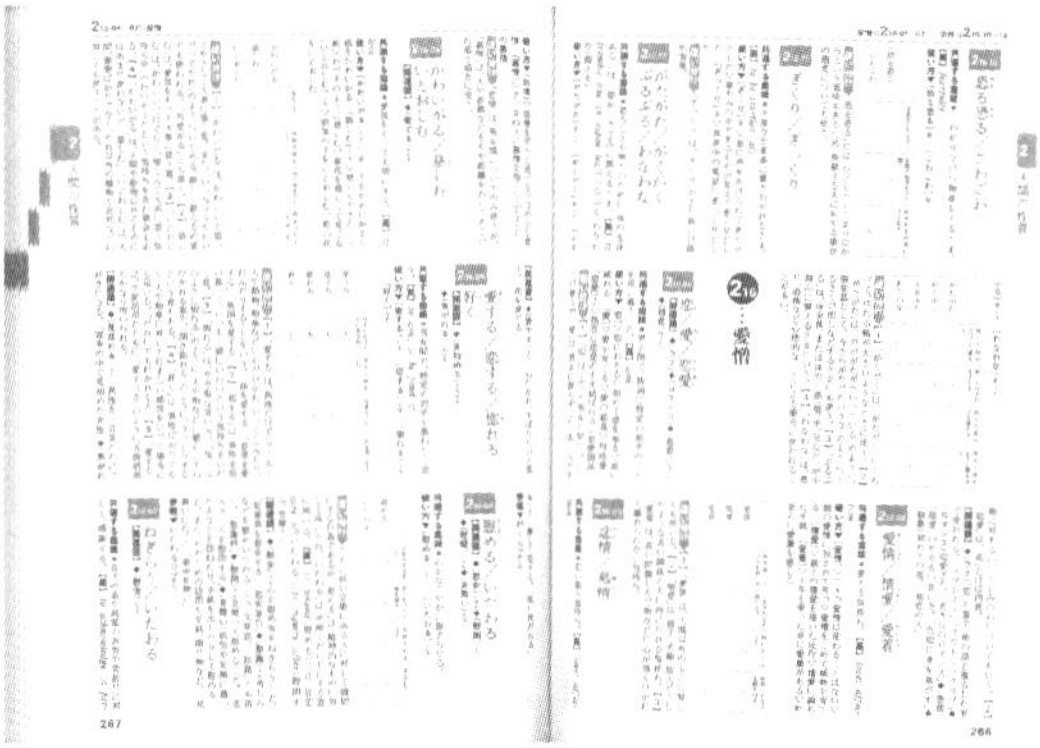

図版　小学館辞典編集部編『使い方のわかる類語例解辞典』（小学館、二〇〇四年、初出は一九九四年）

恋愛――恋愛する、恋着――恋着する、恋慕――恋慕する

〈形容詞――動詞〉

いとおしい――いとおしがる、いとしい――いとしがる、かわいい――かわいがる

〈名詞――形容詞――動詞〉

恋――恋う――恋する、恋しさ――恋しい――恋しがる

派生関係から見ると、「恋」関連語彙が一番多いことがわかります。

誤用分析

ここでは、類義語の誤用という側面からその語の意味を把握しようと思います。

◎「愛」と「愛情」

①佛《ほとけ》の【（×）愛情　（○）愛】にすがる

②真理への【（×）愛情　（○）愛】

③【（×）愛情　（○）愛】の手をさしのべる

（以上、類語研究会編、一九九一年）

「愛」は抽象的・観念的なイメージ、「愛情」は具体的なイメージを与えます。

◎「愛する」と「好む」

①ネコはサカナを　【(×) 愛する　(○) 好む】

(徳川・宮島編、一九七二年、一三頁)「愛する」は「このむ」が感覚的なのに対し、より精神的で、たとえば「酒を愛する」というのは、単に酒ずきで、よくのむ、というだけでなく、そのふんいきがすきで、たのしんでいる、というようすをいう。

とあるように、精神的か感覚的かというところに違いを見出せます。

◎「かわいい」と「かわいらしい」

①わたしはあの子が　【(○) かわいくて　(×) かわいらしくて】　たまらない

(徳川・宮島編、一九七二年、一〇九頁)「かわいい」は主観的でも客観的でもありうるが、ほか(林注、「愛らしい」「愛くるしい」「かわいらしい」を指す)はつねに客観的だ。

とあるように、主観的か客観的かというところに違いを見出せます。

◎「恋しい」

①腹違いの妹　【(×) が恋しい　(○) に会ってみたい】

(森田、一九七七年、一九七頁)たとえば腹違いの妹がいることを成人してから知り、その妹に会ってみたいと思う感情をいう場合の分析。

この分析からは、「恋しい」という語の対象は、既知のものであるという前提が必要であることがわかります。

◎「恋う」と「慕う」

①冬山を　【(○) 恋う　(×) 慕う】

(小学館辞典編集部編、一九九四年、二六八頁)「恋う」は、恋する意と、懐かしくあこがれる意とがあり、後者の場合は人でなくてもよい。現在は離れているので、強いあこがれを感じる場合に用いる。「慕う」は、既知の対象で、それに近づきたくて切ない気持ちになる意。現実にそばにいる場合にも用いる。また、「彼の芸風を慕う」のように、徳やすぐれた行いを範とし、ならおうとする対象にも用いる。

とあるように、「冬山」は模範としてならおうとする対象にはならないので、誤りとなったものと思われます。

◎「情愛」と「愛」「愛情」

①熱烈な　【(×) 情愛　(○) 愛・愛情】

(徳川・宮島編、一九七二年、一三頁)「情愛」は「愛情」のうち、肉親・夫婦間などの、表面的にははげしくないが、ふかいものをいう。

とあるように、「情愛」は「熱烈な」とは性質上、共起しないのです。

◎「懐かしい」と「恋しい」

①山男は一週間も街にいると山が　【(×) 懐かしく　(○) 恋しく】　なるそうだ

(田他編、一九八八年、五六九頁)「懐かしい」は心にしまっておいたものが、思い出とともによみがえり、会えない行けないと分かって、しみじみとした感情に襲われる、再会してこみ上げるうれしさを何とか押さえて、あれこれ話したくなるような比較的静かな心の動きを表すが、「恋しい」は流行歌、特に演歌にしばしば登場する言葉で、直接自分の気持ちを訴え、会ってしまうと、うれしさに言葉なく泣きくずれるといった恋に身をこがす激しい心の動きを表す。

とあるように、「懐かしい」は、対象となるものとの別離からは、かなりの時日が経過していないと使えないことがわかります。

格関係

ここでは、これらの語彙のうちから、任意に動詞を取りだし、どの格助詞と共起するかを見ていきます。

①友人の妹を｜【(○) 愛する　(○) 恋する　(×) 惚れる　(△) 好く】

②令嬢に｜【(×) 愛する　(○) 恋する　(○) 惚れる　(×) 好く】

(以上、小学館辞典編集部編、一九九四年、二六七頁)

「を」は働きかけの対象、「に」は移行動作の帰着点を示すと一般に考えられています。とすれば、ヲ格と共起する場合は、しっかりとした意志を持って行動する意、ニ格と共起する場合は、自分の気持ちが対象に引っ張られてしまう意を表すと考えられます。

4 まとめ

以上見てきたように、恋愛に関する語彙には、和語・漢語・外来語・混種語とさまざまな語種から成り立っていることがわかりました。語句が存在するということは、自明なことですが、その語句が必然的に必要であるからこそ存在しているのだということを改めて認識する必要があります。そうした点からも、一語一語の意味とそれに合った適切な運用を心掛けることが肝要になります。

読書案内

◉国立国語研究所編『国立国語研究所資料集14　分類語彙表――増補改訂版』（大日本図書、二〇〇四年）
◉小学館辞典編集部編『使い方のわかる類語例解辞典』（小学館、二〇〇四年、初出は一九九四年）
◉田忠魁《ティエンチュンクイ》・泉原省二《いずはらしょうじ》・金相順《キムサンスン》編『日本語類似表現のニュアンスの違いを例証する　類義語使い分け辞典』（研究社出版、一九八八年）
◉徳川宗賢・宮島達夫編『類義語辞典』（東京堂出版、一九七二年）
◉藤原与一・磯貝英夫・室山敏昭編『表現類語辞典』（東京堂出版、一九八五年）
◉森田良行『基礎日本語――意味と使い方』再版（角川書店、一九七七年）
◉類語研究会編『正しい言葉づかいのための似た言葉使い分け辞典』（創拓社、一九九一年）

改田明子
KAIDA Akiko

恋する気持ちの心理学

扉……キャピラノ吊り橋

高いところはお好きですか？これは、カナダのバンクーバーにあるキャピラノ吊り橋です。長さ一三七メートル、下を流れるキャピラノ川から上空七〇メートルのところにかかっています。見ただけで身震いしてしまう人もいるのではないでしょうか。カナダのスリリングな一大観光スポットです。四〇年ほど前、ここで心理学の実験が密かに行われました。果たしてその結果は？

恋する気持ちは不思議なもの。人を好きになる気持ちは理屈では説明つかないことばかり。「蓼食う虫も好き好き」なカップルもありふれた話。不思議ですね。本章では、人を好きになる感情をめぐって行われた心理学の研究のいくつかをご紹介します。恋する気持ちの不思議な世界をちょっとだけ探検してみましょう。

1 恋の始まるとき

まずは、扉でご紹介した吊り橋を使った実験です。この実験は、カナダの心理学者ダットンとアロンによって行われました。[*1] 実験では、この怖い吊り橋を渡り終えてきた男性に、魅力的な女性インタビュアーが話しかけてきて心理学の研究に協力してほしいと頼みます。この怖い橋を渡り終えた直後の人は、冷や汗タラタラ心臓ドキドキという状態です。協力に同意してくれた男性には、その場でTATという心理検査を受けてもらいます。そして、女性インタビュアーはその男性に電話番号を渡して、もし検査結果について詳しい説明をしてほしければ私に電話をしてくださいと伝えます。実は、実験の本当の目的は、何人の男性がその女性に電話をかけてきたか調べることなのです。比較のために、コンクリート製の橋（まったくドキドキしない）を渡ってきた男性にも同じことを行いました。実験の結果は、表のとおりです。吊り橋を渡った直後の実験群の男性では、電話番号を受け取った一八人中九人が電話をかけてきました。それに対して、コンクリートの橋を渡った直後の男性では、一六人中二人しか電話をかけてこなかったのです。この結果は、予想通りでした。インタビュアーの女性に惹かれた男性ほど、彼女に電話をかけてくると考えられます。実験群

＊1　Dutton.D.G. and Aron, A.P. (1974) Some evidence for heightened sexual attraction under conditions of high anxiety. Journal of Personality and Social Psychology. Vol.30, No.4, 510-517.

	依頼した人数	実験に参加した人数	電話番号を受け取った人数	電話をかけた人数
統制群（コンクリートの橋）	33	22	16	2
実験群（吊り橋）	33	23	18	9

表　ダットンとアロンの実験の結果。Dutton.D.G. and Aron, A.P. (1974)による。

では、ドキドキの本当の原因はなんであれ、目の前に魅力的な女性がいて自分がドキドキしていたので、そのドキドキは女性への恋愛感情によるドキドキだと男性が誤認して、実際にその女性に惹かれるようになったと説明されました。

この実験はあまりにも有名で、このような現象は「愛の吊り橋効果」と呼ばれています。吊り橋を渡らずとも、たまたま「ドキドキ」した状態で一緒にいた相手に対して恋心が芽生えるのだと考えれば、この効果は一種の心理学的な媚薬として使えるということになります。例えば、ジェットコースターやホラー映画、事故や災害など、たまたま一緒にドキドキ場面を過ごしてカップルが成立したなんて、心当たりのある人もいるのではないでしょうか。

さてその後、さらにいろいろな実験が行われ、真実はそう単純ではないことがわかってきました。どんな相手と出会うかによってドキドキ効果は違ってくるのです。ある実験では、男子大学生に実験への協力を依頼しました。[*2] そこでは、男子大学生が一定時間走った後で女性の自己紹介ビデオを見て評価するという課題が含まれています。男子大学生は、ビデオを見る前にたくさん走ってドキドキ状態になる群と、すこしだけ走ってあまりドキドキしない群に無作為に分けられました。そして、走った後に女性の自己紹介ビデオを見るのですが、ビデオには二種類あって、一方のビデオ

＊2　White, G.L., Fishbein, S. and Rutstein, J. (1981) Passionate love and the misattribution of arousal. Journal of Personality and Social Psychology. Vol.41. No.1. 56-62.

に登場する女性は魅力的な女性で、他方のビデオに登場するのはあまり魅力的でない女性なのです。それぞれの群の半数は前者のビデオ、残りの半数は後者のビデオを見ます。ちなみに、二つのビデオに登場するのは同一人物で、メイクや服装で魅力的な女性と魅力的でない女性が作り上げられます。実験の結果、魅力的な女性のビデオを見たグループの場合、ドキドキ条件の男性のほうがドキドキしない条件の男性よりも、その女性に強く魅力を感じるという愛の吊り橋効果が確認されました。ところが、魅力的でない女性のビデオを見たグループでは、ドキドキ条件の男性はドキドキしない条件の男性よりも、その女性のことを魅力的でないと感じるようになってしまったのです。この結果から、ドキドキ条件は感情を高揚させる働きがあるものの、その人の置かれた状況によって感じる感情は違ってくると考えられました。私たちは、自分のおかれた状況の中でもっともらしく解釈できる感情を感じるのです。つまり、魅力的でない女性をみてドキドキしている男性はその女性に惹かれてのドキドキとは解釈せずに、魅力的でない女性への不快感によるドキドキと解釈してしまったようなのです。

愛の吊り橋効果は、一緒にいるパートナーが魅力的である場合にその魅力を引き立たせる効果が期待できるということのようです。そうでない場合は、かえって逆効果なのかもしれませんね。

さて、このような例は、感情に関する私たちの常識がいかに誤っているかを教えてくれます。恋愛感情に限らず、感情は、生理的興奮（ドキドキ、発汗など）、主観的体験（嬉しい、悲しい、好き、嫌いなど）、表現（表情、身振りなど）の3つの要素で成り立っています。通常、私たちは主観的体験が表現や生理的反応の原因となっていると考えています。つまり、「好きだから、ドキドキする」のだと。でも、ドキドキ状態を別の原因で作っても好きという感情は生まれるということから、実際には「ドキドキするから、好き」という因果関係が成立しているのです。自分の生理的な興奮状態を知覚した私たちが、そこからドキドキしているのはこの人のことが好きだからなんだ、とドキドキの原因を自分の置かれた状況から解釈することを通じて、好きという感情の体験が作り出されてゆく、ということなのです。この例のように、ある原因（吊り橋を渡る・走る）によって生じた生理的興奮（ドキドキ）が別の感情（あの人が好きだ）に結びつけて体験されるという現象は、「感情の帰属錯誤」として知られています。とはいうものの、通常の生活では実験のような仕掛けはないのが普通です。意中の人からの嬉しい一言にドキドキして、ますます惹かれてゆくことが多いでしょう。そこには、「錯誤」はないのです。

2 理由は意外と単純です

自分が誰かに好意を感じる真の理由は、なかなか気づけないもののようです。なぜあの人に魅力を感じるのか、本当の理由はけっこう単純なことかもしれません。ある実験が、大学の授業を使って行われました。[*3] そこでは、四人のサクラの女性が協力したのですが、その四人はごく普通の大学生の容姿で特に目立ったところはありません。一八〇人ほどの大教室での授業です。その四人のうち一人はまったく出席せず、あとの三人は、それぞれ五回、一〇回、一五回という回数で交互に授業に出席しました。それぞれの女性は、他の受講生の目に触れる頻度がその出席回数に応じて違っていたということになります。どの場合も、他の受講生との個人的な接触はありません。もちろん、受講生にはこのことは知らされていません。所定の回数の授業が終了後、その授業に出席していた

＊3　Moreland.R.L. and Beach. S.R. (1992) Exposure effects in the classroom:The development of affinity among students. Journal of Experimental Social Psychology. Vol.28, 255-276.

他の受講生にそれぞれの女性の写真を見せてその女性の印象を尋ねました。そうすると、接触した回数が違っても、既視感はほとんどかわらず、その女性を見たことがあると答えた受講生はほとんどいませんでした。それにもかかわらず、多く授業に出席して、接触回数が多かった女性ほど、受講生は魅力的に感じて、友人になりたい、一緒に過ごしたいなどと答えました。単純な接触回数の多さが、相手に対して感じる魅力につながっているのです。受講生は実際の接触頻度の違いには気づきませんでした。

一般に、このような現象は単純接触効果と呼ばれており、図形から人間に至るまでさまざまな状況のなかで確認されています。よく見聞きする、馴染みがあるという理由だけで魅力を感じるなんて、私たちは意外に単純にできているのです。人類には、危険な外敵と渡り合いながら進化してきた長い歴史があります。そのような環境では、繰り返し出会っても安全な相手というのは、それだけでポイントが高かったでしょう。馴染みがある＝安全＝魅力的といった感情の保守的な傾向は、そのような危険な時代の名残なのかもしれません。ただ、人類がかなりの安全を手に入れて、多様な人との交流が広がる現代にあっては、馴染みがないというだけで新しい出会いに否定的になってしまうのはもったいないことですね。

さて、もし意中の相手がいるのなら、この単純接触効果を使って、近くの席に座るなどのさりげない接触を増やしてみるというのはいかがでしょうか。ただし、この単純接触効果は、相手に対して不快な感情を抱いている場合には生じないということもわかっています。最初から嫌な相手であれば、いくら頻繁に接触してもそれだけでは、その嫌いな気持ちが好意に変わることはないようです。意中の人に、嫌がられずに、さりげなくそばにいることが大切なのです。

3 笑顔の秘密

感情は、それを表現する表情とセットになっています。魅力的な相手が目の前に現れたとき、心惹かれて感情が高ぶり、思わずニッコリと嬉しい気持ちが表情に表れます。その一方で、玉の輿に乗ろうなどといった不純な動機から、好きでもない相手に作り笑いをするということもありそうです。どちらも同じ笑顔です。とはいうものの、私たちはそれをシビアに見分けることができます。

実際、作り笑いをしているときに働いている脳の領域は随意運動を制御している部位であり、心地よい情動体験による笑顔が生み出されているときに働いている脳の部位と異なります。「心からの笑顔」と「作り笑い」。そんなわけで、この2種類の笑顔には、実際の表情にも違いがあります。心からの笑顔の表

写真　笑顔の秘密（心からの笑顔？作り笑顔？）

情を作り出しているのは、目の周囲の表情を作り出す眼輪筋と頬から口にかけての表情を作り出す頬骨筋です。一方、心にもない作り笑いでは眼輪筋は動かず、頬骨筋のみで笑顔が作られます。目の周辺の表情を司る眼輪筋は、意識的にコントロールすることはできないのです。嬉しい感情を感じているときにのみ、眼輪筋は笑顔の表情を作ります。このように、作り笑いは意識的コントロールが可能な頬骨筋のみで作られるので、両者の表情には違いが出てしまいます。[*4]

意中の人が目の前に現れたとき、満面の笑顔で好意をアピールしたいところです。心からの笑顔にせよ作り笑顔にせよ、にっこり微笑めば、こちらの気持ちはそれぞれ、ありのままに伝わるということなのです。

*4 アントニオ・R・ダマシオ（著）田中三彦（訳）『デカルトの誤り――情動、理性、人間の脳――』（ちくま学芸文庫、二〇一〇年）。

4 恋のリバウンド効果

さて、恋の終わりのお話です。別れた人への未練を引きずる人、新しい出会いを求める人、いろいろですね。未練を引きずるのはつらいもの。どんな人が未練を引きずりやすいのでしょうか。ここで、興味深い実験をご紹介します。[*5] そこでは、大学生にかつての恋人を思い出してもらい、その人のことを今でもよく思い出してよりを戻したいと考えている群（ホット群）とよりを戻したいとは考えていない群（コールド群）に分けました。それぞれの大学生は三セッションの実験に参加します。第一セッションでは、全員が八分間その元恋人のことを考えながらそれを声に出します。第二セッションでは、各群はそれぞれ二グループに分けられ、一方は元恋人のことをできるだけ考えないようにして、もし考えてしまったらそれを声に出すように指示されました。もう一方のグルー

*5 Wegner, D.M. and Gold, D.B. (1992) Fanning old flames: Emotional and cognitive effects of suppressing thoughts of a past relationship. Journal of Personality and Social Psychology, Vol.68, No.5, 782-792.

プは、元恋人のことを考え続けるように指示されて考えたことをそのまま声に出しました。そして、第三セッションでは、再び全員が元恋人のことを考えて声に出すように求められました。それぞれのセッションでは、大学生が元恋人のことを話した時間と皮膚伝導レベル（SCL）が測定されました。皮膚伝導レベルとは、人が感情を経験しているときに手のひらが発汗するのをとらえる生理的指標です。実験の結果、ホット群のなかで第二セッションで元恋人のことを考えるのを我慢したグループの大学生のみが、第三セッションで高いSCLを示すということがわかりました。つまり、まだ元恋人に未練があるのに考えるのを我慢した大学生は、元恋人のことを思い出す第三セッションで感情が高ぶるのを体験した、というわけです。この現象は、恋のリバウンド効果と呼ばれました。未練があるのに忘れようと我慢するほど、それとは裏腹に恋心に火がついてしまう。そんなところでしょうか。

では、そんなときどうしたらいいのか。実際に、失恋したときの対処行動（コーピングと呼びます）には、回避コーピング、拒絶コーピング、未練コーピングという三つのパターンがあります。[*6]回避コーピングは、「次の恋を見つける」、「趣味やスポーツに打ち込む」など他のことに気持ちを向けるパターン。拒絶コーピングは、「相手のことを考えないようにする」など忘れようと頑張るパターン、未練コーピングは、「関係を戻そうとする」など復活を求めるパターンです。失恋からの回復が早く、精神的健康にも好ましいのは回避コーピングです。恋が終わったら、別の新しい恋に出会って、それに気持ちを向けること。その結果として、未練のある元恋人のことを考えてつらくなる時間がなくなって、楽になれるというしかけです。失恋の痛手からの立ち直りに利用される新しい恋人には、ちょっと切ない話ですね。

＊6　加藤司「失恋コーピングと精神的健康との関連性の検証」（『社会心理学研究』二〇―三、二〇〇五年）一七一～一八〇頁

5 決断は感情のままに

誰と付き合うか、恋人と結婚するか別れるか、人生は賭けの連続です。進化論で有名なダーウィンは、後に妻となるエマとの結婚を考えたとき、結婚することのメリットとデメリットをリストにして書き記したノートを残しています。さすがに観察を旨とする科学者ダーウィンです。ただ、人生の意思決定にこの方法論はどれだけ役に立ったでしょうか。

一九世紀の人物フィネアス・ゲージ氏は、不慮の事故で鉄棒が脳を貫通する大怪我を負い、奇跡的に助かりました。しかしながら、その怪我の後、知的な能力には衰えはなく、直面した問題の合理的な解決方法を考え出すことはいくらでもできたにもかかわらず、幸せとは言いがたい人生を歩むことになってしまいました。それは、感情がうまく働かなくなったためでした。そのために彼は自分を幸福に導く問題解決方法の選択が困難になってしまったのです。人生の意思決定においては、ダーウィンが企てたような損得勘定ではなく、過去経験を反映した直感的な好悪の感情が決定的な役割を果たしているようです。

人生の選択で気持ちが揺れ動くとき、相手の収入、性格、将来性、家族構成、趣味などなどの諸条件を合理的に比較などしている場合ではありません。そもそも先のことはわかりません。現実生活では、不確定な要素があまりにも多く、そのような連立方程式の解はどんなに時間をかけても得られないでしょう。人生を分ける意思決定は、好悪の感情がよい指針を与えてくれるもの。自分の感情に耳をすませてみてはいかがでしょうか。

恋する気持ちの心理学

改田明子

読書案内

◉ディラン・エヴァンズ（著）遠藤利彦（訳・解説）『感情』（岩波書店、二〇〇五年）

感情に関する科学的研究を紹介した入門書。認知心理学、進化心理学、脳神経生理学、人工知能研究、ロボット工学などの領域で進められている研究の興味深いトピックを紹介しながら、人間にとって感情はどのような働きをしているのか、考えさせてくれます。

◉越智啓太（著）『恋愛の科学』（実務教育出版、二〇一五年）

身近な恋愛を心理学的に分析した研究を紹介する本。出会いから別れまで、恋愛の多様な局面を解説しています。恋愛に関連する様々な心理尺度も掲載されていて、自分の恋愛に関する特徴を考えながら読み進められます。

◉アントニオ・R・ダマシオ（著）田中三彦（訳）『デカルトの誤り――情動、理性、人間の脳』（ちくま学芸文庫、二〇一〇年）

第一線の脳科学者が、感情をめぐる脳科学の知見を紹介しながら、心を身体から切り離したデカルト的二元論を批判します。冒頭に紹介される一九世紀の脳損傷患者ゲージの物語は、社会生活を営む上で感情がいかに大切な働きをしているか、教えてくれます。

新しい扉を作るために
――あとがきに代えて

『恋する人文学――知をひらく22の扉』は、さまざまな研究分野の成果に触れることで、学問の魅力を知ってもらいたいと考えて作りました。本書を手に取られた方は、どこからでも構いません、気になった扉を開けて読み始めてください。きっと、取り上げられた話題の面白さ、分析する切り口の鮮やかさ、導き出される結論の意外さなどに思わず引き込まれてしまうはずです。今まで知らなかったことを学んでちょっと得した気分を味わう――、その時あなたは研究者としての第一歩を踏み出していることになります。

各扉は、二松学舎大学文学部国文学科の教員が執筆しました。国文学科は、中国文学科と並んで、文学部を支える柱の一つです。一学年の定員は、二四〇名、日本で最大規模を誇る学科であり、国文学、映像・演劇・メディア、日本語学、日本文化、比較文学・文化の五つの専攻を持っています。文学を基礎としながらさまざまな関連分野に広がる国文学科のカリキュラムは、質においても量においてもどこにもひけを取りません。本書がこれだけ充実した内容になっているのも、国文学科の実力を表していると言えるでしょう（すみません、自慢してしまいました）。

人が、別の誰かに惹かれてしまうことは、いつでもどこでもあることかもしれません。とは言え、時代や場所が異なると、恋愛の形は違った形になります。扉を開くたびに、読者は、好きになることや付き合い方の変化に驚かれるのではないでしょうか。自然の感情に根ざしながら、恋愛は社会のあり方に影響を受ける一面を持っています。人文学とは、人類の文化を研究する学問を広くとらえた言葉です。恋愛は文化現象であり、人文学の立派な対象となります。好きな相手の誰にも代えがたい魅力を何とか言葉にしようと努めるのと同じように、学問も対象の個別の特徴をできるだけ明らかにすることに力を注ぎます。固有性への関心という点では、恋愛と人文学とは重なっています。

『恋する人文学』というタイトルは、むろん恋愛をめぐる人文学的考察、という意味ですが、人文学の多様な学問領域のいずれかに興味を持ってほしい、という思いも込めています。つまり、人文学に恋してもらいたい、ということです。本書が知的好奇心を目覚めさせるきっかけとなれば、とてもうれしく思います。次の、新しい扉を作るのは、あなたです。

編集作業では、翰林書房の今井静江さんにお世話になりました。中味がぎゅっと詰まった、それでいて明るくしゃれた造りの本にしていただけたのは、大きな喜びです。

文学部国文学科主任　山口直孝

執筆者一覧（五〇音順。＊は編集担当）

荒井裕樹（あらい・ゆうき）専任講師
専門：日本近現代文学、障害者文化論
業績：【著書】『障害と文学――「しののめ」から「青い芝の会」へ――』（現代書館、二〇一一年）、『隔離の文学――ハンセン病療養所の自己表現史――』（書肆アルス、二〇一一年）、『生きていく絵――アートが人を〈癒す〉とき――』（亜紀書房、二〇一三年）等。

磯　水絵（いそ・みずえ）教授
専門：中世文学（説話・随筆）、日本音楽史学
業績：『論集 文学と音楽史――詩歌管絃の世界――』（編著、和泉書院、二〇一三年）、『今日は一日、方丈記』（編著、新典社、二〇一三年）、『説話と横笛――平安京の管絃と楽人――』（勉誠出版、二〇一六年）等。

稲田篤信（いなだ・あつのぶ）特別招聘教授
専門：日本近世文学
業績：【著書】『江戸小説の世界――秋成と雅望――』（ぺりかん社、一九九一年）、『名分と命禄――上田秋成と同時代の人々――』（ぺりかん社、二〇〇六年）、『雨月物語 精読』（勉誠出版、二〇〇九年）等。

江藤茂博（えとう・しげひろ）教授
専門：近現代日本文学・メディア論
業績：【著書】『ショッピングモールと地域――地域社会と現代文化――』（共編著、ナカニシヤ出版、二〇一六年出版予定）、『メディア文化論』（共編著、ナカニシヤ出版、二〇一三年）、『大学生のための文学レッスン』（共編著、三省堂、二〇一一年）等。

大藏吉次郎（おおくら・きちじろう）特別任用教授、重要無形文化財能楽（総合指定）保持者
専門：能楽師大藏流狂言方
業績：吉次郎狂言会主宰。【論文等】「自己の生き方と体験」（『教育じほう』五四九、一九九三年）「いま狂言が見たい――狂言やまとことばの芸能――」（『清流』二〇〇三年）等。

改田明子（かいだ・あきこ）教授
専門：認知心理学、学生相談
業績：【著書】『緩和ケアのコミュニケーション』（翻訳、新曜社、二〇一三年）、【論文】「カテゴリー群化における典型性効果」（共著、『心理学研究』五五、一九八四年）、「身体症状の認知と症状経験の関係に関する研究」（『二松学舎大学論集』四七、二〇〇四年）等。

五井　信（ごい・まこと）教授

専門：日本近代文学、文学理論、カルチュラル・スタディーズ

業績：【著書】『田山花袋——人と文学——』（勉誠出版、二〇〇八年）【論文】「花袋の武蔵野」（『武蔵野文化を学ぶ人のために』、世界思想社、二〇一四年）、「ドゥルーズを読む村上春樹——『色彩を持たない多崎つくると、彼の巡礼の年』をめぐって——」（『理論から読むメディア文化』、新曜社、二〇一六年）等。

***小山聡子**（こやま・さとこ）教授

専門：日本古代中世宗教史

業績：【著書】『護法童子信仰の研究』（自照社出版、二〇〇三年）、『親鸞の信仰と呪術——病気治療と臨終行儀——』（吉川弘文館、二〇一三年）、『源平の時代を視る——二松学舎大学附属図書館所蔵 奈良絵本『保元物語』『平治物語』を中心に——』（共編著、思文閣出版、二〇一四年）等。

塩田今日子（しおだ・きょうこ）教授

専門：韓国語学

業績：【著書】『コスモス朝和辞典』（共編著、白水社、一九八八年）、『こうすれば話せるCDハングル』（朝日出版社、一九九八年）、『ゼロから話せる韓国語（改訂版）』（三修社、二〇一五年）等。

白井雅彦（しらい・まさひこ）特別任用講師

専門：日本近世文学、近世文化

業績：【著書】『真田幸村歴史伝説文学事典』（項目執筆、勉誠出版、二〇一五年）【論文】「『好色五人女』考——〈好色〉と〈母性〉との対峙をめぐって——」（『二松学舎大学人文論叢』五七、一九九六年）等。

五月女肇志（そうとめ・ただし）教授

専門：中世文学

業績：【著書】『黄金の言葉』（共編著、勉誠出版、二〇一〇年）、『藤原定家論』（笠間書院、二〇一一年）、【論文】「『宮河歌合』本文再考」（『西行学』六、二〇一五年）等。

瀧田　浩（たきた・ひろし）教授

専門：日本近代文学、近代文化研究

業績：【著書】『高度成長期クロニクル——日本と中国の文化の変容——』（共編著、玉川大学出版部、二〇〇七年）【論文】「武者小路実篤「その妹」論——戦後受容の問題と障害学の観点から——」（『二松学舎大学人文論叢』九一、二〇一三年）、「六〇年代詩と七〇年前後のポップスの状況——渡辺武信と松本隆を中心に——」（『叙説』Ⅲ—九、二〇一三年）等。

多田一臣（ただ・かずおみ）特別招聘教授

専門：日本古代文学、日本文化論

業績：【著書】『古代文学表現史論』（東京大学出版会、一九九八年）、『万葉集全解　一〜七』（筑摩書房、二〇〇九〜二〇一〇年）、『古代文学の世界像』（岩波書店、二〇一三年）等。

谷口　貢（たにぐち・みつぎ）教授

専門：民俗学

業績：【著書】『日本の民俗信仰』（共編著、八千代出版、二〇〇九年）、『民俗文化の探究』（共編著、岩田書院、二〇一〇年）、『日本人の一生――通過儀礼の民俗学――』（共編著、八千代出版、二〇一四年）等。

中川　桂（なかがわ・かつら）准教授

専門：日本芸能史

業績：【著書】『落語の黄金時代』（共著、三省堂、二〇一〇年）、『江戸時代落語家列伝』（新典社、二〇一四年）、『本朝話者系図』（共編・注釈、国立劇場、二〇一五年）等。

中所宜夫（なかしょ・のぶお）特別任用教授、重要無形文化財能楽（総合指定）保持者

専門：能楽師シテ方観世流

業績：中所宜夫能の会主宰。【著書】『能の裏を読んでみた　隠れていた天才』（kindle版）等。

林謙太郎（はやし・けんたろう）教授

専門：日本語学、日本語教育学

業績：【著書】『概説日本語学・日本語教育』（共編著、おうふう、二〇〇〇年）【論文】「中級レベル日本語学習者の誤用とその分析（1）（2）」（『二松学舎大学論集』五五・五七、二〇一二・二〇一四年）等。

＊原由来恵（はら・ゆきえ）教授

専門：中古文学

業績：【著書】『日本文学の空間と時間　風土からのアプローチ』（共著、勉誠出版、二〇一五年）【論文】「三巻本『枕草子』「舞は」章段のしくみについての私見」（『二松学舎大学東アジア学術総合研究所集刊』四四、二〇一四年）、「『土佐日記』一月七日」（『二松学舎大学論集』五八、二〇一五年）等。

増田裕美子（ますだ・ゆみこ）教授

専門：比較文学

業績：【著書】『日本文学の「女性性」』（共編著、思文閣出版、二〇一一年）【論文】「紫の女――『虞美人草』をめぐって――」（『比較文学研究』九一、二〇〇八年）、「『それから』の百合――*Dora Thorne*『金色夜叉』との関連において――」（『比較文学』五七、二〇一五年）等。

松本健太郎（まつもと・けんたろう）准教授

専門：記号論、メディア論

業績：【著書】『ゲーム化する世界――コンピュータゲームの記号論――』（編集責任者を担当、新曜社、二〇一三年）、『ロラン・バルトにとって写真とは何か』（ナカニシヤ出版、二〇一四年）、『空間とメディア――場所の記憶・移動・リアリティ――』（共編著、ナカニシヤ出版、二〇一五年）等。

森野　崇（もりの・たかき）教授

専門：日本語学（日本語文法史）

業績：【論文】「平安・鎌倉時代の受諾・拒否に見られる配慮表現」（『日本語の配慮表現の多様性──歴史的変化と地理的・社会的変異──』くろしお出版、二〇一四年）、「文の成立をめぐって」（『品詞別学校文法講座　第一巻　品詞総論』明治書院、二〇一三年）、「特立のとりたての歴史的変化──中世以前──」（『日本語のとりたて──現代語と歴史的変化・地理的変異──』くろしお出版、二〇〇三年）等。

山口直孝（やまぐち・ただよし）教授

専門：日本近代小説

業績：【著書】『「私」を語る小説の誕生──近松秋江・志賀直哉の出発期──』（翰林書房、二〇一一年）、『横溝正史研究』一～五（共編著、戎光祥出版、二〇〇九～二〇一三年）【論文】「知識人の責務──大西巨人短編集『五里霧』の空所──」（『社会文学』四一、二〇一五年）等。

山崎正伸（やまざき・まさのぶ）教授

専門：中古文学（和歌・歌物語）

業績：【著書】『拾遺和歌集増抄の本文と研究』（二松学舎大学東洋学研究所、二〇〇一年）【論文】「『伊勢物語』解釈再考」（『二松』二七、二〇一三年）、「『源氏物語』桐壺朝のこと──『源氏物語』の藤壺宮の立后と『大和物語』五段の藤原穏子の立后を巡って──」（『二松学舎大学論集』五七、二〇一四年）等。

渡邊了好（わたなべ・あきよし）教授

専門：日韓対照言語学、韓国論、日本語教育、韓国語教育

業績：【著書】『概説日本語学・日本語教育』（共編著、おうふう、二〇〇〇年）【論文】「台湾における直接教授法について」（『二松学舎大学論集』四三、二〇〇〇年）、「『三国史記』について──歴史教科書論──」（『邑心』三六、二〇〇一年）等。

恋する人文学

——知をひらく22の扉——

発行日	2016年 3 月30日　初版第一刷 2016年 7 月21日　初版第二刷
編　者	二松學舍大学文学部国文学科
発行人	今井　肇
発行所	翰林書房
	〒151-0071 東京都渋谷区本町1-4-16
	電 話　(03) 6276-0633
	FAX　(03) 6276-0634
	http://www.kanrin.co.jp/
	Eメール●Kanrin@nifty.com
装　釘	須藤康子＋島津デザイン事務所
印刷・製本	メデューム

落丁・乱丁本はお取替えいたします

ISBN978-4-87737-393-1